Hermann Multhaupt
VARUS

HERMANN MULTHAUPT

VARUS

Von Herodes in die Schlacht
im Teutoburger Wald

HISTORISCHER ROMAN

benno

Bibliografische Information der Deutschen Bibliothek
Die Deutsche Bibliothek verzeichnet diese Publikation
in der Deutschen Nationalbibliografie;
detaillierte bibliografische Daten sind im Internet über
http://dnb.ddb.de abrufbar.

Besuchen Sie uns im Internet unter:
www.st-benno.de

ISBN 978-3-7462-2792-4

Stammerstr. 11, 04159 Leipzig
Umschlaggestaltung: Ulrike Vetter, Leipzig, unter
Verwendung von © Thomas Ernsting/Agentur Bilderberg
Gesamtherstellung: Kontext, Lemsel (A)

PROLOG

I.

Feldpost

Cara Julia,

ich schicke Dir diesen Gruß in der Hoffnung, dass es die Götter gut mit Dir meinen und Du mit den Kindern wohlauf bist. Ich freue mich, nun bald wieder im Winterlager *Castra Vetera* zu sein und von den Strapazen der letzten Monate ausruhen zu dürfen. Unsere Soldaten sind ziemlich erschöpft von den immer wieder aufflackernden Aufständen der Germanen gegen unsere römische Ordnung, und vor allem die Cherusker machten uns in den letzten Wochen sehr zu schaffen. Wir kommen seit unserem Aufbruch vor einer Woche in *Hedemünden* an der Werra nur schlecht vorwärts, weil wir immer wieder in Scharmützel verstrickt werden. Keine großen Angriffe, aber kleine Attacken aus dem Hinterhalt, die uns meist in unwegsamem Gelände treffen, wo das Land moorig und sumpfig oder dicht bewaldet ist. Frag mich nicht, wo wir uns genau befinden, ich wüsste es Dir nicht zu sagen. Ich halte mich an ein Wort Caesars, der nicht wusste, wo er über König *Ariovist* und die *Sueben* im „Bellum Gallicum“ gesiegt, doch gesagt hat, es komme nicht darauf an, wo eine Schlacht geschlagen, sondern dass der Krieg gewonnen werde. Wir haben die Weser – Visurgis – überschritten und hoffen, in diesen Tagen in *Aliso* eine mehrtätige Rast einlegen zu können, denn der Tross kommt nur schlecht voran. Unsere drei Legionen, die XVII., XVIII. und XIX. mit ihren Wurfmaschinen und Katapulten, mit den Belagerungstürmen und Marketenderwagen zu bewegen, ist keine Kleinigkeit, und ich bewundere Publius Quinctilius Varus ob seiner strategischen Vorgehensweise. Manche halten ihn für einen zur Behäbigkeit neigenden Mann, der, der vielen Kämpfe vielleicht müde und überdrüssig, ein Leben auf einem Landgut in Umbrien der rauen Wirklichkeit Germaniens vorziehen würde, doch ich lasse nichts auf ihn kommen. Gewiss, ein Gerücht bereitet mir etwas Sorge. Seit Tagen mahnt ein gewisser Cheruskerführer Segestes Varus vor einer Verschwörung des Arminius. Sein Schwiegersohn ziehe aus allen Landesteilen germanische Krieger und aufständische Freiwillige zusammen, das unsrige Heer in einen Hinterhalt zu locken. Doch solche Warnungen haben wir schon häufig gehört. Überall in Germanien haben sich die Stämme gegen unser römisches Recht und erst recht gegen das Steuerrecht zur Wehr gesetzt und lokale Aufstände angezettelt, die wir gezielt niederwerfen konnten. Ich kann mir auch jetzt nicht vorstellen, dass unsere bestgeschulten Söldner mit langjähriger Kriegserfahrung einem noch so gewieften Cherusker auf den Leim gehen werden. Zudem ist Arminius ein in unseren Diensten stehender und verdienter Mann, der von Rom sogar in den Ritterstand erhoben worden ist. Er hat seine Loyalität gegenüber unserem Staat des Öfteren bewiesen und wird seinen Treueid gegenüber dem Kaiser nicht brechen. Dennoch zwingt uns die Warnung des Segestes zur Vorsicht.

Die Nachricht über einen vermeintlichen kleinen regionalen Aufstand hat Varus immerhin bewogen, nicht über die Hauptverkehrsstraße ins Winterquartier zu marschieren, sondern zweigeteilt einen kleinen Umweg durch ein uns weitgehend unbekanntes Gebiet zu nehmen. Zu dem unübersichtlichen Gelände mit engen Schluchten, Sümpfen und zerklüfteten Waldgebieten kommt das schlechte Wetter, das den Herbst ankündigt und unseren Rückmarsch unnötig verzögert. Als *Centurio* der Legio XVIII. Augusta bin ich mit für die Sicherung unserer Vorhut verantwortlich. Ich werde also mit einer Kohorte Hilfstruppen einige Meilen vorausreiten, um die Lage zu erkunden, dann einen Bogen schlagen und zu den Legionen zurückkehren. Da ich nicht weiß, wie viele Tage sich unsere Ankunft in Casta Vetera verzögert, schreibe ich Dir jetzt diesen Gruß, weil noch heute Abend eine Botenstaffel an den Rhein abgeht, die die Post nach *Colonia agrippina* und von dort weiter Richtung Rom befördert. Gott Mars sei uns gewogen. Bleib gesund, Julia, die *Penaten* mögen Dich schützen. Ich umarme Dich in Liebe und Verehrung.
Vale, carissime

Marcus Caelius.

*

Die Feldpost hat Rom nie erreicht. Marcus Caelius fiel wenige Tage später im September 9 n. Chr. im Kampf des Arminius gegen Varus. Sein als „Caeliusstein“ bekanntes

Kenotaph wurde in der frühen Neuzeit in der Nähe von Castra Vetera entdeckt. Der Grabstein zeigt das Bildnis des Toten in voller Uniform mit allen militärischen Auszeichnungen, mit der ordensartigen Phalerae auf dem Brustpanzer, Armreifen und auf dem Kopf die corona civica – die Bürgerkrone. In der Hand hält er einen Stock, was auf sein Recht, Untergebene zu züchtigen, verweist. Flankiert wird Marcus Caelius von seinen beiden freigelassenen Sklaven, Marcus Caelius Privatus und Marcus Caelius Thiaminus, die wahrscheinlich ebenfalls in der Schlacht den Tod fanden.

IM HEILIGEN LAND

II.

In dem Jahr, in dem Publius Quinctilius Varus von Kaiser Augustus zum Legaten in Syrien ernannt wurde, machte sich ein junges Mädchen von Nazareth aus auf den Weg in eine Stadt im Bergland von Judäa. Es war Frühling, die Luft mild, der Himmel veilchenblau, nur im Westen standen ein paar Wolken am Horizont. Der Weg führte durch fruchtbare Täler, in denen die Feldarbeiten im Gange waren, so durch das Tal Esdrelon, sowie über Höhen, auf denen das frische Gras Schafe und Ziegen zu einem Festmahl lud. Die Hirten winkten dem Mädchen zu, das nur ein leichtes Bündel auf der Schulter trug. Es hatte sich gegen die schon kraftvolle Sonne mit einem Schleier geschützt, unter dem an der Stirn eine dunkle Haarlocke hervorquoll, und es trug ein langes leinenes Kleid mit einem Gürtel um die Hüfte, an dem ein kleiner Beutel hing. Die Regenzeit war zwar noch nicht ganz vorbei, und manchmal musste sich das Mädchen unter einen Felsvorsprung oder unter eine Terpentinpistazie flüchten, um von den plötzlichen Schauern nicht durchnässt zu werden, doch ebenso schnell, wie der Regen gekommen war, verzog er sich auch wieder, und die Sonne zeigte alsbald wieder ihr strahlendes Gesicht.

Das Mädchen war schlank und geschmeidig, sein Gang wiegend, sein Schritt fest. Es kam gut voran, und die endlosen Meilen, die vor ihm lagen, schienen es nicht zu entmutigen. Viermal musste es unterwegs übernachten, zwei-

mal bei entfernten Verwandten, die sich über das Wiedersehen freuten und es nach allen Familienmitgliedern und Ereignissen befragten, einmal im Haus eines Freundes ihres Verlobten Josef, das letzte Mal in einer Herberge, wo es mit drei anderen Frauen den Raum teilen musste. Der Name des Mädchens war Maria.
Ziel seiner mehrtägigen Wanderung war das Haus seiner Cousine Elisabeth, die ein Kind erwartete. Und sie selbst, Maria, war guter Hoffnung, auch wenn sie das, was ihr widerfahren war, noch nicht richtig begreifen konnte. Das Kind, das sie empfangen und bald gebären sollte, entstammte nicht dem Samen ihres Verlobten Josef, denn sie lebten ja noch getrennt, sondern dem Geist Gottes. Ein Engel hatte ihr das offenbart, ein himmlischer Bote, der in ihr Haus in Nazareth getreten war, ihr den Friedensgruß entboten und dieses Geheimnis anvertraut hatte:

„Du bist auserwählt, ein Kind zu empfangen, einen Sohn wirst du zur Welt bringen, dem sollst du den Namen Jesus – Jeschua – geben. Er wird ein bedeutender Mann sein und Sohn des Himmels genannt werden …“ (nach Lukas)

Viele offene Fragen waren mit dieser Botschaft und dem, was der Engel noch sagte, verbunden. Wie konnte Maria das alles begreifen? Die Worte gaben ihr Rätsel auf. Aber jetzt war sie auf dem Wege zu ihrer Cousine Elisabeth, und sie freute sich auf den Besuch. Maria ging voller Erwartung, und diese Erwartung beflügelte ihren Schritt. Als sie in Sichem ankam, fühlte sie sich vom Jakobsbrunnen, der in der Nähe lag, magisch angezogen. Obgleich ihr Wasservorrat noch reichte, legte sie eine Rast ein und wartete, bis die

Hirten ihre Schafe getränkt hatten. Dann schöpfte auch sie aus der historischen Quelle in Erinnerung an all die, deren Leben und Schicksal mit diesem Brunnen verbunden waren. In der Nähe verlief eine große Straße, die das Mittelmeer mit dem Jordantal verband und weiter nach Gilead führte. Am Brunnen herrschte jetzt Ruhe. Stammvater Jakob hatte einst nach der Versöhnung mit Esau hier von den Söhnen Hamors um hundert Geldstücke Land gekauft und einen Altar zur Ehre Gottes errichtet. Doch sollte er an diesem Ort so bald seines Lebens nicht froh werden, weil die Konflikte im Lande Kanaan nicht abrissen.

Elisabeth war weitaus älter als sie. Elisabeth und ihr Mann Zacharias hatten bisher keine Kinder bekommen, und die Verheißung der späten Jahre machte sie glücklich. Zacharias gehörte der Priesterklasse Abija an, seine Frau stammte aus dem Geschlecht Aarons. Wenn das Los ihn traf, fiel Zacharias die Aufgabe zu, im Tempel des Herrn Rauchopfer darzubringen. Als Maria das Haus ihrer Verwandten erreichte und zur Tür eintrat, kam ihr Elisabeth strahlend entgegen. „Nicht nur ich freue mich, das Kind in meinem Leib hüpft gerade ebenfalls vor Freude“, rief sie und umarmte die Cousine. „Du bist gesegnet, Maria, mehr als andere Frauen, und gesegnet ist die Frucht deines Leibes.“
„Wie, du weißt?“
„Ich sehe es dir an, dass du schwanger bist, und ich ahne, dass du ein außergewöhnliches Kind in dir trägst. Doch nun komm herein, stärke dich und ruhe dich aus.“
Doch Maria verharrte noch einen Augenblick wie geistesabwesend. Irgendetwas ging in ihr vor, eine Erkenntnis stieg in ihr auf. Elisabeth schaute sie fragend an. Da sagte

Maria leise: „Meine Seele preist die Größe des Herrn und mein Geist jubelt über Gott, meinen Retter. Denn auf die Niedrigkeit seiner Magd hat er geschaut. Siehe, von nun an preisen mich selig alle Geschlechter. Denn der Mächtige hat Großes an mir getan und sein Name ist heilig…"
Elisabeth stand einen Augenblick wie verwundert, als Maria diese Worte sagte, und starrte ihre Cousine an. „Du gibst mir Rätsel auf, Maria", flüsterte sie.

Zacharias war nicht zu Hause. „Wundere dich nicht, wenn er gleich kommt", sagte Elisabeth, „er kann nicht sprechen."
„Wie, nicht sprechen? Ist er erkältet oder was verschlägt ihm die Sprache?"
„Er hatte eine merkwürdige Begegnung im Tempel", berichtete seine Frau. „Während er zur bestimmten Zeit das Rauchopfer darbrachte, erschien ihm ein Engel. Er stand auf der rechten Seite des Rauchopferaltares. Zacharias erschrak, wie du dir denken kannst. Der Engel aber sagte: Fürchte dich nicht, Zacharias. Dein Gebet ist erhört worden. Deine Frau Elisabeth wird dir einen Sohn gebären, dem sollst du den Namen Johannes geben."
„Und der meine soll Jeschua heißen", rief Maria. „Johannes und Jeschua – diese Namen kommen in unseren Familien bisher nicht vor."
Elisabeth bot der Cousine eine geschälte Orange an.
„Das meint auch Zacharias. Doch der Engel sagte über Johannes: Er wird groß sein vor dem Herrn. Viele Israeliten wird er zum Herrn, ihrem Gott, bekehren."
„Das klingt ja sehr verheißungsvoll", staunte Maria.
„Ja, der Engel sagte noch mehr, doch Zacharias gab zu

bedenken: Woran soll ich erkennen, dass das wahr ist? Ich bin ein alter Mann, auch meine Frau ist im vorgerückten Alter."
Da erwiderte der Engel:

„Mein Name ist Gabriel, ich bin ein Engel, der vor Gott steht. Gott hat mich zu dir gesandt, um dir diese frohe Botschaft zu bringen. Aber du glaubst mir nicht. Weil du an meinen Worte gezweifelt hast, die in Erfüllung gehen, wenn die Zeit dafür reif ist, sollst du verstummen und nicht mehr reden können, bis zu dem Tag, an dem all das, was ich dir verkündet habe, eintrifft." (nach Lukas)

„Ja, und seither ist Zacharias stumm", ergänzte Elisabeth und schwieg.
Es war still im Raum, und in dieser Stille saßen die beiden Frauen eine Weile gefangen. Elisabeth hatte bereits graues Haar, doch die Haut ihres Gesichtes war noch ohne Falten, die dunklen Augen schimmerten lebhaft.
„Was geschah nun weiter mit deinem Mann?", fragte Maria leise.
„Nun, das Volk wunderte sich, dass er so lange im Tempel blieb. Als er schließlich herauskam, konnte er nicht mit den Leuten sprechen. Da ahnten sie, dass sich etwas Außergewöhnliches ereignet haben musste. Er konnte sich nur in der Zeichensprache mit ihnen verständigen. – Doch horch, ich höre ihn kommen!"
Die Tür ging, man hörte schwere Schritte. Der Tempeldienst war beendet. Zacharias kehrte in sein Haus zurück. Er war erschöpft, man sah es ihm an. Der Tempeldienst dauerte in der Regel über mehrere Tage viele Stunden.

Nickend und lächelnd, doch wortlos begrüßte er Maria und wünschte ihr Glück. Zu diesem Zweck zog er ein Schiefertäfelchen aus der Tasche, schrieb ein paar Worte darauf und zeigte sie ihr. Maria nickte und küsste ihm die Hand. Die Verständigung war nicht leicht. Wenn Maria etwas fragte, musste Zacharias zur kleinen Tafel greifen und seine Antworten niederschreiben. Zacharias war etwas untersetzt und trug einen weißen Bart. Seine Augen schimmerten wässrig und müde, denn er studierte tage- und nächtelang die heiligen Schriften. Er war ein frommer und ernster Mensch. Zacharias musste geduldig sein. Die Sprachlosigkeit, mit der der Engel ihn geschlagen hatte, erforderte Disziplin und Demut.
Maria blieb fast ein Vierteljahr bei ihrer Cousine. Sie verlebten viele Stunden gemeinsam miteinander, teilten sich die Arbeit in Haus und Garten, verstanden sich dabei prächtig und vertieften sich immer mehr in das Geheimnis, das ihre künftigen Söhne umgab.

III.

Der Wüstensturm blies mit heißem Atem stadteinwärts. Die Straßen lagen in ödem Weiß da. Außerhalb der wie auf einem Brettspiel ausgebreiteten Häuser regte sich kein Leben. In den schattigen Räumen, in denen die Schwüle so unbeweglich herrschte wie die Standbilder der Götter, blieb die Geschäftigkeit auf das Nötigste beschränkt. Selbst die größeren Bachläufe waren versiegt. In den wenigen Brunnen stank faulig das Nass. Die Mauern der Zisternen barsten unter der Hitze, nachdem die Wasservorräte erschöpft und verbraucht waren. Einige Menschen waren dem Sandsturm und der grellen Sonne erlegen. Ihre Körper lagen einige Stunden im Hof unter einer Plane, bis der einsetzende Verwesungsgeruch die schnelle Bestattung erforderte. Zur Beerdigung in der Abenddämmerung fanden sich nur wenige Leute ein.
Im Palast fächerten die Sklaven den Herrschaften Kühlung zu. Im Palast war alles anders. Hier war alles abgestellt auf das Wohl der römischen Herrscher, die das Land mit eisernem Griff regierten, selten Gnade vor Recht ergehen ließen und die Grenzen des gewonnenen Imperiums mit aller Macht zu sichern suchten. Im Palast gab es auch noch Wasser, zwar rationiert, aber selbst noch für die Bäder der Frauen.
Publius Sulpicius Quirinus, ein Mann in den Vierzigern, saß mit seinem Schreiber im kühlsten Raum des Palastes über Pergamenten und Papieren. Der Ehrgeiz trieb ihn auch in

solch lähmenden Stunden zur Arbeit an. Was er in die Hand nahm, führte er konsequent aus. Rom war mit ihm zufrieden. Im Gefolge des Aufstiegs von Octavian, der sich als Augustus zum ersten römischen Kaiser aufschwang, hatten sich dem Emporkömmling aus Lanuvium bis dahin verschlossene Karrierewege aufgetan. Als Statthalter der römischen Provinz *Creta et Cyrene* hatte er erfolgreich die *Garamanten* besiegt, einen Stamm, der in der Sahara lebte, und war als Kriegsheld nach Rom zurückgekehrt. Augustus lohnte ihm den Sieg mit dem Amt des Konsuls und ernannte ihn zum Statthalter in der Provinz Galatien, einem von Kelten bewohnten Gebiet Zentralanatoliens. Fähige, romtreue Männer, das wusste der Kaiser, müssen sich auch in schwierigen Situationen bewähren. Immer wieder gab es Unruhen im Riesenreich Roms, zu viele Völker und Nationen lebten zwangsweise oder freiwillig in dichter Nachbarschaft mit- und nebeneinander. Quirinius war ein Herrscher, der sich durchzusetzen verstand: Als Verwaltungsbeamter, als Militärbefehlshaber, als ideenreicher Planer kannte er ein strenges Pflichtbewusstsein.

Im Jahre 8 v. Chr. führte Caesar Augustus seinen zweiten Reichszensus durch. Das war eine Reichsbürgerschätzung, die nur die römischen Bürger – die Cives Romani – im Imperium Romanum erfasste. Sie war alle zwanzig Jahre vorgeschrieben. In jener Zeit war Publius Sulpicius Quirinus Legat des Augustus für die Provinz Syrien. Die militärische Auseinandersetzung mit den Homonadensern in Kleinasien war seit 11 v. Chr. im Gange, aber noch nicht entschieden. Quirinius befehligte in Syrien vier Legionen, andere waren in Illyrien, Mazedonien, Ägypten und Afrika stationiert. Zur Zeit des Homonadenserkrieges in Südkleinasien stieß Drusus, der Adoptivsohn des Kaisers Augustus und Oberstatthalter von Gallien und Germanien, mit sechs Legionen der römischen Rheinarmee vom Rhein in das Gebiet der Chatten und Cherusker vor und erreichte die Elbe. Die tributpflichtige Provinz Germania Magna mit der Provinzhauptstadt Köln war im Entstehen.

Als der Wüstensturm etwas nachließ, erhob sich Quirinius und gab dem Schreiber Befehl, die Fensterländen einen Spalt zu öffnen. Der Himmel war noch immer gelb, Wolken waren nicht zu sehen. Ein Schwall flimmernder Hitze zwängte sich durch die Öffnung, die der Schreiber auf einen Zuruf des Herrschers sofort wieder schloss.
„Wir werden wohl noch stundenlang mit dem Orkan zu tun haben“, sagte Quirinius. Er schenkte sich ein Glas Wein ein und bedeutete dem Schreiber, sich ebenfalls zu bedienen. Das war ein Akt großer Wertschätzung. Quirinius liebte Männer, die so ausdauernd arbeiten konnten wie er selbst, und trotz ihrer Unterschiede nach Rang und Herkunft nahm er den Schreiber wie einen Partner wahr.
„Mich dauern die Menschen, die jetzt verdursten“, sagte der Schreiber leise.
„Hätten sie nicht so viel Holz geschlagen, wer weiß, ob wir nicht doch Regen bekämen. Die Felder veröden und die Wüsten dehnen sich aus.“
„Es ist wie ein Teufelskreis“, seufzte der Schreiber. „Die Menschen leben von dem, was sie in der Natur zerstören. Zedernholz ist überall begehrt. Der Schiffbau blüht – und der Boden verdorrt. Das Land hatte große Flächen mit Olivenöl und Wein.“

„Dennoch ist die Provinz Syria noch reich an anderen Schätzen. Denk an die Gläser und die purpurfarbenen Stoffe. Ich werde mich dafür einsetzen, dass das Land wieder auflebt und wieder segensreich wird. Doch zurzeit habe ich andere Sorgen." Der Statthalter kehrte zu seinem Schreibtisch zurück. „Während Rom nun den Reichszensus erhebt und die Bürgerlisten aufstellt", fuhr Quirinius fort, „müssen wir uns mit der Schätzung der Provinzialen, die keine römischen Bürger sind, beschäftigen. Sie bildet die Grundlage für die Erhebung der direkten Steuer in allen unseren Provinzen und ist alle vierzehn Jahre Pflicht."
„Was gedenkt Ihr zu tun, Herr?", fragte der Schreiber, der vor dem Tisch stehen geblieben war.
„Nun, wir werden nach kaiserlichem Befehl handeln und von allen Bewohnern von Syrien die Abgabe einer schriftlichen oder mündlichen Deklaration über Personal- und Besitzstand einholen."
„Das erfordert eine große Menschenbewegung, wenn ich mir diese Bemerkung erlauben darf."
„Es gibt nichts, was Rom oder seine Vertreter nicht organisieren könnten, mein Lieber", lächelte Quirinius. „In einigen Provinzen sind römische Steuerschätzer unterwegs, um die Menschen zu befragen. Doch hier, und vor allem in Judäa, werden sich die Steuerpflichtigen wohl selbst auf den Weg in ihren Zuständigkeitsort machen müssen. Vergiss nicht, was die Leute im Zentrum des Imperiums auf sich nehmen, werden wir von unseren Provinzialen ebenfalls verlangen können."
Der Schreiber verbeugte sich und legte die gekreuzten Arme vor die Brust. Quirinius erläuterte, dass die Bürger von Rom auf dem Marsfeld vor den beiden Zensoren, den

Schätzern, erscheinen und unter Eid ihre Familien- und Vermögensverhältnisse offenlegen mussten. Ein feierliches Sühneopfer würde die Steuerschätzung beenden. Der Zensor nahm eine Fahne in die Hand und ließ die Opfertiere – meist Schweine, Schafe oder Stiere – dreimal im rechtswendigen Kreis um das Volk herumführen. Dann opferte man die Tiere dem Gott Mars.

„Ein Provinzialzensus bietet wie der Reichszensus noch einen anderen Vorteil", fuhr der Statthalter fort. „In Rom verbindet man damit eine Musterung. Wir können mit den Listen auch zugleich erfragen, wer wehrberechtigt ist."

„Eine kluge Entscheidung, mein Herr", dienerte der Schreiber.

„Also, machen wir uns an die Arbeit und entwerfen wir die entsprechenden Fragebögen. Doch halt, noch wichtiger ist, Boten mit dem Befehl des Kaisers in alle Dörfer und Städte Syriens zu entsenden. Wir brauchen also einen sorgsam ausgeklügelten Wegeplan. Rufe mir Numerus Flavius herein."

Numerus Flavius war ein hoher Offizier. Als er den Raum betrat, erschien er trotz der Hitze in voller Uniform, während Quirinius eine leichte Toga aus vorzüglichem Stoff trug. Der Statthalter befahl, wenigstens Helm und Schwert abzulegen, wenn Numerus Flavius sich schon nicht von seiner Rüstung trennen wollte. Unter der Rüstung bildete die Tunika, die aus einer breiten Stoffbahn gefertigt und mit zwei Armlöchern und einem Halsausschnitt versehen war, die Grundkleidung. Sie wurde wie ein Pullover über den Kopf gestülpt und besaß keine Knöpfe oder andere Verschlüsse. Die Tunika wurde mit einem schmalen Gürtel so gerafft, dass der Saum etwa eine Handbreit über dem Knie

lag. Numerus Flavius gehörte zu den Soldaten, die aus den Männern der unterworfenen Länder gezogen worden waren. Er hatte wie viele den Treueid auf den Kaiser geschworen. Seine hervorragenden Landeskenntnisse sollten bei der Zustellung des Steuerlistenformulars helfen.
„Die Steuerschätzung wird nicht ohne Ärger abgehen, hoher Herr“, wandte Numerus Flavius ein, als ihm der Statthalter den Befehl des Kaisers Augustus erläutert hatte. „Sie wird vor allem bei den Juden auf Widerstand stoßen.“
„Widerstand dulde ich nicht!“, entfuhr es Quirinius. „Wir haben strenge Gesetze, die wir gegen aufmüpfige Bürger anwenden werden.“
„Versucht die Menschen zu verstehen, Herr. Die Leute werden ihre Steuern künftig mit römischen Münzen zahlen müssen, die Bilder und Inschriften Eurer Gottheiten tragen oder gar das Abbild des Kaisers Augustus, der als göttlicher Herrscher verehrt wird. Ihre Religion sagt ihnen jedoch, dass es nur einen Gott im Himmel gibt und man sich von ihm kein Bild machen darf. Ich hoffe nicht, dass es zu einem Aufstand kommt.“
Der Statthalter zog die Stirn in Falten. „Ich genieße das Vertrauen des hohen Augustus. Er will mich zum designierten Rector, zum Betreuer von Gaius Caesar ernennen, der ein Enkel und auserwählter Nachfolger des Kaisers ist.“ Die Schärfe in Quirinius` Stimme nahm zu. „Ich werde mich dieses Vertrauens würdig erweisen – koste es, was es wolle.“
Schließlich erteilte er dem Offizier den Auftrag, das ganze Gebiet der Provinz Syrien in Quadrate einzuteilen und in jedes Planquadrat berittene Boten zu entsenden. Für die Anfertigung der Landkarte räumte er eine Frist von zwei

Wochen ein. Eine weitere Woche sollte der Einweisung der Reiter und Proberitten dienen, bevor der groß angelegte Provinzialzensus beginnen konnte.
Dank des strategisch perfekt organisierten Informationssystems erfuhren auch Josef und Maria von Nazareth in Galiläa von der Eintragungspflicht. Und so machten sie sich ins 148 Kilometer entfernte Bethlehem in Judäa auf, um bei der für sie zuständigen Meldestelle der römischen Behörde ihre Erklärungen abzugeben.

Die Bibel berichtet, dass Kaiser Augustus den Befehl erließ, wonach sich alle Bewohner des Reiches in Steuerlisten einzutragen hatten. Dies geschah damals zum ersten Mal. In jener Zeit war Quirinius Statthalter von Syrien. Jeder zog in seine Stadt, um sich eintragen zu lassen. Josef aus der Stadt Nazareth in Galiläa und seine Braut Maria machten sich auf den Weg hinauf nach Judäa in die Stadt Davids, Bethlehem. Josef stammte nämlich aus dem Haus und Geschlecht Davids. Maria war schwanger; sie erwartete ihr erstes Kind. (nach Lukas)

Publius Sulpicius Quirinus war zweimal Statthalter in Syrien. Zwischenzeitlich trat ein gewisser Varus an seine Statt. Quirinius, der die vier Legionen Legio III Gallica, Legio VI Ferrata, Legio X Fretensis und Legio XII Fulminata befehligte, zog mit einer Streitmacht in das südlich der Provinz Syria gelegene Gebiet Judäa, wo der vom Offizier Numerus Flavius prophezeite Aufstand ausgebrochen war, den man auf den regierungsunfähigen Herrscher Herodes Archelaus zurückführte. Augustus enthob ihn im Jahre 6 n. Chr. seines Amtes und band Judäa als autonome Region stärker an Syrien. An die Spitze des Autonomiegebietes berief er einen Präfekten. Quirinius fiel die Aufgabe zu, das Steuerwesen in den neuen Reichsgebieten zu organisieren und eine Volkszählung durchzuführen. Das geschah vermutlich 7 n. Chr. Den Unruhen in der Bevölkerung wegen des Gebrauchs römischer Münzen mit dem Kaiser als Gottheit versuchte der Hohepriester Joazar zu begegnen, indem er die Mehrheit der Einwohner für die Zusammenarbeit mit den römischen Beamten gewann. Doch der Pharisäer Zadok und der Schriftgelehrte Judas von Gamala hielten das Besteuerungssystem für Sklaverei. Nur Gott allein sei Herrscher über Judäa, niemandem anderen müsse man Steuern zahlen. Quirinius hatte alle Hände voll zu tun, um die Bevölkerung zu beschwichtigen und auf die Einhaltung der Gesetze zu pochen.

Auch nachdem Augustus im Jahre 14 n. Chr. gestorben und Tiberius als Kaiser an seine Stelle getreten war, blieb das Ansehen des Quirinius unbestritten. Er war zweimal verheiratet, zunächst mit Claudia Appia. Obwohl schon betagt, heiratete er in zweiter Ehe Aemilia Lepida, eine Enkeltochter des Triumvirn Lepidus, der als höchster römischer Priester, als Pontifex Maximus, Dienst getan hatte. Im Jahre 20 n. Chr. wurde Aemilias Lepida schwanger, doch offenbar nicht von Quirinius, der die Vaterschaft abstritt und seine Frau des Ehebruchs anklagte. Sie wurde rechtswirksam verurteilt, die Ehe geschieden. Quirinius starb bereits ein Jahr später. Er erhielt ein Staatsbegräbnis. Kinder hinterließ er nicht.

IV.

Er war schon alt, dazu sterbenskrank, doch ein eiserner Machtwille, der sein ganzes Leben bestimmt hatte, hielt ihn auch jetzt am Leben. Sein Gesicht war düster, auch wenn der schwarze Vollbart inzwischen ergraut und der furchterregende Anblick dadurch gemildert war. Doch seine dunklen Augen waren immer noch wach, so hellwach, dass sie die Umgebung wie ein Adler maßen. Herodes wusste, dass sein Lebenswerk in Gefahr war. Streitigkeiten in der Familie, an der er lebhaft Anteil hatte, gefährdeten sein Machtimperium. Die eiserne Hand, mit der er lebenslang regiert und manchen Rivalen aus dem Feld geschlagen hatte, verlor ihre Kraft. Doch noch war er „König“ über Judäa, Galiläa, Samarien und andere Gebiete. Er war römischer Prokonsul, das heißt, er verwaltete Gebiete für Rom, doch seine Königswürde war von Rom abhängig. Die Rolle des Vasallenkönigs schränkte seine Souveränität ein.

Je älter Herodes wurde, umso öfter umgab er sich mit weisen, erfahrenen Männern, denen er vertrauen und sich anvertrauen konnte. Denn auch ein skrupelloser Mensch verspürt am Ende seiner Tage die verborgenen und unterdrückten Regungen des Gewissens. Er litt zunehmend an Schlaflosigkeit. Viele Nächte lag er wach und grübelte. Er starrte, die Arme unter dem Kopf verschränkt, gegen die kalkweiße Decke, horchte auf den Gang des Wächters vor

seiner Tür und ließ den Gedanken freien Lauf. Ihn beschäftigte die Frage, ob zum Regierungsauftrag und damit auch Machterhalt im eigenen Interesse und zugleich im Sinne Roms nicht ebenfalls die eiserne Faust, die erbarmungslos zuschlagen konnte, und die harten Bandagen, die er manchem Widersacher angelegt hatte, gehörten, kurz – ob es für einen Herrscher nicht Mittel der Machtdemonstration und der Züchtigung gab, die gewöhnlichen Menschen nicht zustanden und die sie auch nicht nutzen durften, mit denen Monarchen jedoch die Ordnung im Reich aufrechterhalten konnten? Und wurde diese Frage bejaht, durfte man dann die Einflüsterungen des Gewissens nicht unbeeindruckt als unzulässig, ja, als Störung abtun?
Herodes ließ in schlaflosen Nächten den greisen Simon kommen, einen Mann, der eigentlich zur strengen Sekte der *Essener* gehört hatte und den er gegen seinen Willen am Hof festhielt, weil er seine Weisheit schätzte und immer öfter dessen Rat beanspruchte.
„Ich kann und darf Euch nicht raten, Herr“, flehte Simon, wenn Herodes ihm immer wieder die schon bekannten Fragen vorlegte. „Einmal schickt es sich nicht, einem Herrscher, wie Ihr es seid, einen Rat zu erteilen, denn wer könnte in seiner gottgleichen Weisheit besser entscheiden als Ihr selbst. Zum anderen könnte ich Euch mit meinem Rat leicht erzürnen, weil er Eurer Meinung widerspricht, und Ihr solltet nun in Eurem Alter keine Aufregung mehr ertragen müssen.“
Herodes galt als schlauer Fuchs, jedoch auch Simon war diplomatisch genug, um den König durch provozierende Antworten nicht zu reizen. Einerseits verlangte Herodes Offenheit, doch konnte er diese Offenheit nicht leicht ertra-

gen, er fühlte sich angegriffen und in seiner Ehre verletzt. Es gab so viele dunkle Punkte in seinem Leben, Grausamkeiten, Brutalität und ein krankhaftes Misstrauen als Folge seiner egozentrischen Machtpolitik. Jetzt, in den letzten Lebenswochen des Königs, schienen diese dunklen Punkte wieder aufzuerstehen und sich zu einer langen Kette unverzeihlicher Vergehen aneinander zu reihen.

Herodes entstammte einer einflussreichen, vornehmen und wohlhabenden idumäischen Familie. Die Idumäer siedelten im südlichen Judäa. Obgleich er stets die jüdischen Regeln und Riten hielt und sich durch den Tempelneubau verdient machte, wurde Herodes, da er aus keinem der zwölf jüdischen Stämme hervorgegangen war, nicht als Jude anerkannt, worunter er zeitlebens litt. Der Hasmonäerkönig Johannes Hyrkanos I. hatte bei der Eroberung Idumäas die Menschen zur Annahme des Judentums gezwungen. Die jüdische Bevölkerung hielt sich an das Wort Gottes, das da sagt: „Du sollst keinen, der nicht einer deiner Brüder ist, über dich setzen!“, was bedeutete, niemanden als Herrscher zu akzeptieren, der nicht jüdischer Herkunft war.
Um 73 v. Chr. als zweiter Sohn von Antipatros und dessen Frau Kypros, einer Natabäerin, geboren, setzte sein Vater ihn im Jahre 47 zum Statthalter von Judäa ein. Der Vater wurde vier Jahre später vergiftet. Der Sohn ließ den Mörder seines Vaters hinrichten. Als im Jahre 40 v. Chr. Antigonos und die Parther in Judäa einfielen und sich Antigonos zum König von Jerusalem aufschwang, floh Herodes nach Rom. Das Triumvirat Octavian, Marcus Antonius und Marcus Aemilius Lepidus ernannte ihn zum König von Jerusalem. Herodes bekämpfte Antigonos zwei Jahre, besiegte ihn

und zog wieder in Jerusalem ein. Sein Widersacher wurde auf Geheiß des Marcus Antonius hingerichtet.

In den Nächten, in denen Herodes wach lag, erschienen Bilder aus der Vergangenheit, dunkle Bilder mit hassverzehrten und blutigen Gesichtern, mit voll Angst und Schmerz geöffneten Mündern und vor Entsetzen geweiteten Augen. Mariamne trat vor ihn hin, eine schöne lichte Gestalt, die nicht zu altern schien und ihm so unbeschwert und fröhlich entgegenkam wie in den Tagen ihrer ersten Begegnung. Mariamne, die von Herodes abgöttisch geliebte Frau! Jeden Wunsch las er ihr von den Augen, und Mariamne war an Wünschen unersättlich und voller List. Ja, sie hatte ihren Gatten bezirzt, ihren Bruder Aristobulos, der damals noch ein Jüngling war, zum Hohepriester zu ernennen.
„Du weißt, mein Gemahl, dass mir mein Bruder sehr nahesteht. Er erfreut sich in der Reihenfolge gleich nach dir meiner Liebe. Überwinde dich und betraue ihn mit dem Amt, um das ich dich bitte."
Herodes rang mit sich und bedachte die Folgen. Er konnte Mariamne einerseits keinen Wunsch abschlagen und litt unter dem „Nein", das er gelegentlich doch aussprechen musste. Das verlangte die Staatsraison, vor allem, wenn die Folgen eines unbedachten Schrittes erwogen werden mussten.
„Er ist doch erst sechzehn, dazu unreif und den gelehrten Trägern des geistlichen Amtes nicht gewachsen. Sie werden ihm auf der Nase herumtanzen."
„Ich bitte dich herzlich, Herodes. Ein Machtwort, und niemand wird es wagen, die Autorität meines Bruders infrage zu stellen."

Herodes zögerte. „Dann habe ich halb Jerusalem gegen mich!“
„Was höre ich? Du bist schon mit anderen Schwierigkeiten fertig geworden. Deine Henker sind nicht aus der Übung gekommen.“ Mariamnes Augen sprühten Blitze.
Diesmal blieb Herodes hart. „Das ist wahrlich eine schwere Entscheidung. Ich brauche Zeit.“
Der König entschied sich nicht gleich, er bat sich Bedenkzeit aus. Denn er misstraute dem Aristobulos. Er wird nicht immer in seinem jugendlichen Alter bleiben, dachte Herodes, er wird die Schule der Intrigen und Raffinessen durchlaufen und unter dem Einfluss seiner Familie zur Gefahr für den Thron werden. Scheinheilig stimmte er dem Wunsch Mariamnes schließlich zu. Doch in einer der darauffolgenden Nächte rief er den Chef des Geheimdienstes zu sich.
„Ich beauftrage dich mit einer heiklen Mission“, sagte er. „Du wirst dafür sorgen, dass Aristobulos im Anschluss an die Feiern zum Laubhüttenfest im Schwimmbad ertränkt wird, verstanden?“
Der Geheimdienstchef nickte, stellte jedoch keine weiteren Fragen. Er wusste, dass Herodes in einem solchen Fall keine Erläuterungen gab, um nicht selbst in die Sache hineingezogen zu werden. Er verließ sich auf die Ideen seiner engsten Vertrauten.
„Es muss allerdings wie ein Unfall aussehen und nicht der geringste Verdacht auf einen Mordanschlag fallen. Du bürgst mir dafür.“
„Ihr könnt Euch ganz auf mich verlassen, o König.“
Herodes nickte. Er zog einen Beutel mit Goldstücken hervor und warf ihn dem Geheimdienstchef zu. Der verbeugte sich und schlich in die Nacht hinaus.

Der Krieg gegen die Natabäer band Herodes im Jahre 32 v. Chr. für etwas mehr als ein Jahr. Erst nach dem Sieg über sie konnte er seine Pläne für die Neugestaltung Jerusalems wieder aufnehmen. Er ließ eine neue Wasserleitung, ein Theater und ein Amphitheater bauen und große Festspiele veranstalten, den zweiten israelischen Tempel so umfangreich restaurieren, dass er einem Neubau gleichkam und später „Herodianischer Tempel" genannt wurde. Der König legte ab 22 v. Chr. neue Städte wie Caesarea Maritima an oder baute die von den Hasmonäern zerstörte Hauptstadt des Königreiches Israels, Samaria, zu Ehren des Augustus wieder auf und gab ihr den Namen Sebaste. Der Kaiser in Rom vertraute ihm zum Dank die Landschaften Trachonitis, Batanäa und Auranitis an. In Jerusalem entstand ein neuer Königspalast und in der Wüste die Residenz „Herodeion". Seine Felsenfestung Masada in der Nähe des Toten Meeres war auf den ersten Blick uneinnehmbar. Am Toten Meer gelang Herodes die Förderung von Erdpech, einer Art Asphalt. Diese Substanz, die er gemeinsam mit Kleopatra abbaute und worauf er fast ein Monopol hielt, wurde für den Schiffbau unersetzlich. Eine glückliche Hand bewies der König auch beim Abbau der Kupferminen auf Zypern, die er vom römischen Kaiser gepachtet hatte. Er erwarb sich durch die Kombination mit britischem Zinn eine herausragende Stellung bei der Gewinnung von Bronze.

Wegen seiner Verdienste beim Ausbau seines Reiches wurde Herodes später „der Große" genannt. Er bekämpfte erfolgreich eine große Dürre und Hungersnot, indem er in Ägypten Getreide einkaufen ließ und eine vorbildliche Hilfsaktion ins Leben rief. Er setzte sich auch für die Juden in Kleinasien und Kyrene ein und erließ in Judäa in Jahren wirtschaftlichen Aufschwungs ein Viertel aller Steuern. In der politischen Ehe mit Rom bewies er Geschick. So sah er die große Zeit des Octavian, des späteren Kaisers Augustus, voraus und entschied sich gegen seinen Gönner Antonius. Worauf Octavian auf Rhodos den Königsanspruch des Herodes bestätigte und ihm noch weitere Gebiete zu seinem Herrschaftsbereich dazugab. Doch als sich um 10 v. Chr. Aufständische mit dem natabäischen Heer vereinten und Herodes bedrängten, fiel er nach dem Kriegszug bei Augustus in Ungnade. Bereits ein Jahr später gelang ihm die Aussöhnung. Der Idumäer war ein tapferer Soldat, seine Begabung als Feldherr wurde geschätzt, er war kühn als Jäger, gewandt als Politiker, auch in widrigen Lagen behielt er meist einen klugen Kopf, allerdings wurde sein Urteilsvermögen mit zunehmendem Alter getrübt. Er besaß einen ausgeprägten Familiensinn, doch litt er Zeit seines Lebens unter einer Art Verfolgungswahn, der auch seine engsten Familienmitglieder nicht verschonte. Durch kostspielige Prachtbauten gewann der Regent Ansehen. Die Neugestaltung des Tempels und der Bau der Burg Antonia bleiben immer mit seinem Namen verbunden, bei Jericho errichtete er unter Mitwirkung italienischer Baumeister ein luxuriöses Schloss. Askalon, Akko, Tyrus, Sidon, Damaskus, Berytus, Byblos, Tripolis, Antiochia am Orontes, aber auch Rhodos, Chios, Pergamon, Athen, Sparta, Olympia bleiben mit seinem Namen als Wohltäter verbunden.

Herodes große Liebe war zweifellos die zum Zeitpunkt ihrer Verlobung erst zwölfjährige Mariamne, mit der sich

der inzwischen über dreißigjährige Herrscher nicht zuletzt aus politischen Gründen 42 v. Chr. verbunden hatte. Vor der Hochzeit ließ er sich von seiner ersten Frau Doris scheiden und verstieß ihren gemeinsamen Sohn Antipater. Mariamne gebar vier Kinder, die Söhne Alexandros und Aristobulos IV. sowie die Töchter Salampsio und Kypros III. Herodias war ihre Enkelin, Salome, die durch ihren Tanz das Schicksal Johannes des Täufers besiegelte, ihre Urenkelin. Herodes war seiner Frau Mariamne so eng verbunden, dass er bestimmte, sie solle getötet werden, wenn er von einem seiner Kriegszüge oder einer der vielen Auslandsreisen nicht lebend zurückkehre. Zu spät bemerkte er, dass die Liebe doch eher einseitig war.
Den Tod ihres Bruders und ihres Großvaters verzieh Mariamne ihrem Gatten niemals. Sie besaß den Stolz der Makkabäer, jener jüdischen Freiheitskämpfer gegen die Dynastie der Seleukiden, die das hohepriesterliche Geschlecht der Hasmonäer begründeten. Da Herodes die Hasmonäer von der Macht verdrängt hatte, war er als Halbjude im Lande und bei Mariamnes Familie nicht beliebt. Auch ihre Mutter Alexandra konnte ihren Schwiegersohn nicht leiden und spann Intrigen gegen ihn und seine Schwester Salome.

V.

Salome war die Schwester des Königs Herodes und einige Jahre jünger als ihr Bruder. Sie suchte oft seine Nähe, zuweilen auch in der Burg Antonia, die nach Herodes' Gönner Antonius benannt worden war, jedoch weniger aus Bruderliebe, als vielmehr um Ränke gegen Mariamne und ihre Angehörigen zu schmieden, selbst noch nach dem Tod der Schwägerin.

„Übrigens bin ich der Meinung, dass du sehr blauäugig bist", trumpfte sie bei einem ihrer wöchentlichen Besuche auf. „Mariamne konnte dir einst auf der Nase herumtanzen, und du hast es nicht einmal bemerkt."

„Ich bin nicht blauäugig, wie du meinst. Ich habe dunkle Augen, wie du weißt", entgegnete Herodes doppeldeutig. Er ging mit ihr in den schönsten Privatraum seines Palastes und bot ihr einen Sessel an. „Wenn du aber damit sagen willst, dass ich die Lage nicht mehr überblicke und deshalb blauäugig bin, so muss ich dich korrigieren, meine Liebe. Ich beobachte sehr wohl, was um mich, um uns geschieht. Im Übrigen wünsche ich nicht, dass du nur schlecht von deiner toten Schwägerin sprichst. Ich liebte sie – und deshalb hat sie auch für dich ihre guten Seiten zu haben, verstanden?"

Salome antwortete nicht, sondern blickte in den Palastgarten hinaus. In der Mitte plätscherte ein Springbrunnen. Von seinen gefassten Rändern aus liefen schmale kiesbestreute

Wege sternförmig auf die weißen Wände des quadratisch angelegten Hauses zu. Zwischen den Wegen entfalteten die Blumen in den Beeten orientalische Düfte.
Die Burg Antonia erhob sich auf einem 25 Meter hohen Felsplateau. Vier wuchtige 25 Meter hohe Türme begrenzten ihre Ecken. Der Südostturm war sogar 35 Meter hoch. Das Bauwerk lag an einer für die Verteidigung Jerusalems wichtigen Stelle, denn die meisten gegen die Stadt gerichteten Angriffe wurden von Norden aus geführt. Herodes baute das historische Gebäude, das auch von den Seleukiden zerstört worden war, zu einer prächtigen Palastfestung mit Repräsentations- und Wohnräumen, Bädern und Arsenalen aus. Hier residierte er bis 23 v. Chr. Dann zog er in den neuen Königspalast auf dem Westhügel um.
„Ich wusste nicht, dass dich dein Gedächtnis so bald im Stich lassen würde, lieber Bruder“, lächelte Salome. „Ich kann ja noch verstehen, dass du meine Verheiratung mit unserem Onkel, des Antipatros Bruder, hingenommen hast. Er war dir wohl sympathisch, denn sonst hättest du ihn nicht zu deinem Stellvertreter ernannt, als du dich wegen des Mordes an Aristobulos, Mariamnes Bruder, in Laodikeia vor Marcus Antonius rechtfertigen musstest. Sogar die Aufsicht über Mariamne in deiner Abwesenheit hast du ihm damals aufgetragen, so verliebt warst du in sie.“
Herodes wand sich. „Du verwechselst Staatsraison mit privaten Angelegenheiten. Ich weiß selbst, dass Mariamne mich nicht so liebte, wie ich es mir wünschte, mich wahrscheinlich nie geliebt hat, wie ich im Nachhinein bitter feststellen muss, erst recht nicht, seit ihr Bruder ertrunken ist.“
„Ertrunken? Da hast du doch sicher zweifelsohne nachgeholfen.“

„Ich musste das tun, denn ich fürchtete um eine Verschwörung gegen den Thron." Herodes brauste auf: „Alles verschwört sich hier gegen mich!"
Salome trug ihr braunes Haar lang und offen. Es zeichnete sich kraftvoll vom Weiß ihres Seidenkleides ab, das um die Taille mit einem Gürtel, an dem eine goldene Schließe befestigt war, zusammengerafft wurde. Über ihrer Brust leuchtete links eine mit Brillianten besetzte Spange. Die Schwester legte besänftigend ihre Hand auf des Bruders Arm.
Herodes ließ für sie und sich eine Erfrischung kommen, den Saft ausgepresster Orangen und Zitronen. Als der Mundschenk ihm den Becher reichte, bedeutete ihm der König mit einem Kopfnicken, erst davon zu kosten. Der Mundschenk goss eine Probe in ein kleines separates Gefäß und trank sie aus. Erst dann nahmen der Herrscher und seine Schwester das Getränk zu sich.
Salome stellte den Becher beiseite. „Ich danke dir, Bruder, für das Getränk." Dann wurde ihre Stimme lauter. „Ich vergesse dir nicht, dass du es zuließest, wie Mariamne mich wegen meiner angeblich geringeren Herkunft demütigte. Hast du nie begriffen, dass auch du damit gemeint warst, kommen wir doch beide aus demselben Haus?"
„Ich habe das durchaus begriffen, meine Liebe", rechtfertigte sich Herodes. „Habe ich dir deine Wünsche nicht immer erfüllt? Als du, deines Gatten überdrüssig, ihn sogar beschuldigtest, mit meiner Frau Ehebruch getrieben zu haben, habe ich Josef ohne Verhör hinrichten lassen. Das war doch in deinem Sinn, oder?"
„Aber du hast Mariamne verschont!", brauste Salome auf.
„Habe ich das wirklich, Salome?" Herodes fuhr auf, nahm

alle Kraft zusammen und stand bebend vor seiner Schwester. Die Adern an seinen Schläfen pochten. „Es kann also keine Rede davon sein, dass ich Mariamne verschont hätte“, sagte Herodes verbittert. „Ich habe lange unter diesem Urteil gelitten, das, wenn ich es aus heutiger Sicht recht bedenke, ungerecht war und mich belastet. Spiele mir also bitte nicht die Schwester vor, die in Treue zu ihrem Bruder steht und nur das Beste für ihn will. Auch die Anschuldigungen gegen Mariamnes Mutter haben sich im Nachhinein als falsch herausgestellt. Und doch habe ich sie auf dein Geheiß umbringen lassen.“

Salome hatte sich in zweiter Ehe mit dem vornehmen Idumäer Kostobaros verehelicht, der Statthalter von Idumäa und Gaza wurde. Es war eine begrenzte Liebesheirat. Pech für den Idumäer, dass er konspirativer Verhandlungen mit der ptolemäischen Königin Kleopatra VII. beschuldigt wurde. Herodes war außer sich, doch unter dem Einfluss der Schwester mäßigte sich sein Zorn. Der König war lange Zeit Verbündeter des Marcus Antonius gewesen. Doch nach dessen Niederlage bei Actium geriet er in eine schwierige Lage. Vorsichtshalber übertrug er seinem Bruder Pheroras die Regierungsgeschäfte, brachte Mariamne und ihre Kinder auf der Burg Masada in Sicherheit und reiste dann zum Empfang des siegreichen Octavian, des Kaisers Augustus, nach Rhodos. Augustus bestätigte die Herrschaft des zu ihm übergewechselten Herodes. Nach dessen Rückkehr wurde das Verhältnis zu seiner Frau Mariamne immer gespannter, ein Zustand, den Salome geschickt für ihre Intrigen nutzte. Ein Mundschenk flüsterte in ihrem Auftrag dem Herrscher zu, Mariamne habe ihn zur Mischung eines Liebes- und Gifttranks für den König angestiftet. Da auch die Gerüchte über Mariamnes Untreue nicht verstummen wollten, ließ Herodes seine einst so geliebte Gattin hinrichten.

Herodes heiratete in dritter Ehe ebenfalls eine Frau mit Namen Mariamne. Sie war die Tochter des Priesters Simon – vielleicht hatte sie ihn an die unverwechselbare und unvergessene Mariamne erinnert... Aus der Verbindung ging ein Sohn mit dem Namen seines Vaters – Herodes – hervor.

Die Liebe zwischen Salome und ihrem zweiten Mann hielt nicht lange. Um sich seiner zu entledigen, beschuldigte sie ihn eines Komplotts gegen ihren Bruder. Außerdem berichtete sie Herodes, Kostobaros verstecke schon seit zehn Jahren die gesuchten Söhne des gegen den jüdischen König aufgetretenen Babas, um mit ihnen einen Umsturz vorzubereiten. Der Bruder glaubte seiner Schwester mehr als allen Unschuldsbeteuerungen – Kostobaros und die Babas-Söhne wurden exekutiert. Als Herodes ein Gastmahl gab, war auch der Statthalter des Natabäerkönigs Obodas mit Namen Syllaios zugegen. Für Salome und ihn war es Liebe auf den ersten Blick. Bald darauf hielt Syllaios bei Herodes um ihre Hand an; der König willigte nur zu gern ein. Da Syllaios als Araber die Beschneidung als Voraussetzung zum Übertritt zum Judentum ablehnte, kam die Ehe nicht zustande. Pheroras, Salomes und Herodes` Bruder, nahm mit mehreren Hofdamen am zügellosen Verhalten Salomes Anstoß, die daraufhin gedrängt wurde, in dritter Ehe einen Vertrauten des Herodes mit Namen Alexas zum Mann zu nehmen. Die römische Kaiserin Livia, die mit Salome befreundet war, förderte das Verhältnis, damit es nicht zu Salomes Bruch mit ihrem Bruder Herodes kam.

„Ich werde mich in Zukunft nicht mehr auf deine Ratschläge verlassen“, sagte Herodes in die Stille, die nur vom Rauschen des Brunnens im Garten und einigen Vogellauten unterbrochen wurde. „Du warst mir keine gute Beraterin, sondern hattest nur deinen eigenen Vorteil im Blick. Deshalb habe ich beschlossen, meine in Rom weilenden Söhne, die ich mit Mariamne gezeugt habe, zurückzuholen. Ich will mich mit ihnen aussöhnen, denn ich spüre, dass ich nicht mehr viel Zeit zum Leben habe.“

Salome ließ ein hässliches Lachen hören. Ihre Augen verengten sich zu einem Schlitze. „Ist das der Dank dafür, dass ich dich vor manchem Komplott bewahrt habe?“, fauchte sie. „Ohne mich lägst du längst im Herodeion begraben oder wärst in der Wüste verscharrt worden.“

Herodes ging auf diesen Zwischenruf seiner Schwester nicht ein. „Ich werde Alexandros mit der kappadokischen Königstochter Glaphyra verheiraten sowie Aristobulos mit Berenike.“

„Mit Berenike? Mit meiner und des Kostobaros Tochter?“ Salome ließ vor Schreck den Becher fallen. „Da habe ich doch wohl auch noch ein Wörtchen mitzureden!“

„Du schweigst!“, schnitt Herodes ihr das Wort ab. „Die verwandtschaftlichen Bindungen werden dich hoffentlich daran hindern, wieder deine Intrigen zu spielen.“

„Fürchtest du nicht, dass mich Mariamnes Söhne mit Hass verfolgen werden, weil ich dir aus guten Gründen ihre Hinrichtung empfohlen habe? Was, wenn du nicht mehr lebst

und einer deiner Söhne an die Macht kommt? Was geschieht dann mit mir, he?"
Was für ein Verwirrspiel, welches heillose Durcheinander. Die für Außenstehende zwiespältige, undurchsichtige Machtpolitik, die Herodes Zeit seines Lebens betrieben hatte schien Herodes nun selbst in Fesseln zu legen. Er zuckte die Achseln und entließ die Schwester ohne Abschiedswort. Er war müde und wollte sich keinen neuen Spekulationen hingeben. Die Politik war ihm zuwider geworden, und doch, fürchtete er, musste er sie bis zum letzten Atemzug betreiben, wollte er sein Reich nicht untergehen sehen.

Salome schien dennoch den längeren Atem zu haben, um ihre konspirativen Kräfte zu mobilisieren, mit deren Hilfe sie sich dem Zugriff der möglichen Verfolger entziehen konnte. In der Folgezeit trieb sie einen Keil in die Beziehung zwischen Aristobulos und Berenike, ließ die Brüder sogar durch ihre Tochter ausspionieren. Berenike erfuhr, dass Alexandros und Aristobulos IV. ihren Vater hassten, weil er Mariamne hatte ermorden lassen, und dass sie nur auf eine Gelegenheit warteten, um die Verwandten, die die Kleider ihrer Mutter trugen, in Säcke stecken zu können. Als Salome diese Neuigkeiten erfuhr, eilte sie sogleich triumphierend zu ihrem Bruder. Herodes ärgerte sich, weil es seiner Schwester wieder einmal gelungen war, ihre Machenschaften zu betreiben, andererseits dankte er für die Warnung. Doch gegen seine Söhne unternahm er noch nichts.
Mit Glaphyra, der Frau des Alexandros, legte sich Salome als Nächstes an. Die Königstochter stand im Rang über ihr

und ließ es sie wohl spüren. Pheroras, Salomes und Herodes` Bruder, berichtete dem Alexandros, dass der König ein Auge auf Glaphyra geworden habe, was den jungen Ehemann aus verständlichen Gründen noch mehr gegen seinen Vater aufbrachte. Herodes stellte Pheroras zur Rede. Pheroras wälzte alle Schuld auf Salome ab. Die und nicht er habe das Gerücht in die Welt gesetzt. Trotz aller gegenteiligen Beteuerungen zog sich Salome nun den Zorn ihres Bruders zu.

„Ich kann weder dir noch sonst irgendjemandem glauben", donnerte Herodes sie an. „Du hast ein verwegenes Spiel mit mir gespielt und nur deine Vorteile gesucht."

„Wie kannst du mir Lügen unterstellen, mein Bruder! Willst du hinterrücks ein Messer in den Rücken bekommen oder in deinem Bett erstickt werden? Ich habe wache Augen und die sehen mehr, als du in deiner blinden Vertrauensseligkeit."

„Ich bin nicht vertrauensselig, sondern wachsam gegenüber jedermann. Schon gar nicht lasse ich mir von dir sagen, was ich zu tun habe. Oder hast du Beweise für deine Anschuldigungen?"

Salome tat gekränkt. Sie war eine gute Schauspielerin. Sie verdrückte ein paar Tränen und schien zutiefst beleidigt zu sein.

Herodes mäßigte seinen Ton. „Ich will noch einmal mit Pheroras sprechen."

„Was, mit dem? Kennst du deinen Bruder so schlecht, dass du ihm Glauben schenken kannst? Das ist ein falscher Schritt, dessen Folgen du noch bedauern wirst."

Der misstrauische König glaubte schließlich dennoch den ewigen Hasstiraden und Verdächtigungen, die Salome ins

Spiel brachte. Alexandros wurde eingekerkert – hatte er wirklich an einem Komplott gegen seinen Vater mitgewirkt? Er gab schließlich eine Verschwörung zu, an der jedoch auch Pheroras und Salome beteiligt gewesen seien. Salome habe ihn zudem zu einem außerehelichen Verhältnis gezwungen. Der ebenfalls verhaftete Aristobulos sprach von einer Spionagetätigkeit Salomes für Syllaics gegen ihren Bruder Herodes. Der Tod der Söhne Mariamnes war für Salome daraufhin beschlossene Sache.

VI.

Als Josef und Maria in Bethlehem ankamen, setzten bei Maria die Wehen ein. Sie gebar ihr erstes Kind, einen Sohn. Weil aber in den Herbergen wegen der vielen Menschen, die zur Steuerschätzung in ihre Heimat gekommen waren, kein Platz war, mussten sie mit einer Notunterkunft vorliebnehmen. Dort wickelte Maria ihr Kind in Windeln und legte es in eine Krippe. (nach Lukas)

Die Sitzung des Gemeinderates im November des Jahres 7 v. Chr. zog sich wie Gummi in die Länge. Die Tagesordnung schien zu einem Punktekarussell zu werden, das sich unablässig um sich selbst drehte. Die müden Gesichter der Stadtverordneten verrieten, dass greifbare Ergebnisse an diesem Tag in weite Ferne rückten. Man hatte sich festgebissen an konträren Ansichten, an sich widersprechenden Meinungen. Eine schier unüberbrückbare Lücke klaffte zwischen den Parteien. Dennoch startete der Bürgermeister einen weiteren Versuch.
„Als Punkt sechs der Tagesordnung haben wir einen Antrag der Fortschrittspartei zu verhandeln. Die Fortschrittspartei setzt sich – wie wir im Grunde alle, deshalb verwundert die bisher festgestellte Meinungsverschiedenheit – für ein sauberes Ortsbild ein. Sie möchte jedoch nicht nur das Ansehen der Stadt Bethlehem durch einen kalkweißen Anstrich der Häuser und durch mehr Zierpflanzen auf den öffentli-

chen Plätzen verbessern, sie drängt auch auf die Entfernung von zwielichtigen Gestalten aus dem Stadtbild."
Eli, Sohn des Baruch, sprang auf. „Das klingt so, Herr Bürgermeister, als ob wir Menschen abwerten und ausgrenzen wollten. Das ist keineswegs der Fall. Wir respektieren selbstverständlich die Würde eines Menschen."
„Hört, hört!", rief der Kämmerer Gilead, Sohn des Ruben, der für seine Romtreue bekannt war.
Eli blickte den Kämmerer zornig an. Er hätte sich eines Kommentars enthalten müssen. „Das ist in der Tat so, Gilead. Aber meine Fortschrittspartei ist der Auffassung, dass bestimme Personengruppen – Hausierer, Stadtstreicher, Prostituierte, Bettler, die durch die Störung der öffentlichen Ordnung auffallen – während des Besuches des Herrn Staatspräsidenten in den Straßen nichts zu suchen haben. Es ist das erste Mal, dass der Idumäerfürst Herodes unserer Stadt einen Besuch abstattet. Wir sollten uns von unserer besten Seite zeigen."
„Aber nicht auf Kosten der Menschen!", rief Maleachi, Sohn des Hillel, von der Partei der Solidarität. „Auch wir haben uns stets für ein sauberes Ortsbild eingesetzt. Aber Menschen auszugrenzen, nur weil sie vielleicht in Not geraten sind und nach Ihrer Meinung das Stadtbild stören – nein, da machen wir nicht mit!"
Eli brauste auf: „Ja, ja, Maleachi! Nach außen gebt Ihr Euch solidarisch, aber in Wirklichkeit forciert Ihr und Eure Partei eindeutig die aus mehreren Klassen bestehende Gesellschaft!"
Diesen Vorwurf konnte Maleachi wiederum nicht auf sich sitzen lassen, und so schwoll die Diskussion, die schon kräftige Ermüdungserscheinungen gezeigt hatte, von Neuem

an. Der Bürgermeister versuchte zu vermitteln, schlug, als der Schlagabtausch nicht gestoppt werden konnte, schließlich vor, die Dispute außerhalb des Sitzungssaales auszutragen, doch vergeblich.
Kämmerer Gilead erinnerte daran, dass nicht nur der Besuch des Staatspräsidenten Herodes anstand, sondern dass Bethlehem – bedingt durch die von der Regierung in Rom verfügte Eintragung in Steuerlisten – mit dem Andrang vieler fremder Menschen zu rechnen habe. Diese Doppelbelastung werde die Stadt vor große Verkehrs- und Beherbergungsprobleme stellen. Die Hotels und Pensionen seien schon jetzt überfüllt.
„Entschuldigt, dass ich Euch unterbreche“, rief Frau Hanna. „Ich bezweifle, ob es klug war, gleich zwei so gewichtigen Ereignissen stattzugeben. Gegen die Verfügung aus Rom ist kein Einspruch möglich, und den Anordnungen des Statthalters Quirinius ist zweifelsfrei Folge zu leisten. Aber der Besuch des Königs Herodes hätte auf einen späteren Zeitpunkt verschoben werden können.“
Uz, Sohn des Benjamin, fuhr aus dem Halbschlaf auf: „Sehr richtig!“
Der Bürgermeister hob abwehrend die Hand. „Das ist ein gewaltiger Irrtum, meine Herrschaften! Ihr wisst so gut wie ich, dass es ein unverzeihlicher Fehler wäre, den König als Repräsentanten dieses Staates nicht zum festgesetzten Zeitpunkt zu empfangen. Übrigens hat er den Termin vorgeschlagen. König Herodes ist sehr nachtragend, wenn es um die Missachtung seiner Interessen geht.“
Diesem Einwand konnte sich niemand verschließen, und so kehrte die Runde der Stadtverordneten zu der Frage zurück, ob Bettler, Hausierer, Asylanten, Arbeitslose, Berber

und Landstreicher vorübergehend aus dem Stadtbild verschwinden sollten.
„Wir können sie doch nicht einfach in die Wüste schicken!“, bemerkte Frau Potiphar.
„Wie Sündenböcke, was?“, lachte Uz.
„Wir müssen damit rechnen, mit dem Vorwurf der Fremdenfeindlichkeit behaftet oder der Menschenverachtung verdächtigt zu werden“, gab der Bürgermeister zu bedenken. Da er nur beifälliges Nicken ausmachte, zog er rasch seinen längst vorbereiteten Plan aus der Schublade: „Wir haben draußen vor der Stadt, unweit der Hirtenfelder, ein paar leer stehende Häuser. Herr Kämmerer Gilead hat sie sich auf meinen Wunsch hin angesehen.“
„Was, diese Bruchbuden?“, entrüstete sich Frau Hanna. „Wann seid Ihr denn zuletzt da draußen gewesen, Herr Bürgermeister? Es ist kaum ein Haus mehr ganz.“
„Stimmt das, Gilead, Sohn des Ruben?“, fragte der Bürgermeister streng.
Kämmerer Gilead ließ sich nicht aus der Ruhe bringen: „Die Situationsanalyse der Frau Hanna ist, gelinde gesagt, übertrieben. Ich räume ein, dass ein paar Ausbesserungsarbeiten vonnöten sind.“
„Zerbrochene Fenster, eingetretene Türen, halb verfallene Dächer und morsches Gebälk lassen sich wohl kaum unter diesem Begriff zusammenfassen“, zischte Frau Hanna mit rotem Kopf, worauf Gilead feixte: „Müssen Arme denn in Palästen wohnen?“
Durch einen Vorschlag von Frau Potiphar erhielt die Diskussion neuen Zündstoff. „Wenn sich auf Befehl des Kaisers Augustus alle Bewohner des Reiches in ihren Geburtsorten in Steuerlisten eintragen müssen, so kommen auf die Städ-

te und Dörfer ungeahnte zusätzliche Belastungen zu. Dafür muss es doch eine finanzielle Hilfe geben.“ Ein Aufatmen ging durch die Runde. Im Geist griffen zwanzig Hände nach diesem Strohhalm.
„Rom ist pleite“, bemerkte Kämmerer Gilead trocken.
„Und wir zahlen die Rechnung“, ergänzte Frau Hanna.
Am Ende sprach sich eine knappe Mehrheit der Stadtverordneten dafür aus, dass alle unbeliebten Personen mit Hilfe der Polizei aus dem Zentrum Bethlehems in gemeindeeigene Wohnungen in Nähe der Hirtenfelder verbracht werden sollten, wo sie bis zum Abschluss der Steuerlisten-Aktion und des Besuches des Herrn Staatsrepräsentanten Herodes zu verbleiben hätten.

Haschem, Sohn des Jakob, und Mordechai, Sohn des Aaron, saßen am Feuer, das vor dem Stall flackerte. Drinnen die Holzscheite anzuzünden, war streng verboten. Die Stadtverwaltung von Bethlehem fürchtete, dass die „Sozialwohnung“ in Brand geraten könne. Dabei gab es für diese Bruchbude nur ein Mittel, um sie zu sanieren: abfackeln und neu bauen! Aber für Neubauten war kein Geld mehr im Stadtsäckel.
„Hast du gesehen, wie sie sich rausgeputzt hat?“, fragte Haschem und zeigte mit dem Daumen rückwärts in Richtung Bethlehem. Er war groß, hager, ein dunkler Typ mit wachen Augen. Mordechai machte einen etwas schläfrigen Eindruck, er war klein und dick, fast pummelig, doch er tänzelte oft wie ein vom Wind vorangetriebener Distelball.
„Blumen, Fahnen, frischer Anstrich“, rief Haschem. „Als ob der Kaiser aus Rom zu Besuch käme. Dabei ist es nur dieser Tyrann Herodes.“

Mordechai blickte sich ängstlich um. „Nicht so laut, Haschem. Die Häscher sind überall. Und mit Leuten wie uns macht Herodes kurzen Prozess."
„Nicht nur er", erwiderte Haschem. „Wir haben keine Fürsprecher – und folglich auch keine Rechte. Drei Jahre bin ich auf der Walz. Drei Jahre nachts unter Straßenbrücken, in Kaminschächten und an Häuserecken."
„Du musst mir nichts erzählen." Mordechai schüttelte den Kopf. „Ich kenne mich aus. Es gibt nichts, dass ich nicht schon erlebt hätte. Dreimal hat mich ein Straßenköter gebissen, den ein Großgrundbesitzer auf mich hetzte, weil ich seinem Hof zu nahe gekommen war."
Sie starrten ins Feuer, über dem ein Kessel mit Wasser zu sieden begann. „Gleich gibt's die Armensuppe", lästerte Mordechai.
Haschem horchte gespannt in die Dunkelheit. „Da tut sich was."
„Was tut sich? Siehst du Gespenster?"
„Nein, es kommen noch zwei."
„Solche wie wir?"
Haschem stand auf und hielt die Hand über die Augen. „Weiß ich nicht. Sieht aber so aus."
„Schick sie weg!", sagte Mordechai barsch. „Wir haben keinen Platz. Da unten ist noch ein Haus."
„Eine städtische Notunterkunft, ha, ha", feixte Haschem. „Was die Stadt Bethlehem nicht alles für uns tut!"
„Sie sollen sich zum Teufel scheren", schimpfte Mordechai.
Josef und Maria traten aus dem Dunkel ins Licht des Feuers. Der Widerschein der Flammen verzauberte das Gesicht der jungen Frau. Haschem sah, dass sie schön, aber auch müde war.

„Nicht zum Teufel, bitte“, sagte Josef.
„Nun, viel besser hast du es hier auch nicht“, erwiderte Haschem.
„Doch. Das sehe ich. Ihr habt freundliche Gesichter“, nickte Josef.
„Wir können höchst grantig werden. Vor allem, wenn uns jemand den bescheidenen Schlafraum streitig machen will“, rief Mordechai und trat auf die beiden Fremden zu.
„Wir möchten euch nichts streitig machen, sondern nur um ein Plätzchen bitten.“
„Um ein Plätzchen, so. so. Darf ich Ihnen die Suite zur Südseite anbieten, oder bevorzugt der Herr lieber Parterre mit Meeresblick?“
Haschem betrachtete die junge Frau. „Auch das noch“, brummte er, als er erkannte, dass sie kurz vor der Niederkunft stand.
„Man hat uns hierher verwiesen. Die Herbergen in der Stadt sind belegt“, erklärte Josef.
„Also, wenn sie nicht schwanger wäre, würden wir nicht so ohne Weiteres weichen – was, Haschem?“
Haschem und Mordechai tuschelten miteinander. „Gut, wir bleiben am Feuer“, entschieden sie, und Mordechai scherzte: „Bis zwölf wärme ich mir den Rücken, nach Mitternacht den Bauch.“
Josef dankte und führte Maria in das abbruchreife Haus.
„Vielleicht solltet ihr besser in den kleinen Anbau gehen“, rief Mordechai ihnen nach. „War früher vielleicht mal ein Stall oder Unterstand für die Hirten. Dort ist das Dach noch ganz, und es gibt Heu und Stroh – zum Wärmen.“
„Ja, und eine Krippe“, ergänzte Haschem.
„Wozu denn eine Krippe?“, erkundigte sich Mordechai.

Haschem klärte ihn auf: „Man kann ja nicht wissen ... – das Kind ... Es muss doch eine Bleibe haben. Sie steht kurz vor der Niederkunft, glaube ich."

„Bist du Arzt?"

„Dazu muss man nicht Arzt sein. Schließlich war ich auch mal verheiratet und hatte drei Kinder. Aber – doch lassen wir das."

„Ich hatte nur eins, den Hillel, aber der ist mit kaum zwei Jahren gestorben", seufzte Mordechai. „Meine Frau hat das nie verkraftet und ist schwermütig geworden. Dann starb sie. Ein Kind zu verlieren – mein Gott, das ist schlimmer als der eigene Tod."

„Davon hast du mir ja nie erzählt."

„Warum sollte ich alte Geschichten wieder aufwärmen?"

„Ich mache mir Sorgen um sie", nickte Haschem und wies auf die Notunterkunft.

„Sie hat immerhin ihren Mann."

„Wenn die Wehen losgehen, wird er ihr kaum eine Hilfe sein. Mein Gott, diese Aufregung! Du weißt nicht, was du zuerst oder zuletzt tun sollst. Du bist ganz schön durcheinander in einem solchen Augenblick."

Mordechai blickte sich um, er starrte in die Dunkelheit der Nacht, als könne er aus ihr Hilfe herbeizaubern. Doch nur das Rauschen der Pinien war zu hören. Der Himmel war sternenklar. Ein einzelner Stern schien in dieser Nacht besonders groß zu leuchten. Mordechai fröstelte. „Aber vielleicht geht es in dieser Nacht auch noch nicht los", hoffte er.

„Schwacher Trost, Mordechai. Immer, wenn es einen aufregenden Tag gab und die Frauen in diesem Zustand müde und erschöpft sind, geht es los. Das ist nun mal so."

Mordechai musterte seinen Freund. „Warst wohl doch mal so was wie ein Arzt, was?“
Haschem verneinte. Er habe sich in vielen Dingen versucht, aber nie etwas Rechtes auf die Reihe gebracht, meinte er und betrachtete seine zerschlissene Kleidung.
Plötzlich stand Josef hinter ihnen.
„Es ist uns sehr peinlich ...“
„Was?“
„Dass wir euch um euren Schlafplatz gebracht haben.“
„Mach dir darum keine Sorgen, Kumpel. Wir haben es ihretwegen getan.“ Haschem deutete auf das halbverfallene Haus.
„Danke!“, sagte Josef.
„Wie geht es ihr?“, fragte Haschem.
„Sie schläft. Sie ist vor Erschöpfung sofort eingeschlafen.“
„Ihr seid lange unterwegs, was?“, erkundigte sich Mordechai.
„Seit 14 Tagen“, nickte Josef. „Wir kommen aus Nazareth in Galiläa.“
„Nie gehört. Du, Haschem?“
„Nee. Ich kann nicht jedes Kaff kennen, auch wenn ich weit herumgekommen bin.“
„Bethlehem ist meine Heimat. Ich muss mich in die Steuerlisten eintragen lassen“, klärte Josef die beiden auf.
„Komischer Staat“, brummte Mordechai. „Lässt die Leute durch die halbe Welt ziehen, um sie dann noch Steuern zahlen zu lassen.“
Haschem schüttelte den Kopf. „Bei den Politikern, die wir haben, darfst du dich über nichts wundern.“
„Die Theoretiker am Schreibtisch haben den Blick für das wirkliche Leben verloren“, nickte Mordechai.

Josef lauschte in die Dunkelheit. „Ich glaube, sie ruft!"
„Ich denke, wir brauchen uns nicht ans Feuer zu legen", stellte Haschem fest, nachdem Josef in den Stall zurückgeeilt war.
„Du meinst, es geht los?"
„Ich habe ein ungutes Gefühl."
„Ungut? Ein Kind ist doch nichts Schlechtes, Haschem."
„Natürlich nicht!" Haschem warf ein Holzscheit in die Glut. „Aber geboren in dieser Armut? Wer einmal aus diesem Viertel kommt, wird es schwer haben, in der Welt da draußen seinen Platz zu behaupten."
„Es hat solide Eltern!", nickte Mordechai.
Aus dem Dunkel des Stalles traf sie der Ruf: „Die Wehen! Die Wehen! Das Kind ist bald da!"
Haschem rappelte sich hoch. „Entfach ein Höllenfeuer, Mordechai. Und stelle den Wasserkessel auf!"

Das erste Licht zuckte über den Horizont. Es breitete sich aus wie in wehenden Schleiern, die wie die Gewänder von Engeln um den verfallenen Stall schwebten. Ein unsagbar tiefer Friede lag über dem Land.
„Eine glatte Geburt", sagte Mordechai und betrachtete mit großen Augen das seltsame Schauspiel am Himmel. „An dir, Haschem, ist doch ein Arzt verloren gegangen."
„Ich habe mich tatsächlich einmal mit Medizin befasst. Ich kannte viele Heilkräuter", seufzte Haschem. „Aber alles, was ich anfing, habe ich nur halb getan."
Mordechai schlug dem Freund auf die Schulter. „Heute nicht, mein Lieber. Heute ist dir etwas Ganzes gelungen."
Aus dem Dunkel der Nacht schälten sich die Gestalten von Menschen mit überraschten Gesichtern. Sie traten auf, als

ständen sie noch im Banne einer ungewöhnlichen Schau, verklärt, verträumt, wie im Halbschlaf.
„Nun, was treibt euch denn mitten in der Nacht hierher?“, fragte Mordechai überrascht.
„Wisst ihr denn nicht? Ein Kind hat in dieser Nacht das Licht der Welt erblickt“, sagte der erste Hirte.
„Heute Nacht werden viele Kinder geboren. Kinder vertreiben das Dunkel.“ Haschem wies zu dem Stall hinüber.
„Kischon meint ein besonderes Kind“, klärte Meled die beiden Obdachlosen auf. „Wir hatten Nachtwache bei den Herden. Plötzlich sahen wir über uns ein helles Licht. Es strahlte warm und weich, aber es blendete nicht. Wir hatten eine Mordsangst! Doch aus dem Licht kam eine Stimme, die Stimme eines Engels ...“
„Engel?“, fragte Mordechai ungläubig. „Und ihr habt nicht geträumt?“
„So wahr ich Kischon heiße, nein!“
„Das ist mal was ganz Neues, Haschem. Geburtsanzeige per Engel.“
„Du weißt noch nicht alles“, sagte Zadok. „Ich habe mit eigenen Ohren gehört, dass der Engel sagte:

„Erschreckt nicht, habt keine Angst! Denn ich habe eine gute Nachricht für euch und für alle Menschen in der Welt! Heute ist nämlich in Bethlehem, der Stadt Davids, der Messias geboren worden. Er ist der Herr, der Retter der Welt. Geht! Ihr werdet ein Kind finden, das in Windeln gewickelt ist und in einer Krippe liegt.“ (nach Lukas)

„War es nicht so, Meled?“ Der Hirte nickte. Er trug ein Stück Käse in seinem Tuch und frisch gebackenes Brot.

„Das wird ja immer schöner. Am Ende ist es unser Kind, Haschem!“, rief Mordechai erregt.
Die Hirten wichen zurück. „Liegt das Kind etwa in diesem Stall?“
„Wer wird denn einen Sozialbau der Stadt Bethlehem so abqualifizieren?“, sagte Mordechai mit gespielter Strenge. „Geht nur hinein. Ihr werdet ein Kind finden. – Aber Retter der Welt? Es hat sich einen schlechten Startplatz für seine Lebensaufgabe ausgesucht.“
Haschem blickte den Hirten nach, die eilig dem Stall zustrebten. „Vielleicht ist der Ort gar nicht so schlecht“, meinte er nachdenklich. „Ein Platz unter uns, unter uns Ausgestoßenen, Pennern, Arbeitslosen, Asylanten, Stadtstreichern. Vielleicht kam der Retter der Welt, um bei uns anzufangen? Um uns als Erste auf die Beine zu helfen?“
„Unter uns – den Menschen im Dunkeln?“
Eine Träne rann Haschem über das Gesicht. Nachdenklich blickte er zum Stall hinüber. Und er sagte leise: „Das Dunkel ist licht genug.“

VII.

„Das bartlose Gesicht mit der geraden Stirn, der großen, spitzen Nase, den weit zurücktretenden Augen und dem blöden Zug um den Mund macht keineswegs einen bedeutenden oder auch nur angenehmen Eindruck. Und dieser erste Eindruck verstärkt sich sogar noch bei näherem Zusehen. Das breite Gesicht und der fette Hals lassen auf einen wohlbeleibten, phlegmatischen Herrn schließen, der sich weder geistig noch körperlich gern anstrengte."

Ein wenig schmeichelhaftes Porträt des zu Unrecht so abträglich gezeichneten Publius Quinctilius Varus, der erstmals bewusst in die Geschichte eintrat, als Jeschua von Nazareth geboren wurde und ihm die Hirten im Stall zu Bethlehem ihre Aufwartung machten.
Er stammte aus Cremona, erblickte dort 47 oder 46 v. Chr. das Licht der Welt und war römischer Senator und Politiker in der Zeit des Kaisers Augustus. Varus war der Sohn des Quästors Sex. Quinctilius Varus, der 42 v. Chr. starb. Um das Jahr 22 war er „quaestor Augusti" in Achaia. Quästoren waren in der römischen Republik die obersten Finanzbeamten. Sie wurden zunächst von den Konsuln ernannt, seit 447 v. Chr. jedoch vom Volk gewählt. Zunächst gab es zwei Quästoren, ab 421 v. Chr. mit dem Zutritt der Plebejer zum Amt vier. Seit Sulla 81/80 v. Chr. erhöhte sich ihre Zahl auf 20. Varus begleitete Augustus möglicherweise auf seiner

Orientreise in den Jahren 22 bis 19 v. Chr. Er war mit dem Kaiserhaus verschwägert, hatte Vipsania Marcella, eine Großnichte des Kaisers, geheiratet. Diese Stellung brachte ihm wahrscheinlich auch die Übernahme des Konsulats 13 v. Chr. ein, ein Amt, das er gemeinsam mit dem späteren Kaiser Tiberius teilte. In den Jahren 9 und 8 v. Chr. war Varus Proconsul der Provinz Afrika. In den darauffolgenden Jahren wirkte er als Legat des Kaisers Augustus in der Provinz Syrien, wo er die Nachfolge des Gaius Sentius Saturninus antrat; zuvor war Publius Sulpicius Quirinius Legat gewesen. Dort befehligte er drei Legionen. Eine Legion bestand aus zehn Kohorten. Eine Kohorte verfügte über 600 Kämpfer. Sie wurden wiederum in je drei Manipel unterteilt. Jeder Manipel bestand also aus 200 Mann. Bemerkenswert ist, dass Varus zum Berater des Herodes in Judäa avancierte. Er muss in der für Rom wichtigen Provinz an den Grenzen des Imperiums zum Partherreich ein geschickter Diplomat gewesen sein, der sich trotz ihm angedichteter menschlicher Schwächen hervorragend behauptete. Er galt als erfahrener Militär und ausgezeichneter Verwaltungsfachmann, der sein Amt mit Ernst und Einfühlungsvermögen ausübte.

Herodes, in die Konflikte um die Erbfolge verstrickt, wusste sich am Ende der vielen Intrigen und Komplotte, die er in seinem Umfeld erlebte, keinen anderen Rat, als Publius Quinctilius Varus mit der Testamentsregelung zu betrauen. Varus kam, wenn er Herodes aufsuchte, gewöhnlich mit großem Gefolge. Er ließ keinen Zweifel daran, dass er auch in Judäa das römische Imperium verkörperte und ein König von kaiserlichen Gnaden wie der Idumäer nicht den Status genoss, den er sich innerhalb einer Weltmacht erträumte und vorrangig von seinen Untertanen erwarten durfte. Seinem Reisewagen voraus schritt oder ritt ein Manipel, also 200 Mann, mit Lanzen bewehrt. Auch der römische Adler, das Zeichen imperialer Hoheit und Würde, wurde dem Fahrzeug unmittelbar vorausgetragen. Dem Wagen mit dem Statthalter folgten weitere Fahrzeuge mit hohen Regierungsbeamten sowie einige Versorgungstransporte für die Verpflegung unterwegs. Den Schluss bildete ein Tross Berittener in voller Rüstung, was für die Soldaten eine ungeheure Anstrengung bedeutete, denn die Sonne brannte vom wolkenlosen Himmel, und sie forderte stets auch einige Ohnmachtsanfälle.

Varus war kleiner im Vergleich zu Herodes, dessen hohe, wenn auch allmählich hagere Gestalt den Mittelpunkt jeder Begegnung bildete. Deshalb hatte Varus sich angewöhnt, bei Reden und Diskussionen zu stehen, während er den Idumäer und sein Gefolge nötigte, Platz zu nehmen. So erweckte er den täuschenden Eindruck von persönlicher Größe und Überlegenheit gegenüber seinem Gastgeber. Herodes empfing Varus stets mit gebührendem Respekt, konnte er von dessen Zuneigung doch Rückschlüsse auf die Billigung seiner Politik durch Rom erwarten.

Ihre Begegnungen liefen stets nach dem gleichen Zeremoniell ab: Nach der an Floskeln reichen Begrüßung lud Herodes seinen Gast zur Erholung von der staubigen Reise in den Garten ein, wo Diener mit Karaffen voller gekühlter Säfte und Tabletts mit erfrischendem Obst bereitstanden. Eine Ruhepause in den ihm zugedachten Gemächern lehnte Varus meist ab, er konnte schlecht schlafen und erst recht bei Tage selbst in abgedunkelten Räumen nicht zur

Ruhe kommen. Stattdessen zeigte der Hausherr dem Römer die Pracht seiner Rosen, auf deren Pflege er großen Wert legte. Herodes wusste, dass Varus Rosen liebte, und er versäumte es niemals, ihm beim Abschied eingetopfte, versiegelte Ableger seiner neuesten Züchtungen mit auf den Weg in seine Residenz zu geben. Beim Gang durch den von verschiedenen Gerüchen getränkten Garten entspannte sich das Gesicht des sonst als hochmütig, unbeherrscht und egoistisch geltenden Legaten. Wenn sich seine hervorstechende und leicht gekrümmte Nase den Blüten näherte und den Düften nachspürte, schloss Varus die Augen, auf den Lippen erschien sogar ein Lächeln. Die Selbstverliebtheit, die man ihm nachsagte, konnte seine Umgebung in einem solchen Augenblick bestätigen.

„Ihr seid nicht nur ein geschickter Politiker, sondern auch ein Meister des Gartens", lobe Varus den Hausherrn. „Ihr habt ein gutes Händchen für beides. Wären alle römischen Untertanen so erfolgreich wie Ihr, gäbe es in Rom weniger Sorgen."

Beim Wort „Untertanen" zuckte Herodes zusammen, doch Varus bemerkte es nicht. Varus zupfte eines der Blütenblätter und zerrieb es zwischen Daumen und Zeigefinder. „So kann ich eine Duftprobe mit in unsere Verhandlungen nehmen", scherzte er. Doch alsbald zeigte er sich wieder stolz und unnahbar. Varus ließ keinen Zweifel daran, wer hier in Wahrheit das Sagen hatte. Herodes jedoch wusste seinem Besucher nicht nur mit Rosen, sondern auch mit blumenreichen Worten zu schmeicheln.

„Ich habe in meinem langen Leben viele Politiker erlebt, doch niemand war so weise und diplomatisch wie Ihr", log Herodes.

Varus war selbstherrlich genug, um dem Charme dieser Worte zu erliegen. Er galt zudem als eitel, was nicht nur in seiner gepflegten Kleidung zum Ausdruck kam, sondern auch in der Wahl der Duftwässerchen, die er benutzte. Spötter meinten, wenn ein Feldherr sich schon nicht mit begehrten Orden und Siegeszeichen schmücken könne, müsse er wenigstens durch Reizdüfte auf sich aufmerksam machen. Doch in diesem Fall tat man dem Legaten Unrecht, denn er hätte nie einen so hohen politischen Rang erzielt, wenn er nicht auch auf dem Kriegsschauplatz erfolgreich gewesen wäre.

Rom hatte ein berechtigtes Interesse an einer geregelten Erbnachfolge in Judäa und war bestrebt, einen der Söhne des Herodes auf dem Thron zu sehen. In seinem ersten Testament hatte Herodes seinen Sohn Antipatros aus seiner ersten Ehe mit der Jerusalemitin Doris zum Nachfolger bestimmt. Antipatros war ausersehen, König über ganz Judäa zu werden, während seine Söhne aus der Ehe mit der Hasmonäerin Mariamne nur über bestimmte Gebiete als Regionalkönige herrschen sollten. Antipatros intrigierte jedoch gegen seine beiden Halbbrüder, sodass sich Herodes genötigt sah, einen Prozess gegen seine mit Mariamne gezeugten Söhne zu führen. Er klagte sie vor dem Kaiser in Aquileia an, doch es gelang Augustus, die drei miteinander zu versöhnen. Herodes unterstützte darauf dankbar die vom Konkurs bedrohten Olympischen Spiele finanziell und sicherte dadurch ihren Fortbestand. Nicht zuletzt durch Salomes Einfluss und nach einer Anklage wegen Hochverrats kam es ein Jahr später zu einer Gerichtsverhandlung in Beirut – Berytos – vor einem römi-

schen Gericht, dem Varus vorstand. Hier zeigte er die gewohnte Härte. Nach Abschluss der Verhandlung endeten Alexandros und Aristobulos IV. im Jahre 8 n. Chr. auf der Hinrichtungsstätte.

Des Idumäers Lage war verzweifelt, doch gab er diese Schwäche gegenüber Varus niemals zu. Weder der Kaiser in Rom noch sein Vertreter in Syrien durften den Anflug einer Unsicherheit spüren. Herodes sah sich von Intriganten und Hochverrätern umgeben und wünschte, diesem Schlangengeflecht entfliehen zu können. Sein mühsam aufgebautes und erhaltenes Reich drohte durch Verrat unterzugehen. Auf wen in seiner Umgebung war überhaupt noch Verlass? Bei einem ihrer regelmäßigen Zusammentreffen kamen sie noch einmal auf den Prozessverlauf zu sprechen.
„Ich kann Eure Gemütsverfassung verstehen", eröffnete Varus das Gespräch. „Zwei eigene Söhne und zudem Kinder der Lieblingsfrau zu verlieren, ist ein schwerer Schicksalsschlag, den Ihr, wie ich sehe, noch nicht verkraftet habt und wahrscheinlich auch nicht verkraften werdet."
Herodes wollte sofort erwidern, doch Varus schnitt ihm mit einer Handbewegung das Wort ab. „Nach Ermittlungen und Sachlage konnte es keinen anderen Schuldspruch geben", erläuterte er dem König den Prozess. „Auf Hochverrat steht nun einmal per Gesetz die Todesstrafe. Und wer einem Herrscher nach dem Leben trachtet, ist ein Todeskandidat. Ihr selbst habt diese Verhandlung gewollt und ich konnte nicht anders entscheiden." Varus war in seinen Entscheidungen oft widersprüchlich. Mal verfolgte er Gegner mit großer Grausamkeit, dann konnte er in nicht minder schweren Fällen plötzlich Gnade walten lassen. In die-

sem Falle hatte er es nicht getan, nicht zuletzt, um die Macht Roms zu demonstrieren und dem Verdacht, mit Herodes Vetternwirtschaft zu betreiben, entgegenzutreten. Herodes saß während des Monologs seines Gastes mit zusammengekniffenen Lippen da und starrte vor sich hin. Dann entspannte sich die Atmosphäre allmählich. Varus scherzte sogar, um sein Gegenüber aus seinen düsteren Gedanken zu reißen, und erläuterte noch einige in Rom getroffene Entscheidungen. Sie betrafen den Umgang mit der jüdischen Bevölkerung, aus deren Reihen zunehmend Unruhen gemeldet wurden. Die römische Verwaltung empfahl eine strengere Gangart, wollte jedoch Herodes nicht vorgreifen, der bisher ein verlässlicher Garant für die innere Sicherheit der Provinz Palästina gewesen war und mit den Juden umzugehen verstand.

Herodes versicherte, dass er überall seine Späher habe. Der Geheimdienst arbeite vortrefflich, wenn es ernst zu nehmende Unruhen gäbe, wisse er sie im Keim zu ersticken.

Varus lächelte. „In diesen Dingen habt Ihr Eure Erfahrung. Ich lasse Euch für Eure Maßnahmen freie Hand."

Die Gespräche zogen sich hin, brachten im Kern jedoch nichts Neues. Regularien standen im Mittelpunkt, kleine Nadelstiche, wie Herodes empfand, die ihm die Abhängigkeit von der Zentralmacht Rom wieder einmal sanft und spitz begreiflich machen sollten, die zu erfüllen es der Anwesenheit des Legaten jedoch nicht bedurft hätte. Herodes beachtete nicht, wie die Dienerschaft das Essen auftrug und der Mundschenk seines Amtes waltete, indem er Speisen und Getränke in Augenschein nahm und vorkostete. Der König trank ein Glas Wein, die Speisen rührte er zunächst nicht an. Varus, der gern gut aß, konnte sich nur

mit Mühe bezähmen, nicht vor der einladenden Aufforderung des Regenten das Mahl zu beginnen. Er speiste ausgiebig. Die Diener legten nach. Der König aß nur zögerlich, er kaute lustlos an einem Stück Fleisch. Der Gast und Berater versuchte, die Stimmung zu heben.
„Was wollt Ihr tun, mein Freund? Ihr wisst, dass ich Euch gern zu Diensten bin, was nicht zuletzt in Roms Interesse liegt. Wie gedenkt Ihr Eure Nachfolge jetzt zu regeln?"
Der König löste sich von seinen dunklen Gedanken. Es war ein heller, warmer Tag. Die größte Hitze hatte sich verflüchtet, die Natur atmete tief.
„Ich werde die Erbfolge so regeln, dass Antipatros alleiniger Thronfolger wird", sagte Herodes aufatmend nach einer Weile. Auf seiner Stirn stand Schweiß. Er griff nach einem Taschentuch.
„Ausgezeichnet! Jetzt habt Ihr den gordischen Knoten, der Euch zu ersticken drohte, durchschnitten", lachte Varus und hob das leere Weinglas. Der bereitstehende Diener beeilte sich, es ihm erneut zu füllen.
„An die zweite Stelle soll mein gleichnamiger Sohn Herodes aus der Ehe mit meiner dritten Frau Mariamne treten", ergänzte der Idumäer.
Varus nickte zufrieden. „Eure Entscheidung ist ein Grund, darauf anzustoßen." Er ergriff das Glas und prostete Herodes zu. Herodes trank und lächelte gequält. Der Wein wollte ihm nicht schmecken.

VIII.

Kurze Zeit nachdem Jesus zur Zeit des Königs Herodes in Bethlehem in Judäa geboren worden war, erschienen Sterndeuter aus dem Osten Asiens in Jerusalem und fragten nach dem neugeborenen König der Juden. Sie sagten: „Wir haben seinen Stern aufgehen sehen und sind nun hier, um ihm zu huldigen." Als König Herodes das hörte, erschrak er, und auch die Stadt Jerusalem wurde in Unruhe versetzt. Der König ließ alle Hohenpriester und Schriftgelehrten des Volkes versammeln und erkundigte sich bei ihnen, wo der neue König, der Messias, geboren werden solle. (nach Matthäus)

Die Pharisäer bildeten in Israel die größte religiöse Gruppe. Hier waren sie beheimatet, fast jedermann konnte bei ihnen eine geistige Heimat finden. Die zahlenmäßige Größe brachte es mit sich, dass das Verhältnis zu den Römern als Besatzungsmacht angespannt blieb, auch wenn sie keinen Widerstand gegen sie organisierten. Sie machten allerdings auch keinen Hehl daraus, dass sie den Kontakt mit den Römern als Nichtjuden als unrein betrachteten. So nahmen sie keine Handelswaren und Speisen aus römischer Hand an. Die Pharisäer predigten, dass der Messias kommen werde, wenn alle Juden an einem Tag nicht sündigen würden. Deshalb legten sie die Gebote sehr streng aus.
Die Gerüchte von der Geburt des Messias versetzten nicht

nur die Römer in Unruhe, weshalb sie Repressalien erwogen, sondern auch Herodes den Großen. Sie wurden genährt durch das Eintreffen einiger Sternkundigen, die eines Tages in Jerusalem auftauchten. Es war ein Trupp von etwa zehn Mann. Drei schienen Gelehrte zu sein, die von ihren Dienern begleitet wurden. Sie saßen auf Kamelen, hatten auch zwei Maulesel als Tragtiere dabei und kamen von weit her, denn sie sahen danach aus, als ob sie eine große Reise hinter sich gebracht hätten. Ihre Gesichter waren trotz der Turbantücher von der Sonne gegerbt, aus ihrer Kleidung stob feiner Sand, ihre Tiere wirkten erschöpft und ausgelaugt.

An einer Zisterne ließen sie sich nieder. Gleich waren sie umringt von neugierigen Kindern. Auch einige Erwachsene, Händler und Söldner, blieben stehen.

„Wenn ihr kein Aufhebens macht und bald weiterreitet, könnt ihr euch hier ausruhen“, sagte ein Wachsoldat. „Wenn ihr aber vorhabt, in Jerusalem zu bleiben, habt ihr euch die schlechteste Stelle ausgesucht, die man nur wählen kann. Hier ist nämlich militärisches Sperrgebiet. Also, entscheidet euch.“

„Wir werden schon in Jerusalem bleiben – denn wir suchen nach einem neuen König, der in diesen Tagen geboren sein soll.“

„Neuer König?“ Der Soldat machte ein verblüfftes Gesicht. „Hier gibt es nur einen alten König, Herodes mit Namen. Es ist mir nicht bekannt, dass er noch einen Sohn gezeugt hat.“

„Unsere Forschungen weisen uns in diese Stadt oder in ihre nächste Umgebung. Wohin könnten wir uns denn wenden?“

„Ans Palais des Herodes direkt. Den Weg kann ich euch zeigen." Der Soldat erklärte ihnen in wenigen Worten, wie sie auf schnellstem Wege zum Königspalast des Herrschers auf dem Westhügel kämen. Sollte der alte Halunke wirklich noch einen Sohn bekommen haben?, fragte sich der Wachsoldat, während er dem seltsamen Tross nachblickte. Davon hätte man doch in der Stadt gehört. Vorsichtshalber informierte er seinen Vorgesetzten über das seltsame Gespräch.

Die Krieger, die den Eingang zur Burg Antonia sicherten, wollten die Sternkundigen erst gar nicht vorlassen. Doch als die Fremden Dokumente vorwiesen, die die Wächter allerdings nicht lesen konnten, und auf ihrer Absicht bestanden, unbedingt mit dem Herrscher von Judäa zu sprechen, wurden sie schließlich von einer Sicherheitsschleuse zur nächsten weitergeleitet. Herodes war außer sich, als er von der Absicht der Magier erfuhr. Ein neuer Königssohn? Am Ende der Messias? Sofort ließ er einige Pharisäer, die für die Verbreitung des Gerüchtes gesorgt hatten, hinrichten. Bevor er die Besucher befragte, beorderte er seine besten Gelehrten zu sich, Historiker, Mathematiker, Theologen und andere Wissenschaftler, dazu auch einige Militärs, und forderte Aufklärung über möglichen Prophezeiungen oder Überlieferungen.

Die Versammlung war auf die zehnte Morgenstunde angesetzt. Herodes befand sich in heller Aufregung, als die Gelehrten seines Reiches sich um ihn scharten. Inzwischen hatte sich das Erscheinen der Sterndeutergruppe herumgesprochen. Die Wachen hatten sie am Weggehen gehindert, die Hofbeamten sie in einem Teil des Palastes untergebracht, wo sie zwar fürstlich bewirtet wurden, die Räume aber nicht verlassen konnten. Die Haupttüren waren verschlossen.

„Habe ich nicht genug Scherereien mit meiner Nachfolge?“, tobte Herodes, als er die Sitzung eröffnet hatte. „Eines nach dem anderen meiner als verlässlich und ergeben geltenden Familienmitglieder erweist sich als heimlicher Hochverräter. Der Scharfrichter kommt nicht mehr zur Ruhe. Es geht um die Sicherheit des Thrones, um den Fortbestand meiner Dynastie in Judäa. Und jetzt laufen mir ein Dutzend Magier über den Weg, die behaupten, die Konstellation der Gestirne zeige ihnen einen Herrscher an, vor dem die Welt in die Knie sinken werde. Und dieser neue König – die Juden sprechen vom Messias – werde ausgerechnet hier zur Welt kommen oder sei sogar schon geboren worden? Warum weiß ich davon nichts, he?“

Der König, auf einen Stock gestützt, stand vor den im Halbkreis um ihn versammelten Ratsmitgliedern und sah die Männer der Reihe nach durchdringend an. Die Spitzen seines ergrauten Bartes zitterten.

„Was sagen unsere Astronomen über den Sternenhimmel? Was ist das für ein auffälliger Stern, von dem die fremden Weisen schwafeln? Was haben Sterne mit neuen Königen zu tun?“

„Es wird sich kaum um einen einzelnen Stern handeln können, mein König“, sagte der oberste der Hofastronomen. Seine Stimme klang kläglich. „Ich vermute, dass mehrere Sterne zusammen leuchten oder ein Komet erschienen ist.“

„So, vermutest du? Wissen tust du es nicht, oder? Schläfst du des Nachts oder beobachtest du den Himmel, he? Wozu beziehst du ein fürstliches Gehalt? Damit du nachts auf dem Ohr liegst und vor dich hin schnarchst?“ Herodes

pochte mit dem Stock auf den Marmorfußboden. Er war aufs Höchste erregt.
„Ein Himmelskörper wie ein Komet, um den es sich hier handeln könnte, ist meist ein Bote. Heil oder Unheil – wer kann es wissen."
„Unheil?" Herodes schnappte nach Luft. „Habe ich nicht genug Unheil erlebt? Und da wagst du es, mir die Möglichkeit eines neuen Unheils zu prophezeien?" Der oberste Hofastronom wich einen Schritt zurück.
„Warum muss ich erst durch fremde Sterngucker erfahren, was sich ereignet? Warum werde ich nicht von dir informiert?"
„Es gibt Konjunktionen, mein König, die in der Ferne, in einem fremden Land zu beobachten sind, aber nicht vor Ort, hier in Judäa, in Jerusalem. Deshalb ist uns diese Himmelserscheinung auch nicht aufgefallen."
„Du redest dich um Kopf und Kragen, wenn du mir keine genaueren Angaben machen kannst", schimpfte Herodes. Der Oberhofastronom gab einem Mitarbeiter ein Zeichen und dieser zog aus einem Bündel zusammengerollter Pergamentstücke, auf dem die bekannten Sternkreiszeichen eingetragen waren, eine vergilbte Karte heraus und breitete sie auf dem Tisch aus.
„Es gibt noch eine verwegene Theorie", beschwichtigte der Oberhofastronom den erregten Landesfürsten. „Schaut, ich werde sie Euch erläutern."
Die ganze Gesellschaft trat an den Tisch heran, auf dem die Karte lag. „Wie gesagt, es ist eine wagemutige Theorie, hat also keinen Anspruch an die Wirklichkeit, das möchte ich ausdrücklich betonen. Es ist für dieses Jahr eine dreifache Konjunktion von Jupiter und Saturn im Sternbild der Fische

errechnet worden. Ich wiederhole, es ist eine nicht gesicherte Begegnung der Himmelskörper. Aber eine andere Deutung ist wohl auszuschließen."
Herodes beugte sich über den Kartentisch, dass die Spitzen seines ergrauten Bartes fast die Platte berührten. Die anderen Gäste blieben in gebührendem Abstand stehen. „Was sagt uns das?", fragte er die Astronomen.
„Ich habe von einem babylonischen Kollegen gehört, dass diese Begegnung der Planeten auf ein Ereignis in Israel hindeuten könnte."
„In Israel?"
„Genauer in Judäa."
„Was?" Herodes schnellte hoch. Sein Stock, auf den er sich stützte, fiel klappernd zu Boden. „Und das sagst du erst jetzt? Ich werde dich einen Kopf kürzer machen!"
Der Oberhofastronom zitterte wie Espenlaub. „Ich kann den Himmel nicht beeinflussen, o König, sondern nur zu deuten versuchen, was er uns sagen will."
„Warum sind die Hochkulturen der Vergangenheit, besonders in Ägypten, Mesopotamien, Persien dann weiter als wir? Was konnten sie, was wir nicht verstehen?"
„Sie sind uns um Jahre und Erfahrungen voraus. Die Chaldäer konnten Kometen beobachten und ihre Wiederkehr berechnen. Doch auch wir haben unsere Erfahrungen mit dem Himmel."
„Und was sagt er uns? Nur weiter!" Der König pochte mit dem Knöchel seines Zeigefingers auf den von Schriftstücken übersäten Tisch.
Der oberste Hofastronom räusperte sich: „Der babylonische Astronom, von dem ich meine Kenntnisse habe, sagte mir, dass Jupiter der Stern des babylonischen Gottes Marduk sei,

während Saturn als Planet des jüdischen Volkes gelte. Der westliche Teil des Fischezeichens stehe im Zusammenhang mit Palästina. Das muss uns nicht direkt treffen, nicht Judäa. Doch könnten sich folgende Schlussfolgerungen ergeben, die – wie ich nochmals betonen möchte – rein spekulativ sind und für die es keine greifbaren Beweise gibt."

„Ich höre!" Der König blickte mit gespannter Aufmerksamkeit auf den Astronomen.

„Der Königsstern Jupiter in Verbindung mit Saturn, dem Schützer Israels, könnte bedeuten, dass im Sternbild der Fische, also im Westen, ein König geboren worden ist."

Herodes knickte zusammen. Mit beiden Händen stützte er sich auf den Kartentisch, als läge die Lösung der Prophezeiung in den Schriftstücken verborgen. „Also doch", seufzte er. „Also haben die Sterndeuter aus dem Osten doch Recht."

„Wir haben noch eine zweite Theorie, o König, eine Theorie, der ich mehr Glauben schenken würde", beeilte sich der oberste Hofastronom festzustellen. „Es darf nämlich bezweifelt werden, ob Saturn für die babylonischen Astronomen der kosmische Repräsentant des Volkes Israel sein kann. Saturn wird nach babylonischer Deutung auch mit dem Land Syrien verbunden, nach griechischer Interpretation mit dem Gott Kronos, der in manchen alten Zauberbüchern mit dem jüdischen Gott Jahwe gleichgesetzt wird. Aber sagt selbst, o König, lehnt das Judentum Sterne als Götter nicht ab?"

Aus den Reihen der Theologen hörte man ein beifälliges Murmeln.

„Verzeiht, mein König, dass ich es wage mich einzumischen", meldete sich der oberste Vertreter des Militärs zu Wort. Seine Stimme klang fest. „Der Oberhofastronom sprach von wagemutigen Theorien. Sie haben praktisch keine Auswirkungen auf das Reich. Ich versichere Euch, dass keine militärische Macht im Anmarsch auf Judäa ist. Kein Herrscher trachtet uns nach dem Leben. Die Grenzen sind sicher, erst recht, seit der römische Statthalter Publius Quinctilius Varus in den sonst unsicheren Regionen seine Macht präsentiert. Ihm stehen genügend Söldner zur Verfügung, um auch die aufständischen Gebirgsstämme in die Schranken zu weisen."

Herodes entfuhr ein Seufzer der Erleichterung. Jemand schob ihm einen Stuhl hin, auf den er sich fallen ließ. Er wandte sich dann an die Theologen und forderte sie auf, darzulegen, was die Schriften hinsichtlich des zu erwartenden Messias zu berichten wussten.

Der Hohepriester erläuterte eine Reihe von Prophezeiungen, die bei Jakob beginnend sich über Mose, Jesaja, Jeremia, Ezechiel durch die ganze Heilsgeschichte hinzogen. Herodes verstand sich als strategischer Planer, er begehrte, genau zu wissen, was sich wann, wie, wo ereignete. Der Theologe zitierte aus dem vierten Buch Mose: „Ich sehe ihn, aber nicht jetzt, ich schaue ihn, aber nicht nahe. Es tritt hervor ein Stern aus Jakob, und ein Zepter erhebt sich aus Israel und zerschlägt die Schläfen Moabs und zerschmettert alle Söhne Jets."

„Das ist mir zu vage", schimpfte Herodes. „Das sagt mir nichts. Weiter!"

Der Hohepriester erinnerte an ein Wort des Propheten Jesaja: „Darum wird der Herr euch selbst ein Zeichen geben: Siehe, die Jungfrau wird schwanger werden und einen Sohn gebären und wird seinen Namen Immanuel nennen." Aber auch diese Bibelstelle erschien dem König wenig aufschlussreich, zu wenig auf die Jetztzeit übertragbar. Als der Hohepriester die Vision des Propheten Micha darlegte, war der Herrscher mit einem Male hellwach:

Aber du, Bethlehem-Efrata, so klein unter den Städten von Juda, aus dir wird einer hervorgehen, der über Israel herrschen soll. (nach Micha)

„Also haben wir hier den Beweis!" Herodes schlug sich mit der Hand aufs Knie. „Was du mir vorgesetzt hast, Oberhofastronom, war ein Ablenkungsmanöver, für das du büßen wirst. Du bist die längste Zeit Sterndeuter in meinen Diensten gewesen." Dann wandte er sich an den obersten Militär: „Es freut mich zu hören, dass die Grenzen gesichert sind. Aber was nützt mir eine Sicherheit an den Rändern des Staates, wenn der Feind schon im Zentrum weilt? Ein unscheinbares Städtchen namens Bethlehem soll plötzlich Mittelpunkt eines neuen Machtzentrums werden? Ich degradiere dich, ich werde deinen Posten mit einem Mann besetzen, der das Gras wachsen hört und weiß, wo ich meine Widersacher zu suchen habe."
Dann kehrte sich Herodes dem ersten Theologen zu: „Warum hast du, Hohepriester, bis zuletzt mit deinem Wissen hinter dem Berg gehalten und erst gesprochen, als du zum Reden aufgefordert wurdest? Du hättest uns einen Vorsprung verschafft, den Feind noch vor Morgengrauen zu verhaften. Geh! Geh mir aus den Augen. Auch du hast dich nicht würdig erwiesen, in meinem Diensten zu stehen."
Der König löste die Versammlung auf. „Ich werde die fremden Sternkundigen selbst befragen, allein! Verschwindet, ihr alle habt mir einen Bärendienst erwiesen!"

Herodes wusste, dass die Menschen ihn hassten. Auch die Beamten und Diener seines Hofes liebten ihn nicht. Er konnte sich in Wahrheit auf niemanden verlassen. Er ließ die Magier aus dem Osten zu sich bringen, hieß sie scheinheilig nochmals auf das Herzlichste willkommen und setzte ihnen aufs Neue Obst und frische Speisen vor. Wie unbeabsichtigt und beiläufig horchte er sie aus, warum sie ihr Weg ausgerechnet nach Bethlehem führe, wo es doch keinen Königspalast gebe und woher auch keine Kunde von der Geburt eines Königs gedrungen sei.
„Das ist eine lange Geschichte“, begann der älteste der Sterndeuter, der auch sonst das Wort zu führen schien. „Schon vor mehreren Tausend Jahren werteten die Babylonier das Sternbild der Jungfrau ERUA als das Zeichen am Himmel, das auf die Geburt des Erlösers hinweist.“
Herodes fühlte sich mit einem Male so schwach, dass er ohnmächtig zu werden drohte. Mühsam umklammerte er die Tischkante, um nicht umzusinken. Ein weißer Schleier legte sich vor seine Augen, und seine Stirn war kalt, obgleich sie sich schweißnass anfühlte. Wie aus weiter Ferne hörte er die Erklärungen des gelehrten Mannes, der mit Begeisterung darlegte, wie auch in anderen Kulturen die Geburt eines ungewöhnlichen Königs durch eine Jungfrau angekündigt und überliefert worden war. Schließlich machte der weit gereiste Astronom eine Pause, als er das in sich geschlossene, kalkweiße Gesicht des Königs sah. „Soll ich Euch nun weiter die Konstellation der Sterne erläutern, die uns hierher geführt hat?“
Herodes winkte ab.

Herodes entließ die Sterndeuter und schickte sie nach Bethlehem. Er sagte: „Geht und forscht sorgfältig, wo sich das Kind befindet. Und wenn ihr es gefunden habt, kommt zurück und berichtet mir, damit auch ich hingehe, um ihm zu huldigen." Nach diesen Worten des Königs machten sich die Sterndeuter auf den Weg … (nach Matthäus)

Wenige Tage nach dem Weggang der Magier fiel Herodes in eine tiefe Depression. Sie wurde verstärkt durch die Enttäuschung, dass die fremden Sterndeuter nicht zu ihm zurückgekehrt waren, worum er sie gebeten hatte, um ihm vom Fortgang ihrer Mission zu berichten. Der König sah sich nur noch von Verrätern und Erbschleichern, von Intriganten und Hochverrätern umgeben. Varus kam, um den König vor übereilten politischen Schritten zu warnen, denn er wusste, dass der Idumäer sofort Rachepläne gegen jene schmiedete, die seine Vorstellungen durchkreuzt hatten. Herodes war überaus egozentrisch, dazu eitel, misstrauisch, unberechenbar, und er konnte in einem unüberlegten Akt auch die römischen Interessen in Israel gefährden. Augustus hatte nicht ohne Grund befohlen, den König von Judäa in wichtigen Entscheidungen zu beraten.
„Vielleicht sind die Sternkundigen in Wirklichkeit Spione, die ihre Planetenkenntnisse lediglich zum Vorwand nehmen, um die Verhältnisse an unserem Hof zu erforschen? Es ist ja nicht zu übersehen, dass ich inzwischen ein alter Mann bin. Vielleicht rechnet sich eine fremde Macht gute Chancen aus, um mit der römischen Behörde ins politische Geschäft zu kommen? Was meint Ihr, Varus?"
Varus konnte sich ein Lächeln nicht verkneifen. „Eure Sorgen sind unbegründet, König. Rom belohnt Treue und Erge-

benheit – und die habt Ihr in vielen Jahren bewiesen. Ihr seid zwar nicht schlecht dabei gefahren, denn Augustus gewährt Euch Privilegien, die andere Fürsten nicht erhalten, aber niemand im Imperium Romanum denkt nur im Traum daran, sich mit einer anderen Macht zu verbünden."

„Aber dieser Herrscher, dieser neue König, von dem offenbar in den Schriften steht, dass er mächtig sein und die ganze Welt regieren wird – macht er Euch nicht Angst? Stellt er nicht auch eine Gefahr für das römische Imperium dar?"

Herodes, der Mächtige, der Gewaltige, der Skrupellose, der Ängstliche, der Hinfällige, der Verbitterte und Verzweifelte – ging vor Schwäche zitternd mit kleinen Schritten vor Publius Quinctilius Varus auf und ab. Sein Blick schien nach Innen gerichtet zu sein, die Augen starr, die Lippen zusammengekniffen, mit bebendem Kinn. Da Varus nicht antwortete, fuhr Herodes fort: „Sollte es sich wirklich um einen neuen König handeln, wie diese Magoi behaupten, so kann es sich nur um ein im Verborgenen zur Welt gekommenes Kind handeln, um einen Jungen, höchstens ein Jahr alt. Und wenn, wie diese Männer behaupten, Bethlehem sein Geburtsort ist, so kann ich mich dieser heraufziehenden Gefahr nur entledigen – indem ich alle Neugeborenen dieses Alters töte. Ja, vielleicht sollte ich noch einen Schritt weitergehen und alle bis Zweijährigen umbringen lassen. Einer von ihnen müsste doch der geheimnisvolle Königssohn oder gar der jüdische Messias sein."

Varus versuchte, den König von diesem teuflischen Gedankenspiel abzubringen. „Eure Phantasie in Ehren, lieber Monarch. Ihr habt uns Römer schon mehrfach mit ungewöhnlichen Plänen überrascht. Aber jetzt geht Ihr zu weit."

„Es müsste auch in Eurem Interesse liegen, dass sich die Hoffnung der Juden nicht erfüllt“, brauste der König unbeherrscht auf. „Warum erkennt Ihr nicht die Gefahr, die ich am Horizont heraufziehen sehe?“

„Wir Römer kämpfen Mann gegen Mann und beweisen dadurch unsere Stärke und Überlegenheit, aber wir kämpfen – nicht gegen Kinder“, erwiderte Varus. Sein Blick strafte Herodes mit Verachtung. „Habt Ihr kürzlich nicht selbst gesagt, dass Euch Euer Geheimdienst jede verdächtige Unregelmäßigkeit melden würde? Darauf verlasse ich mich. Wenn wirklich Gefahr für Rom droht, so werden auch meine Leute mir rechtzeitig Mitteilung machen.“

Herodes blickte überrascht auf.

„Vertrauen ist gut, Kontrolle jedoch besser“, lächelte Varus. „Noch erkenne ich diese Gefahr nicht. Doch die sehe ich heraufkommen, wenn Ihr einmal nicht mehr lebt. Mit Eurer Gesundheit steht es nicht zum Besten, nicht wahr?“

Herodes wies den Verdacht weit von sich. Doch in Wirklichkeit fühlte sich elend. Er ahnte, dass er nur noch wenige Zeit zu leben hatte.

IX.

Ich sehe ihn, jedoch noch weit entfernt, ich schaue ihn, jedoch noch nicht nahe genug. Ein Stern geht auf aus dem Hause Jakob, und ein Zepter erhebt sich aus Israel. Das zerschmettert die Schläfen Moabs und allen Söhnen Sets den Scheitel. (nach Num 24,17)

Im Buch Numeri überlieferte der Prophet Bileam einen der entscheidenden Hinweise, dass der neue zu erwartende Herrscher eine außergewöhnliche Persönlichkeit sein musste. Ihn mit der ebenso außerordentlichen Himmelserscheinung in Verbindung zu bringen, fiel den Magiern nicht schwer. Seit dem Besuch bei Herodes stand fest, dass sie Magoi apo anatolôn – Magier aus dem Osten – waren. Wie hätte man sie auch anders bezeichnen sollen? Ihre Fähigkeit, den Himmel und den Stand der Sterne zu beobachten, beruhte auf einer langen Tradition. Ihre Väter und Großväter hatten sie schon betrieben, genauestens Buch darüber geführt. Die Aufzeichnungen waren kostbare Schätze, die von Generation zu Generation weitervererbt wurden und wertvoller waren als Haus- oder Geldbesitz.

Es war eine geheimnisvolle Kraft gewesen, die sie aus ihrer Heimat fortgetrieben hatte, eine Kraft, die weniger ihrem Entdeckungsdrang zuzuschreiben war, als vielmehr ihrem Herzen entsprang. Merkwürdig, dass nicht nur einer von ihnen von dieser Kraft erfasst worden war, sondern dass sie fast alle

gleichzeitig von ihr ergriffen worden waren. Sie hatte ihre Blicke nach Westen gerichtet, dem Lauf der göttlichen Sonne folgend oder den Bahnen der Sterne, die am nächtlichen Himmel kreisten. Sie kannten viele Konstellationen und Bewegungen der Himmelskörper, doch eine hatte sie magisch angezogen, die zu beschreiben ihnen Rätsel aufgab. Vielleicht war diese Himmelserscheinung, die sie mit den Mitteln ihrer Sprache und Rechenkunst einzufangen suchten, auch gar nicht mit menschlichem Verstand zu fassen. Gewiss, sie durchforschten das gewaltige über den Himmel ausgeworfene Netz der flackernden Lichter und knüpften nach langem Grübeln und Deuten ihre Überlegungen schließlich an ein bestimmtes Sterngebilde, das außergewöhnlich leuchtend aus dem Dunkel der Nacht hervortrat. Es konnte ihnen Lenker und Leitstern sein. Doch in Wahrheit, in Wahrheit – und darin waren sich die Sterndeuter einig – war es ein Licht in ihrem Innern, in ihrer Seele, das sie aufforderte und mitriss, den Weg nach Westen zu wagen, nach Westen, wo das Heil war, das große sehnlichst erwartete Licht, auf das alle Welt hoffte und das die ganze Erde erleuchten würde.
Lange waren sie sich nicht im Klaren darüber gewesen, was sie dort wirklich erwartete. Natürlich war von einem neuen Herrscher, von einem König die Rede gewesen, der die Welt verändern würde, doch eine innere Stimme sagte ihnen während der Monate ihrer beschwerlichen Reise, dass sie sich am Ziel nicht auf einen prunkvollen Empfang, nicht auf außergewöhnlichen Reichtum und Glanz einstellen sollten. Daher war das Willkommen bei Herodes, der sie mit Misstrauen aufgenommen hatte, auch nicht überraschend gewesen. Herodes war ein inzwischen glanzloser Mann, dessen Tage gezählt waren. Mühsam bewegte er

sich mit Hilfe eines mit einer Silberkrücke geschmückten Stockes aus astlosem Zedernholz. Die Diener kuschten vor ihm, und selbst die nächsten Mitarbeiter, die Beamten und Hofleute, gingen ihm, wenn möglich, aus dem Weg. Nein, hier war kein neuer König zu finden, kein Friedensfürst, kein Reformator einer lieblosen Gesellschaft. Dieses Königshaus und seine Umgebung waren zu Eis erstarrt, ein Wunder, dass die Blumen in den Gärten noch zu blühen wagten. Die Sterndeuter waren froh gewesen, diesem Palast und seinen Bewohnern entronnen zu sein.
Wie von unsichtbarer Hand geführt ritten sie nun auf Bethlehem zu. Die Kamele setzten ihren Trott fort, ohne dass ein Halfter sie hätte führen müssen. Warum gerade Bethlehem? Weil die Königsstadt Jerusalem sie abgewiesen hatte? Weil der Stern plötzlich so intensiv strahlte, dass er selbst am hellen Tag zu sehen war? Leuchtete das Himmelsgebilde, dem sie nach Westen gefolgt waren, tatsächlich oder nicht vielmehr in ihren Herzen, in ihren Seelen? War es Sehnsucht, die ihnen den Weg wies, das unstillbare Verlangen nach grenzenlosem Einklang mit der Welt, mit den Menschen, mit der ganzen Schöpfung? Konnte ein neuer König dieses Glück einer neuen Welt bescheren?

Die Familie lebte inzwischen in einem bescheidenen Haus. Das Kind war 33 Tage nach der Geburt, als die vom Gesetz vorgeschriebene Reinigung für Maria vorüber war, von seinen Eltern in den Tempel in Jerusalem gebracht und Gott geweiht worden. Dabei opferten Josef und Maria zwei Turteltauben und begegneten der gottesfürchtigen Prophetin Hanna und dem greisen Simeon, die das Zusammentreffen als die krönende Segnung ihres Alters empfanden …

Für die Sternkundigen war das Kind eine Offenbarung. Es war die verkörperte Unschuld, Reinheit, Harmonie, die nicht zu überbieten war. Wie es so dalag, hilflos, schutzlos, ergeben, der Welt ausgeliefert und doch von einem majestätischen Schutzmantel umhüllt, der nicht irdischer Herkunft war. Dieses Kind verkörperte alle guten Gedanken, die je gedacht worden waren, alle Hoffnung, die je die Menschheit getragen hatte, alle Erwartungen, die sich mit frommen Wünschen verbanden. Dieses Kind war mehr als ein König. Seine Majestät lag in seiner Schlichtheit und Einfachheit. In ihm schien alles Wesentliche des Menschseins gebündelt und aufgehoben zu sein. Die Sterndeuter hatten keinen Palast erwartet, in dem dieses Kind residierte. Der Weg, der lange Weg aus dem fernen Osten hatte sie schritt- und meilenweise gelehrt, dass sie ihre Erwartungen auf äußeren Glanz immer mehr reduzieren müssten. Doch als sie jetzt das bescheidene Haus aufsuchten und in das Licht seiner Bewohner traten, konnten sie nicht anders – sie beugten die Knie, so überwältigt waren sie. Ihr ganzes Leben, all ihre Jahre, ihre Pläne, Erfolge und Enttäuschungen waren plötzlich gegenwärtig und entfalteten sich vor diesem Kind. Nur ein Wunsch beseelte sie: so rein zu sein, so durchscheinend und klar bis auf den Grund ihrer Herzen. Es gab kein erhabeneres Gefühl als das dieses Augenblicks, kein größeres Glück als das dieser Begegnung. Einem von ihnen, der sich mit der Geschichte des Judentums während der Babylonischen Gefangenschaft beschäftigt hatte und ihre aufgezeichneten Überlieferungen kannte, fielen Verse aus dem 72. Psalm ein: „Die Könige von Tarsis und von den Inseln bringen Geschenke, die Könige von Saba und Seba kommen mit Gaben. Alle Könige müssen ihm huldigen, alle Völker ihm

dienen. Erlösen wird er den Armen, der zu ihm aufschreit, den Verlassenen, dessen sich keiner erbarmet …"
Gold war das angemessene Geschenk, das dieses königliche Kind verdiente, auch Weihrauch aus dem Tempelbereich als Gabe für den kommenden Hohepriester Israels, sowie Myrrhe, die Heilpflanze, aus der Arznei zubereitet wird für den von Gott gesandten Arzt und Heiler, den „Heiland".
Unter dem Blick dieses göttlichen Kindes wurden die Sterndeuter selbst zu Königen. Der Reichtum dieser makellosen Seele strömte auf sie über und adelte sie. So wollte es dieses Kind. Sie sollten seine Zeugen sein und als seine Zeugen in die Geschichte eingehen.

Haschem erschien dort, wo die Sterndeuter in Gedanken und Andacht versunken waren und Maria und Josef am Bett ihres Kindes wachten. „Ich will ja nicht stören", sagte er. „Aber ich glaube, ihr solltet von hier verschwinden. Ich hatte letzte Nacht einen merkwürdigen Traum. Stellt euch vor, es war mir, als ob ein Engel an meinem Lager stünde und sagte, ich solle euch vor Herodes warnen. Der Kerl führt Böses im Schilde."
Josef sah Haschem entgeistert an. „Ich hatte ebenfalls ein Traumgesicht. Und auch ich vernahm die Stimme eines Engels:

„Steh auf, Josef, wecke auch das Kind und seine Mutter, und dann flieh mit ihnen nach Ägypten. Dort bleibt, bis ich wieder zu dir komme. Denn Herodes lässt das Kind suchen, um es zu töten." (nach Matthäus)

„O Gott", entfuhr es Maria.

„Ich danke dir, Haschem, dass du uns warnst", sagte Josef. „Denn ich dachte, ich hätte das alles nur geträumt und mir eingebildet. Wir werden noch heute aufbrechen und dem Rat des Engels folgen."

„Die Schergen des Herodes können in knapp zwei Kamelstunden in Bethlehem sein", drängte Haschem.

Maria sah auf das Kind, das friedlich in seinen Windeln lag, und eine große Traurigkeit überkam sie. In Armut geboren, wird dein Leben schon bedroht. Das Gute, Reine, Edle wird immer der Gefahr ausgesetzt sein, vernichtet zu werden, weil die dunklen Kräfte überwiegen und die Oberhand gewinnen. Die Sterndeuter fassten sich bei den Händen. Sie schlossen einen Kreis um das Kind, in den sie Haschem und Mordechai einbezogen und sprachen ein Gebet. Dann verschenkten sie an Josef, was sie entbehren konnten und beluden wortlos ihre Kamele. Sie mieden Jerusalem und machten einen großen Umweg, um den Wachposten des Herodes zu entgehen. Josef rüstete noch in derselben Nacht. Im Schein des Mondes zäumte er den Esel. Maria stillte noch einmal ihr Kind. Dann packte sie den spärlichen Hausrat zusammen, die dürftige Kleidung, die Geschenke der Hirten und der Sternkundigen, sie löschte das Feuer im Herd, hüllte das Kind in ihren Mantel und setzte sich mit ihm auf das störrische, aus dem Schlaf gerissene Tier. Josef zerrte an den Riemen, sprach ihm aufmunternde Worte zu und schritt mit seiner kleinen, bedrohten Familie in die lauernde Dunkelheit hinein. Haschem und Mordechai standen wie erstarrt und trauernd am Weg und ballten die Fäuste …

„Wir hätten sie nicht ziehen lassen dürfen", sagte Mordechai, nachdem die Huftritte des Esels in der Nacht verhallt waren. „Nicht allein."

„Was? Wolltest du dich ihnen anschließen?“
„Ist doch egal, wo wir hingehen, oder?“
„Richtig. Niemand vermisst uns hier, und auch anderswo wird uns niemand vermissen. Doch im Ernstfall können wir ihnen nicht helfen. Nicht mit unseren vier Fäusten. Im Gegenteil. Ich glaube, als eine so kleine Gruppe fallen sie nicht auf.“
„Hoffentlich halten sie sich nicht an die Hauptstraßen und Karawanenwege“, sagte Mordechai.
„So dumm wird Josef nicht sein. Immerhin steht er unter dem Schutz eines Engels. Sie werden eine Nebenroute nehmen, sich durch Wüsten schlagen müssen, Täler durchwandern, Berge erklimmen …“
„Hör auf!“, rief Mordechai.
„Was hast du?“
„Du zählst nur Hindernisse auf. Das macht mich krank. Ich wünsche dieser Familie Glück und Segen und ich hoffe, dass sie den Häschern des Herodes entkommt und an ihr Ziel in Ägypten gelangt.“
„Vielleicht finden sie dort in jüdischen Kolonien eine Bleibe. Gott sei mit ihnen“, seufzte Haschem.

X.

Als Herodes merkte, dass die Sterndeuter ihn hintergangen hatten, geriet er in grenzenlose Wut. Er schickte zum Priester Zacharias in den Tempel und ließ ihn fragen: „Wo hast du deinen Sohn versteckt?“ Elisabeth war jedoch mit ihrem Sohn Johannes in die Berge geflohen, als sie vom grausamen Tötungsauftrag des Königs hörte. Auch ihr Kind gehörte zum Alterskreis der gefährdeten Jungen, die den Meuchelmördern ausgeliefert waren. Zacharias entgegnete: „Ich walte meines Amtes als Diener Gottes und halte mich ständig im Tempel auf. Ich weiß nicht, wo sich mein Sohn befindet.“

Die Diener hinterbrachten ihrem Herrn, was Zacharias gesagt hatte, und Herodes fragte sich, von Misstrauen erfüllt: „Es wird doch wohl nicht dieser Johannes sein, der über Israel regieren soll?“

Darauf sandte er seine Diener noch einmal in den Tempel und ließ Zacharias fragen: „Sag die Wahrheit! Wo befindet sich dein Sohn? Du weißt, dass dein Leben in meine Hand gegeben ist.“

Zacharias ließ sich von den Schergen nicht einschüchtern und Herodes ausrichten: „Ich bin in die Hand meines Schöpfers gegeben und ein Zeuge Gottes. Tötest du mich, so nimmt der Herr meinen Geist zu sich, weil du unschuldig Blut vergossen hast.“

Der König ließ Zacharias bei Tagesanbruch ermorden. Doch die Kinder Israels wussten nicht, dass er sein Leben ausgehaucht hatte. Als sie vielmehr zum Tempel kamen, um wie gewohnt den Segen von ihm zu empfangen, trat Zacharias nicht heraus. Sie warteten, denn sie wollten mit ihm in ihren Gebeten den Gott Abrahams preisen. Als er jedoch immer noch nicht erschien, wurden sie von Sorge und Angst ergriffen. Jemand wagte sich in den Vorhof des Tempels und entdeckte neben dem Altar geronnenes Blut. Da war es ihm, als höre er eine Stimme, die sprach: „Zacharias ist ermordet worden. Sein Blut soll nicht weggewaschen werden bis sein Rächer kommt." Als jener diese Worte hörte, erschrak er, eilte hinaus und berichtete den Priestern, was er erlebt hatte. Da gingen alle hinein und wurden Zeuge dessen, was geschehen war. Darauf rissen die Priester in ohnmächtigem Schmerz ihre Gewänder entzwei. Doch den Leichnam des Zacharias fanden sie nicht. Sie sahen nur sein zu Stein gewordenes Blut. Da gingen sie aufgewühlt und voller Furcht hinaus und teilten dem ganzen Volk mit, was geschehen war. Alle Stämme Israels vernahmen die Kunde. Sie trauerten um Zacharias und wehklagten drei Tage und Nächte lang. Darauf berieten die Priester, wen sie an die Stelle des Zacharias setzen könnten, und das Los fiel auf Simeon. Das war der Greis, der vom Heiligen Geist die Weisung erhalten hatte, er werde den Tod nicht schauen, bis er Jeschua gesehen habe.

Derweil befand sich die Heilige Familie bereits meilenweit von Bethlehem entfernt. Durch die Wüste Juda erreichte sie das Jordantal. Meist reiste sie in den frühen Morgenstunden, wenn der Mond am Himmel verblasste und die Sonne ihre sengenden Strahlen noch nicht über die Erde ausgegossen hatte, sowie im anbrechenden Abend, wenn die Hitze nachließ und der Wind sanfte Kühle über das Land brachte. In den heißen Stunden um Mittag aber ruhten Josef, Maria und das Kind im Schatten von Bäumen oder Häusern. Einmal sah eine Frau, wie die erschöpfte Familie in der Nähe ihres Hauses rastete. Da trat sie heraus und brachte Maria eine Schüssel mit wohlriechendem Wasser, damit sie ihr Kind damit wasche und erfrische. Das Wasser aber schüttete die Frau nicht fort, weil es so kostbar war, sondern sie wusch damit auch ein Mädchen, das vom Aussatz befallen war. Sogleich war es von seiner Krankheit befreit. Als die Leute sahen, was sich ereignet hatte, sagten sie: „Es besteht kein Zweifel, diese Eltern und ihr Kind sind keine Menschen, sondern Götter." Das geheilte Kind aber wollte sich ihnen anschließen. Auch auf weiteren Stationen ihrer Reise, die von wunderbaren Geschehnissen begleitet war, wünschten die Menschen, die Heilige Familie begleiten zu dürfen.

Josef, Maria und das Kind kamen in eine einsame Gegend und erfuhren, dass diese von Räubern heimgesucht werde. Da beschlossen sie, das Gebiet in aller Stille des Nachts zu durchziehen. Doch mit einem Male sahen sie einige Spießgesellen am Wegrand liegen. Alle schliefen, bis auf zwei. Das waren Titus und Dumachus. Titus sagte zu seinem Freund: „Lass sie ziehen, ich bitte dich. Gib ihnen die Freiheit und sorge dafür, dass die anderen nicht erwachen." Dumachus aber wollte nicht. Da sagte Titus: „Ich gebe dir 40 Drachmen zum Pfand. Und dazu überlasse ich dir meinen Gürtel. Hauptsache du redest nicht und hältst den Mund." Maria, die beobachtete, was sich ereignete und wie sich ein Räuber für sie einsetzte, sagte zu ihm: „Gott wird dir danken und dir deine Sünden vergeben."

In der Hafenstadt Askalon blieben sie sechs Monate. Dann führte ihr Weg über den Sinai ins Nildelta, doch zunächst nach Gaza, dann nach Jenysos und weiter nach Raphia. Zwei Tage später erreichten sie das Wadi el-Arisch, die natürliche Grenze zwischen Palästina und Ägypten. Über die einstige römische Grenzstadt Rhinocolura wanderten sie nach Ostrakini in der Nähe von el-Arisch. Von dort gelangten sie nach Westen in die Nähe der Mittelmeerküste nach Pelusium. Hier blieben die drei mehrere Tage. An der Landenge von el-Quantara wechselten sie vom Sinai zum ägyptischen Festland. Sie setzten ihre Reise nach dem Wadi Tumilat fort, das in der Landschaft Goschen lag.
Die Reise der Joseffamilie verlief nicht nach einem systematischen Plan, sondern manchmal kreuz und quer. Bei jüdischen Siedlern fanden sie nur vorübergehend Unterkunft und zogen dann auf Empfehlung weiter. Sie kamen auch ins an Süßwasserquellen reiche Wadi Natrun und bis nach Matariya. Darauf wandten sie sich südwärts.
Auch auf ihren weiteren Wegen, etwa nach Pithom – Hieropolis – Pi-Sopt nach Pi-Beseth und Bilbeis, schlossen sich sogar wilde Tiere der Heiligen Familie an und begleiteten sie ein Stück. Maria und Josef erschraken zunächst vor dieser Gefahr. Wie sollten sie sich gegen ausgewachsene Schakale verteidigen? Jeschua schien dagegen gar keine Angst vor den Tieren zu haben. ‚Er ist noch ein Kind und weiß nicht, wie gefährlich diese Tiere sind', dachte Josef. Doch bald bemerkten sie, dass die Tiere sie nicht bedrohten. Sie begleiteten sie und schienen sie beinahe beschützen zu wollen.

Die Tiere leben in Eintracht miteinander, der Wolf bei dem Lamm und der Panther bei dem Böcklein. Kalb und junger

Löwe ziehen zusammen auf die Weide. Ein kleiner Knabe kann sie hüten, so friedlich sind sie … (nach Jesaja)

Bubastis war die erste Stadt im Nildelta, die Josef, Maria und das Kind aufsuchten. Doch die mitleidlosen Menschen verweigerten ihnen das Wasser. Josef suchte nach einer Wasserstelle, aber da er sie nicht fand, zeichnete das Kind ein Kreuz auf die Erde, und alsbald tat sich eine Quelle auf, die sich auch später als heilsam für die Bevölkerung erweisen sollte. Über Samannud gelangten sie nach Burullus, dann in die Gegend von Sacha. Über Sketis führte der Weg ins spätere Kairo.
In On nahm die Heilige Familie ihren ersten längren Aufenthalt. Hier grub der kleine Jeschua nach einer Quelle und steckte einen Stock in die Erde, aus der später eine Palme emporwuchs, die nicht nur Schatten spendete, sondern auch Früchte lieferte. Nachdem sie über Babylon, Giza nach Maadi gereist waren, setzten sie die Fahrt mit einem Schiff auf dem Nil fort.
Wundersame Begebenheiten und Ereignisse begleiteten die ganze Reise durch Ägypten, ob in der Nähe von Badreschein oder Ihnasiya el-Madina. Oft erwies sich der kleine Jeschua besonders geschickt darin, Wasser und Nahrung aufzutreiben, ob in Ischnin e-Nasara südwestlich von Maghagha oder Baysus. In Bahnasa schöpften die Flüchtlinge Wasser aus einem Brunnen, der als versiegt galt. Die Reise im Boot war weniger anstrengend als der Weg durch das Land. Von Cynopolis aus erreichten sie nach 35 Kilometern Nilfahrt den Gebel el-Teir.
Zwischen Kairo und Assiut lag al-Ashmunein, die wichtigste Kultstätte des altägyptischen Weisheits- und Schreiber-

gottes Thot. Bei Hermopolis betraten sie einen Tempel, der als „Kapitol Ägyptens" bekannt war. Hier waren 365 Götzenbilder aufgestellt, die an allen Tagen des Jahres wechselweise verehrt wurden. Beim Eintritt der Familie des Josef in die gewaltigen Hallen geschah etwas, das zugleich beängstigend und wunderbar war: Mit lautem Poltern fielen die Statuen zu Boden und zerbarsten. Maria und Josef hatten sich mittlerweile daran gewöhnt, dass unterwegs immer wieder unerklärliche und wunderbare Dinge geschahen. Sie staunten über vieles, aber wunderten sich nicht mehr. Hatten nicht auch die wilden Tiere ihnen nichts getan? Spürten nicht alle Menschen und sogar die Tiere, dass von ihrem Sohn eine Kraft und Autorität ausging, die nicht so recht zu einem Kind passen wollte? Die Einheimischen waren allerdings wie vom Donner gerührt, als die Götzenbilder auf unerklärliche Weise zerbrachen. Einige von ihnen – und es waren oft gerade die Kranken – fühlten wohl, dass der Sohn der Familie kein gewöhnliches kleines Kind war. Sie kamen zu ihm, und später erzählte man sich, der kleine Jeschua habe zahlreiche Einwohner von ihren Gebrechen geheilt.
Nach einem mehrtägigen Aufenthalt in Manlau und Kenis, wo Jeschua einen Jungen gesund machte, der besessen war, kamen sie über Sanabu nach Cusae. Sie beschlossen, eine längere Pause einzulegen, bauten eine Hütte und blieben ganze sechs Monaten und zehn Tagen. Die südlichste Station der Heiligen Familie in Ägypten war eine Stelle bei Assiut; hier übernachteten die Flüchtlinge in einer Höhle. Darauf kehrten sie nach Deir el-Muharraq zurück. In dieser Zeit erreichte sie die Nachricht vom Tode Herodes' des Großen.

Nachdem Herodes gestorben war, erschien ein Engel dem Josef in Ägypten im Traum und erklärte ihm: "Steh auf, pack deine Sachen und ziehe mit dem Kind und seine Mutter in das Land Israel. Denn König Herodes und seine Anhänger, die dem Kind nach dem Leben getrachtet haben, sind tot." Da stand Josef auf und tat, was der Engel gesagt hatte. (nach Matthäus)

Sie traten den langen Rückweg an. Er führte über Hermopolis magna nach Deir el-Berscha und Alt-Kairo immer weiter in Richtung Norden. In el-Matariya und Masturud – el-Mahamma – legten sie einen Halt ein. Die weiteren Stationen der Heimreise waren Leontopolis – Tell el-Yahudiya – Bilbeis, Wadi Tumilat, die Landenge von el-Quantara und Gaza. Als Josef hörte, dass Herodes Archelaos in Judäa regierte, mied er Bethlehem und ließ sich in Nazareth nieder. Insgesamt dreieinhalb Jahre hatten sie sich in Ägypten aufgehalten.

XI.

Inzwischen hatte Salome ihr letztes Intrigenspiel inszeniert: Pheroras, ihr und des Königs Bruder, und der erbberechtigte älteste Königssohn aus der Ehe mit Doris, Antipatros, lebten in gutem Einvernehmen miteinander, auch wenn sie scheinbar in der Öffentlichkeit des Öfteren stritten. Insgeheim verband sie eine verlässliche Freundschaft – sehr zum Leidwesen von Salome, die darin eine Gefahr für den König und ihre eigenen Interessen sah.

„Ich muss dir von einem geheimen Komplott berichten", eröffnete Salome das Gespräch bei einem ihrer letzten Besuche bei ihrem Bruder.

„Komplott? Habe ich dir nicht gesagt, dass ich auf deine Ratschläge pfeife und nicht mehr auf dich hören will?"

„Das wirst du aber bald tun, mein Lieber, wenn ich dir erzähle, was hinter deinem Rücken geschieht."

„So?" Jetzt war Herodes ganz Ohr. Er rieb sich die Hände mit den langen weißen Fingern, die trotz der Hitze draußen kalt und bleich blieben. Ihn fröstelte.

„Die Pharisäer bereiten deinen Sturz vor. Sie wollen das Königtum und die Regierungsgeschäfte dem Pheroras übergeben."

„Das ist nicht dein Ernst, Salome. Woher willst du das wissen?"

„Ich habe meine Verbindungen", lächelte die Intrigantin und machte ein Gesicht, das Überlegenheit und Hinterlist ausdrückte.

„Sollte mir denn alles entgehen, was sich in meiner Nähe ereignet? Wozu habe ich meinen Geheimdienst? Meine Leute würden mir berichten, falls es Unruhen oder Vorbereitungen zu einem Komplott gibt. – He, Silas!“
Ein Wachmann des Herodes, der stets vor der Tür seines Arbeitszimmers stand, stürzte herein und verbeugte sich.
„Bring mir den Noah, aber beeile dich.“ Noah war der Leiter des Geheimdienstapparates, der seine Fühler überall im Land ausstreckte. Herodes erkundigte sich nach Auffälligkeiten im Reich, nach konspirativen Versammlungen, nach revolutionären Reden, aber Noah konnte keine Unregelmäßigkeiten feststellen. Dennoch beharrte Salome auf ihrer Beobachtung eines geheimen Komplotts unter führenden Pharisäern. Herodes, fast schon ein Opfer seines Misstrauens, ließ daraufhin einige Vertreter dieser jüdischen Gruppe festnehmen und zur Abschreckung hinrichten.
Mit diesem Teilerfolg gab sich Salome nicht zufrieden. „Du hast noch einen geheimen Gegner, Herodes, und du kannst dich nicht eher in Sicherheit wiegen, bis du ihn aus dem Feld geschlagen hast.“
Herodes sah seine Schwester verbittert an. „Ich weiß nicht, ob ich dir überhaupt noch trauen kann. Alle Welt hat sich gegen mich verschworen, sogar du, unserer gemeinsamen Eltern Fleisch und Blut.“
Wieder demonstrierte Salome Überlegenheit. „Dann lass es. Gib dich zufrieden. Aber wundere dich nicht, wenn dich eines Tages ein gemeiner Dolchstoß in den Rücken trifft. Antipatros ist ein gefährlicher Mann.“
„Antipatros ist mein Sohn!“, rief Herodes.
„Ja, ja, dein eigen Fleisch und Blut, nicht wahr?“, lästerte Salome. „Bist du so sicher, dass dir aus deiner eigenen Fa-

milie keine Gefahr droht? Die Erfahrungen der Vergangenheit sollten dich etwas Besseres lehren."

Herodes strengte notgedrungen gegen Antipatros ein Gerichtsverfahren an, dem er wegen Befangenheit jedoch nicht selbst vorstehen konnte. Den Vorsitz übernahm als bestellter Richter Publius Quinctilius Varus. Er kam dieser Aufgabe ungern nach, denn er wusste, dass Herodes Familie zerstritten war und die Querelen um Erbfolge und Besitz zur Dauerbelastung für den Idumäer geworden waren. Doch diesmal schien tatsächlich ein politischer Anlass zur Anklage vorzuliegen, dem er nachgehen musste.

Antipatros wurde in Ketten vorgeführt. Herodes sah es mit Schmerz.

„Ist es wahr", fragte Varus, „dass Ihr, Antipatros, einen Brief an die Kaiserin Livia habt fälschen lassen?"

Stille beherrschte den Gerichtssaal.

„Ist es wahr, dass Ihr als Absenderin des Königs Schwester Salome angeführt habt, um sie des Hochverrates beschuldigen zu können?

Antipatros antwortete noch immer nicht.

„Was habt Ihr zu Eurer Entlastung vorzubringen?"

Varus baute goldene Brücken, die Antipatros nicht beschreiten wollte. Er stand mit bleichem Gesicht vor dem Hohen Gericht, er senkte die Augen, gab aber keine Antwort. Varus wertete das Schweigen als ein Schuldeingeständnis.

„Das war ein übler Trick, ein falsches Spiel. Ihr kommt als Initiator nicht ungeschoren davon, auch wenn Ihr des Königs Sohn seid", drohte er.

Auf Hochverrat stand der Tod. Daran gab es nichts zu rütteln. Das war ein ehernes Gesetz, ganz gleich, wer beschuldigt wurde. Es widerstrebte Varus, den erstgeborenen Kö-

nigssohn des Herodes auf Grund der unleugbaren Beweislage hinrichten lassen zu müssen. Er war froh, dass er die Urteilsverkündung noch einige Zeit hinausschieben konnte, denn zunächst holte er sich Rückendeckung beim römischen Kaiser.
In der Zwischenzeit zerschlugen junge Thoraschüler, angestachelt von den hoch angesehenen Rabbinern Judas und Matthias, den goldenen Adler über dem Haupteingang des Tempels in Jerusalem. Der römische Adler war der Inbegriff der Hoheit des Imperium Romanum. Im Jahre 16 v. Chr. hatte die V. Legion unter Marcus Lollius den Legionsadler an die *Sugamberer* verloren – eine wahre Katastrophe! Herodes handelte schnell. Er ließ die schuldigen Gesetzeslehrer vor Gericht stellen und nach einem Schauprozess hinrichten. Der König war immer ein Mann der schnellen Entschlüsse gewesen, wenn es um die Interessen Roms ging. Rom war mit ihm zufrieden. Lag es im Interesse des Idumäers, dass sein Sohn Antipatros ebenfalls zum Tode verurteilt wurde? Sein eigen Fleisch und Blut – das ihm womöglich nach dem Leben trachtete? Dieses dunkle Kapitel in seiner Lebensgeschichte wurde nie aufgeklärt. Augustus bestätigte auch das Todesurteil gegen Herodes´ ältesten Sohn.

Herodes hatte seinen Sohn Antipas aus seiner vierten Ehe mit Malthake zum Thronerben bestimmt. Doch dann änderte er gleichsam in letzter Minute nochmals sein Testament und setzte Archelaos, ebenfalls aus der Verbindung mit Mathalke, als König über das gesamte Reich ein, während Antipas sowie Philippos aus der fünften Ehe mit Kleopatra von Pontos – Herodes war insgesamt zehnmal verheiratet – als *Tetrarchen* die Regentschaft über Galiläa und Peräa sowie Gaulantis – die Golanhöhen –, Trachonitis, Batanäa und Panias ausüben sollten. Während Herodes noch auf die Bestätigung des Testaments durch Augustus wartete, starb er 69-jährig am 1. April 4 v. Chr. an einer chronischen und schmerzhaften Krankheit.

Kurz vor seinem Tod hatte sich der Idumäerkönig Herodes noch eine scheußliche Tat ausgedacht.

„Du wirst mir einen letzten Gefallen tun und dafür reichlich belohnt werden“, flüsterte er kurzatmig seinem Geheimdienstchef zu. „Du wirst die angesehensten jüdischen Männer in dem von mir erbauten *Hippodrom* von Jericho festsetzen. Sobald die Nachricht von meinem Tode verbreitet wird, wirst du sie …“ Herodes machte eine unmissverständliche Handbewegung, indem er sich mit der flachen Hand quer über die Kehle fuhr. „Ich will nämlich nicht, dass sich die Juden über meinen Tod freuen. Sie haben mir das Leben während meiner ganzen Regentschaft schwer gemacht, indem sie mich nicht wirklich anerkannten, und ich mir Respekt nur durch Gewalt verschaffen konnte. Ich hoffe, dass sie bei meinem Begräbnis nicht in Freudentränen ausbrechen, sondern eine Totenklage anstimmen.“

Der Chef des Geheimdienstes bereitete den grausigen Plan wunschgemäß vor. Salome und ihr Mann Alexas vereitelten die Ausführung jedoch im letzten Augenblick; die Männer kamen frei. Später sickerte durch, Herodes fürchterlicher Racheplan sei eine Erfindung seiner Schwester Salome gewesen, mit dessen glücklichem Ausgang sie sich vor den römischen Behörden und den Juden habe brüsten wollen. Immerhin erhielt sie laut Testament die Städte Iamnia, Azo-

tos und Phaesaelis sowie ein Barvermögen von 500 000 Drachmen.
Um ihre Interessen und die ihrer Kinder durchzusetzen, reiste Salome nach Rom und intrigierte dort gegen Herodes' Sohn Archelaos, der laut dem Willen seines Vaters die Erbfolge hätte antreten sollen und von Augustus eine Bestätigung erwartete. Salome hätte gern Herodes' Sohn Antipas auf dem Herrscherstuhl gesehen, dessen Erbansprüche weiter zurücklagen und der übergangen worden war. Der römische Kaiser entsprach zwar dem Willen des Herodes, indem er Archelaos zum Regenten machte, doch den Königstitel erkannte er ihm ab. Später kam das Gerücht auf, Publius Quinctilius Varus habe den Kaiser zu diesem Schritt bewogen. Salome und deren Tochter Berenike erhielten das testamentarisch verfügte Erbe, Salome dazu noch den Königspalast von Askalon. Sie bezog eine Pension von 60 Talenten jährlich. Als sie im Jahre 10 n. Ch. starb, war Marcus Ambibulus Prokurator in Judäa. Einen Großteil ihres Vermögens, darunter große Palmenwälder, vermachte sie der Kaiserin Livia, die ihre Freundin war.

Archelaos war ein Herrscher ohne Krone. Achtzehnjährig kam er an die Macht. Die Einwohner von Jerusalem forderten als erstes Steuerermäßigungen und die Abschaffung der Zölle von ihm, sowie Rache für die getöteten Gesetzeslehrer. Archelaos konnte sich zu keiner Billigung der geforderten Maßnahmen entschließen. Derweil strömte immer mehr Volk in die Stadt. Die Anführer des noch passiven Widerstandes verschanzten sich im Tempel und beklagten die getöteten Rabbiner. Archelaos ließ sie festnehmen. Als die Rädelsführer das Volk gegen das Militär aufhetzten,

kam es zu ersten blutigen Auseinandersetzungen, wobei einige Soldaten getötet wurden. Archelaos mobilisierte das Heer – etwa 3000 Menschen kamen zu Tode.
Der junge Herrscher musste also so schnell wie möglich von Rom das letzte Testament des Herodes bestätigen lassen. Doch nicht nur er, auch Antipas suchte Fürsprache bei Augustus, weil er sich in der Erbfolge ungerecht behandelt fühlte. Ihm schlossen sich noch weitere Mitglieder des herodianischen Herrscherhauses an.
Kaiser Augustus lud die um das Erbe des Herodes des Großen streitenden Parteien in Rom in den Tempel des Apollo ein. Hier bestätigte er die grundsätzlichen Teile des Testaments mit Ausnahme der geschilderten Abweichungen: Es gab nun keinen König mehr in Judäa, Archelaos wurde lediglich *Ethnarch* von Judäa, Samaria und Idumäa. Die zuvor zum Territorium des Herodes gehörenden Städte Gaza, Gadara und Hippos verlor er an die Provinz Syrien. Antipas und Philippos erhielten nach Herodes' Willen den Titel Tetrarch. Archelaos bezog als Einkünfte aus seinen Ländereien 600 Talente jährlich, Antipas bekam 200, Philippos 100. Herodes Antipas war also Landesherr; letztlich auch der Landesherr von Maria, Josef und Jeschua. Er trat die Regierungsgeschäfte im Alter von achtzehn Jahren an und regierte vom Todesjahr seines Vaters 4. v. Chr. bis 39 n. Chr. Er war klug und ehrgeizig, aber nicht so erfolgreich wie Herodes der Große. Er baute später Sepphoris prachtvoll wieder auf, umgab die Stadt mit festen Mauern und erkor sie zu seiner Residenz.

Die Sedisvakanz während der Romreise des jugendlichen Herrschers und der anderen Herodesfamilie nutzte ein gewisser Judas, Sohn des Ezechias, in Galiläa zu einem Aufstand. Er sammelte Männer um sich, die Römer und Herodianer hassten und zog marodierend und brandschatzend durch die Gegend. Ein ehemaliger Sklave des Herodes mit Namen Simon tat es ihm in Peräa nach. Bevor sich die Erhebung zu einem Flächenbrand ausweiten konnte, zog Publius Quinctilius Varus vom syrischen Antiochia aus mit einer Streitmacht bis nach Jerusalem. Unterwegs zerstörte er die schmucke Stadt Sepphoris, die acht Kilometer nördlich von Nazareth liegt, das Jeschua zur Heimat werden sollte. Die Truppen standen unter dem Befehl des Sabinus, des kaiserlichen Finanzverwalters in Syrien. Sabinus wollte sich der Kastelle mit den königlichen Schätzen bemächtigen, was die Bevölkerung Jerusalems erneut zu einem Aufstand bewog. Es waren viele Pilger in der Stadt, die die Römer gleichzeitig an drei Stellen überfielen. Die römischen Legionäre setzten darauf einige Säulenhallen des Tempels in Brand und drangen sogar in den Tempel ein. 400 Talente des Tempelschatzes wurden ein Raub der Römer.

Varus, der Schlichter, der auf Ausgleich bedachte Politiker und Feldherr, war außer sich, als er erfuhr, mit welcher Härte Sabinus gegen die Juden vorgegangen war. Nicht genug, dass der Gewaltmarsch seiner Truppen von Norden her an den Kräften des Militärs gezehrt und damit ihre Schlagkraft gemindert hatte, er konnte Sabinus den unüberlegten Überfall auf den Tempelschatz nicht verzeihen. Inzwischen waren massive Kriegshandlungen an der Tagesordnung. Alsbald ließ Varus den Landsmann zu sich kommen. Er wollte ihn nicht gleich mit Rügen überfallen und ihm Voreiligkeit vorwerfen, so fragte er ihn zunächst, wie

lange er schon im Lande sei, was er an Besonderheiten gesehen habe und wie es ihm hier gefiele. Sabinus gab wahrheitsgemäß Auskunft, beklagte, dass seine Frau ihm noch nicht nachgereist sei, sondern in Rom weile und offenbar auch keine Neigung verspüre, ihm nach Judäa zu folgen.
„Du hast gehandelt wie ein Hitzkopf“, begann Varus darauf seine Schelte, „unüberlegt, ohne Vernunft, aus dem Bauch heraus. Entscheidungen müssen hier jedoch mit klarem Kopf getroffen werden.“
„Ist es nicht besser, ein Exempel zu statuieren, damit sich solche Vorgänge nicht wiederholen?“, fragte Sabinus.
„Ein Exempel? Dabei ist es ja nicht geblieben. Inzwischen erleben wir eine Kettenreaktion von wechselnden Gewalttaten.“
„Ich habe in gutem Glauben und nach bestem Wissen gehandelt.“
„Du weißt, wie angespannt die Lage zwischen Römern und Juden schon in sogenannten Friedenszeiten ist. Dein gewaltsames Eindringen in den Tempel wirft unsere Beschwichtigungspolitik um Jahre zurück.“
Sabinus wehrte sich. „Du vergisst, dass die jüdischen Pilger unsere Leute überfallen haben. Soll ich das hinnehmen, als sei nichts geschehen?“
„Du hast die Bevölkerung unnötig gereizt. Das war Tempelschändung. Sie ist in ihren Augen ein Sakrileg und unverzeihlich.“
„Ach was“, beschwichtigte Sabinus ihn, „es wird alles halb so heiß gegessen wie es gekocht wird.“
„Wir leben auf einem Vulkan, das weißt du, Sabinus.“
Sabinus war einen Kopf größer als Varus und schlank, wäh-

rend der Statthalter allmählich zur Korpulenz neigte. Er war der militärischen Auseinandersetzungen allmählich überdrüssig.
„Der Vulkan wird einmal so oder so explodieren. Das ist sonnenklar. Was wir jetzt erleben, ist ein Vorgeplänkel. Die Juden sehen uns am liebsten aus der Ferne. Eines Tages wird es zum massiven Aufstand kommen. Dem müssen wir vorbeugen, indem wir Härte zeigen."
Varus griff in die Obstschale, die der Diener reichte, nahm eine Traube heraus und teilte sie. Eine Hälfte reichte er Sabinus zum Zeichen, dass seine Kritik zwar hart, aber wohlmeinend war. Sabinus verstand die Geste.
„Ich weiß, dass der Aufstand nicht zu vermeiden ist", prophezeite Varus. „Wir beide werden ihn wahrscheinlich nicht mehr erleben. Ich zweifle nicht daran, dass wir Römer siegen werden. Denn unsere Armeen sind die bestausgerüstetsten der Welt. Doch jetzt, in unseren Tagen, möchte ich die Juden nicht weiter provozieren. Wir befinden uns bereits regelrecht im Krieg. Ich werde noch zwei meiner in Syrien stationierten Legionen und Hilfstruppen anfordern, mit deren Hilfe wir Jerusalem wieder ganz in unsere Hand bringen."
Sabinus ging, er war sich der Folgen seiner Militäraktion nicht bewusst. Im Land brodelte es. Auch Teile von Galiläa und Judäa waren bereits von den Aufständischen besetzt. Varus erkannte, dass er nicht verhandeln, sondern handeln musste und griff eisern durch. Er zeigte auf Befehl Roms diesmal die eiserne Faust und ließ 2000 Aufrührer kreuzigen.

XII.

Man kann nicht immer so weiterleben, wenn man auf die schiefe Bahn gekommen ist. Einmal muss man seinem Leben einen Ruck geben und einen Neuanfang wagen. Haschem wusste das, und er versuchte seinen Freund Mordechai ebenfalls von diesem notwenigen Schritt zu überzeugen. Mehrere Jahre lebten sie nun schon auf der Straße. Vom Betteln. Von kleinen Diebstählen. Von Gelegenheitsarbeiten. Zweimal waren sie einer römischen Wache aufgefallen, als sie nach reichlichem Weingenuss in den Straßen von Jerusalem nachts laut gesungen hatten. Die Wachsoldaten hatten sie zur Ausnüchterung in eine Zelle gesperrt und ihnen Prügel angedroht, falls sie noch einmal auffällig würden.

Seither nahmen sie sich zusammen, seither lebten sie unauffällig. In die soziale Notunterkunft in Bethlehem waren sie nach dem Wegzug der Joseffamilie nicht mehr zurückgekehrt. Einige Häuser waren abgerissen worden, die anderen verwitterten vor sich hin. Die vieldiskutierte Renovierung, die den Gemeinderat einst erregt hatte, hatte nicht stattgefunden, nachdem das Staatsoberhaupt Herodes seinen Besuch schließlich kurzfristig absagen musste. Dringende Staatsgeschäfte sollen der offizielle Grund gewesen sein, doch hinter der hohlen Hand munkelte man, Herodes sei ernsthaft erkrankt und bald nicht mehr fähig, seine Regierungsgeschäfte zu tätigen.

Von der Joseffamilie hatten Haschem und Mordechai nichts mehr gehört. Sie wussten nicht, wie es den dreien ging. Sie hofften nur, dass ihnen die Flucht nach Ägypten gelungen war und sie bei jüdischen Siedlern dort eine Unterkunft gefunden hatten. Der Tod des Herodes, dessen Mordandrohung gegen Kleinkinder in Bethlehem Auslöser der Hals-über-Kopf-Abreise der Joseffamilie gewesen war, hatte sie mit Genugtuung erfüllt. Sein Leichenzug zum Herodeion war eine große Demonstration des Abschieds gewesen. Es blieb unerklärlich, wie man für einen Herrscher, der so despotisch regiert und die Menschen unterdrückt hatte, ein so pompöses Staatsbegräbnis hatte veranstalten können.
Archelaos, sein Nachfolger, tat alles, um seinen Vater an Unbeliebtheit zu übertreffen. Er lebte über seine Verhältnisse, war launisch, autoritär, weniger vorausschauend als sein Vorgänger. Offensichtlich litt er darunter, dass der römische Kaiser ihm den Königstitel verwehrt hatte. Diese Degradierung empfand er als Demütigung. Vielleicht rächte sich Augustus auf diese Weise für den wiederholten Ärger, den er mit der herodianischen Familie gehabt hatte, auch wenn der Patriarch Herodes selbst stets loyal auf der Seite Roms stand und sich mancher Vergünstigungen durch das Imperium Romanum erfreuen konnte.
Haschem und Mordechai wollten nicht so weiterleben wie bisher. Das Leben musste doch noch einen Sinn haben. Zurzeit waren die Söldnerwerber wieder unterwegs, um neue Soldaten für das Heer zu rekrutieren. Die Bedingungen waren nicht schlecht, jedenfalls ließ es sich so besser leben als ein Kleinbauer oder Hirte auf den steinigen Wiesen und Weiden um Bethlehem. Ein römischer Soldat hatte sein festes Auskommen, kein Zweifel, er bekam gut zu essen, auch

einen respektablen Sold, aber er musste natürlich seinen Kopf hinhalten, wenn Zwist, Unruhen, Aufstände oder gar Krieg drohten. Nach Krieg sah es derzeit nicht aus. Unruhen waren dagegen an der Tagesordnung. Doch zu ihrer Bekämpfung gab es Elitetruppen, die schnell eingriffen und dem Spuk ein Ende machten.
„Ich habe mich erkundigt“, sagte Haschem eines Tages, als sie im *Kidrontal* in Jerusalem in geziemendem Abstand vom Friedhof und dem einem Mausoleum ähnlichen Grab des Absalom nach einem Nachtlager unter Pinien suchten, „in den *Iden des Märzes* ist die Musterung.“
„Welche Musterung?“
„Na, die für die neuen Soldaten, wir haben doch nun oft genug darüber gesprochen.“
„Das ist ja schon morgen.“
„Ja. Und?“
„Das will gut überlegt sein“, gab Mordechai zu bedenken. „Wir sind Juden, wir hassen die Römer. Und doch sollen wir uns für sie die Hände schmutzig machen?“
„Wes Brot ich ess, des Lied ich sing“, sagte Haschem illusionslos. Er versuchte seiner Stimme einen nüchternen Klang zu geben. „Jedenfalls halte ich das Lotterleben, wie wir es nun seit Jahren führen, nicht mehr aus. Wir werden mit der Zeit verkommen, verstehst du? Sieh doch, wie du aussiehst.“
„Meinst du, du siehst besser aus?“, empörte sich Mordechai. „Schau dich doch an. Dein Gewand ist dreimal geflickt, dein Umhang durchlöchert, vom Hemd erst gar nicht zu reden, so speckig ist es. Ein Bad würde dir auch nicht schaden.“
„Nun werde aber nicht beleidigend“, brummte Haschem.

Er breitete seine Decke unter einem Baum aus. Die Erde war noch warm, die Grillen zirpten. Die Gerüche des Tages hingen noch in der Luft. Im Osten ging der Mond auf. Er war rund wie ein Wagenrad und rot wie eine Orange.
Mordechai kramte ein paar Datteln und Feigen aus der Tasche, Haschem steuerte die Hälfte eines Fladenbrotes bei. Das war ihr Nachtmahl. In der Nähe befand sich eine Zisterne, aus der sie Wasser geschöpft hatten.
„Lass dir die Sache durch den Kopf gehen – die mit dem Militär“, riet Haschem, bevor er sich auf die Seite drehte und zu schlafen versuchte.
Mordechai seufzte, dann murmelte er etwas, das der Freund nicht verstand und überantwortete sich Morpheus Armen.
Die Nacht wurde kalt, und irgendwie kamen sie nicht zur Ruhe. Haschem wälzte sich seufzend herum und fand erst spät in den Schlaf. In den Bildern seiner Träume stand sein Leben vor ihm, aber er konnte ihm nichts Positives abgewinnen. Er kam sich wie ein Versager vor, wie ein Mann, der vieles versucht, aber doch nur weniges geschaffen hatte. Was er bisher hinterließ, war nur Stückwerk. In jüngeren Jahren verspürte er eine Begabung für den Arztberuf, aber er hatte diese Gnade nicht wahrgenommen und sich mit wenigen Kenntnissen der Heilkunde zufrieden gegeben. Zuviel war ihm in die Quere gekommen, nicht zuletzt das Schicksal einer Frau, der er seine ganze Liebe geschenkt und die sich mit einem anderen Mann und seinen Kindern davongemacht hatte. Auch Mordechai empfand sich als gescheiterte Existenz. Er hatte Frau und Kind schon früh durch den Tod verloren, und dieser Verlust hatte ihn aus der Bahn geworfen. Er verspürte keinen Drang mehr,

das gemeinsame Geschäft eines florierenden Wolle- und Teppichhandels weiter zu beitreiben, denn er besaß weder Verwandte noch Erben, für die er sich hätte aufreiben sollen. So waren beide Freunde auf die schiefe Bahn geraten, schief, weil sie den Normen und Erwartungen nicht entsprachen, die eine erbarmungslose Welt als Voraussetzung für eine Existenzberechtigung hielten.
In der Nähe hatten sich noch andere Personen niedergelassen, die lange nicht in Schlaf fielen. Immer wieder ertönten Rufe und Pfiffe, oder man hörte das durchdringende Geschrei eines Esels und das Schnauben eines Kamels. Von der Stadt her drangen Geräusche ins Tal hinab. Jerusalem war voller Menschen. Das Passahfest stand vor der Tür und viele Pilger hatten sich auf den Weg nach Jerusalem gemacht, um ihren religiösen Verpflichtungen nachzukommen. Das Passah- oder Pessachfest – was so viel wie „Vorüberschreiten" bedeutet – wurde in der Woche vom 15. bis 22. *Nisan* als Familienfest mit verschiedenen Riten gefeiert und gehörte zu den wichtigsten Festen. Es erinnerte an den Auszug aus Ägypten, an die Befreiung der Israeliten aus der Sklaverei der Pharaonen.
Der Sederabend, das Festessen in den Häusern, mit dem die Pilgertage eröffnet wurden, zog sich offenbar in die Länge. Haschem und Mordechai hatten diesen Abend, den ihre Eltern liebevoll vorbereiteten, aus ihrer Kinderzeit als besonders festlich in Erinnerung, auch wenn die vorgeschriebenen Speisen und Getränke nicht Kindergeschmack waren. Die Häuser waren geputzt und von allem „Gesäuerten" befreit.
„An diesem Abend musste ich meine Festtagskleidung anziehen", erinnerte sich Mordechai und seine Augen glänz-

ten feucht. „Wir besaßen nicht viel. Aber ich entsinne mich, dass eine feierliche Atmosphäre in die Räume eingezogen war und dass Mutter uns mit verklärtem Blick anschaute. Diese Festtagsfreude hätte nie vorübergehen dürfen.“

„O ja“, rief Haschem, „das war eine Stimmung – wie im Himmel, glaube ich. Aber das Essen! Igitt! Es gab Salzwasser und bittere Kräuter, die an die Tränen erinnern sollten, die die versklavten Vorfahren einst vergossen. Ein Mus aus Äpfeln, Feigen und Nüssen mit Zimt trug die Farbe der Lehmziegel, die in der ägyptischen Zeit geformt werden mussten.“

„Ja, ja, genau wie bei uns!“, rief Mordechai. „Mein Gott, wo sind die Jahre geblieben?“

Haschem erinnerte sich, dass er als jüngstes Kind der Familie zu Beginn des Passahfestes die Frage stellen musste: „Warum unterscheidet sich diese Nacht von allen anderen Nächten?“ Darauf erzählte der Vater dann die Geschichte von der Errettung des israelitischen Volkes aus der Knechtschaft Ägyptens.

„Bei uns wurde viel gesungen“, entsann sich Mordechai. „Und zwar nach dem Abendessen. Ich erinnere mich noch an die Lieder und Psalmen. Und am Schluss stand der Wunsch: ‚Dieses Jahr hier – nächstes Jahr in Jerusalem.‘“

Der Sederabend nahm sie mit in ihre Erinnerungen und Erfahrungen einer längst vergangenen Zeit. Im Licht der Geschichte verklärte sich ihre Kindheit und Jugend.

Als Haschem und Mordechai fröstelnd aus ihren Decken krochen, lag ein leichter nebelartiger Dunst über dem Tal. Die alten Feigenbäume hatten runzelige Gesichter. Die

Stadt schälte sich aus dem Umhang der Nacht und entfaltete ihre Lebensfreude.
„Machen wir uns also auf den Weg?“
„Wohin, Haschem?“
„Na, zu dieser militärischen Musterungsstelle.“
„Aber nicht ohne Frühstück“, sagte Mordechai.
Das Frühstück bestand nur aus einem Stück Fladenbrot. Weitere Vorräte besaßen sie für heute nicht mehr.
„Damit wird es nun bald ein Ende haben“, meinte Haschem und schob ein Brotstück in den Mund. „Beim Militär gibt es ausreichend zu essen.“
„Ich weiß nicht recht.“ Mordechai bezweifelte, dass der Weg, den sie einzuschlagen gedachten, der richtige für sie war. Im Grunde konnten sie niemandem etwas antun und schon gar nicht mit Schwert und Lanze jemandem zu Leibe rücken. Der Gedanke, dazu verpflichtet zu sein, ließ Mordechai erschaudern. „Wir sollten uns die Sache noch mal gründlich überlegen“, sagte er.
„Wozu?“ Nun wurde Haschem ungehalten. „Wir haben schon zu lange überlegt. Zudem sind wir nicht die Einzigen, die heute zur Musterung anstehen. Es gibt viele Männer, die eine Beschäftigung suchen.“
„Eine Musterungsstelle ist kein Marktplatz, auf dem du als Tagelöhner Arbeit findest“, gab Mordechai zu bedenken, „sondern du erhältst eine Anwartschaft auf den Tod.“
„Sterben müssen wir alle einmal. Und bei unserem unsteten Leben kommt der Tod früher als gewünscht.“
Schließlich ließ sich Mordechai breitschlagen, und sie gingen stadteinwärts. Im Stillen hoffte er, dass sie ihn wegen seiner gedrungenen, pummeligen Gestalt nicht nehmen würden. Bisher hatte er nur schlanke große Söldner in Jeru-

salem gesehen, obgleich die Römer selbst auch keine Hünengestalt besaßen. In den engen Gassen Jerusalems herrschte dichtes Gedränge. Die meisten Menschen strebten dem Tempelberg zu. Haschem wusste, wo das Anwerbebüro lag. Als sie dort eintrafen, standen bereits achtzig bis neunzig Männer vor der Tür. Mordechai schöpfte Hoffnung, dass sie bei diesem Andrang nicht genommen würden. Er tänzelte gut gelaunt von einem Bein auf das andere und verkürzte die Wartezeit, indem er Witze zum Besten gab und seine Umgebung erheiterte. Haschem schüttelte nur den Kopf. Doch der Bedarf an Söldnern schien ungebrochen zu sein. In Viererreihen mussten die Bewerber an die Tische treten, hinter denen römische Beamte und Offiziere saßen. Sie stellten viele Fragen, darunter die nach Alter und Herkunft und warum sie dem römischen Heer beitreten wollten.

„Nun, die Jüngsten seid ihr ja nicht mehr", wertete ein Offizier. „Aber wir werden euch schon fixe Beine machen. Nach einem halben Jahr erkennt ihr euch selbst nicht wieder."

Ein wichtiger Passus im Fragenkatalog schien für sie der nach der Solidarität gegenüber dem Imperium Romanum zu sein und ob sie sich vorstellen könnten, auch einmal außerhalb Judäas eingesetzt zu werden. Haschem und Mordechai bejahten, ohne sich der Tragweite ihrer Antwort bewusst zu werden. Als die verhörartige Unterredung schließlich beendet war, setzten sie mit ihrem Daumenabdruck ihre Unterschrift unter ein Dokument und wurden mit der Auflage entlassen, sich nach vier Tagen zwecks Aufnahme in der Demetrius-Kaserne einzufinden, wo die soldatische Ausbildung beginnen werde. Gleichsam als Willkommensgeschenk erhielt jeder Bewer-

ber ein Verpflegungspaket, wie es die Soldaten auf ihren Märschen bei sich trugen.
„Für heute und morgen ist unsere Ernährungslage gesichert“, scherzte Haschem, als sie wieder auf der Straße standen.
„Und für heute und immer haben wir uns an eine ungewisse Zukunft gebunden“, seufzte Mordechai. Es schien, als würden ihm die Folgen dieses Schrittes erst jetzt in aller Deutlichkeit bewusst.
Die Zeit bis zum Beginn des Wehrdienstes verbrachten sie mit gewohntem Nichtstun. Sie lungerten an den Straßenecken herum, hörten, was die Menschen sich erzählten, fingen Gerüchte und Gerüche auf, stibitzen ein paar Datteln oder bekamen von den Pilgern auch schon mal einige Drachmen geschenkt. In Nähe des Tempelbezirks war wie immer allerhand los. Die Händler feilschten mit ihren Kunden um jene Dinge, die ein Markt zu bieten hat: Haushalts- und Lederwaren, Geschirr, Obst, Fleisch, das von Fliegen umschwärmt in der brütenden Sonne hing, Federvieh, Schafe und Ziegen, Gewürze, Öle und andere Lebensmittel. Das ging recht laut und zuweilen stürmisch zu. In den Budengassen drängten sich Schaulustige, Kaufwillige, Wasserverkäufer, Wahrsager, Dirnen, Bettler, Beter, Frauen mit ihren Kindern, alte Männer und Müßiggänger. Die Zeit wurde den zukünftigen Rekruten nicht langweilig. Nur in den Nächten im Kidrontal oder in den Nebenräumen der Synagogen, die wie die Hebräischschulen an Pilgertagen als Notunterkünfte zur Verfügung standen, überfiel sie Angst vor dem gewaltigen Schritt, den sie zu tun gedachten. Andere Bewerber gingen lockerer mit ihrer Entscheidung um. „Wenn es mir nicht gefällt, verschwinde ich wieder.

Ich desertiere. So einfach ist das", sagte ein Vollmondgesicht und kniff verschmitzt die Augen zusammen. Haschem antwortete nicht. Er kannte die durch und durch organisierte Verwaltungspraxis der Römer und hatte von ihren Foltermethoden gehört, die Fahnenflüchtige erwarteten.
Am letzten sonnigen Vormittag, bevor sie sich in der Demetrius-Kaserne einfinden sollten, saßen sie in der Nähe des Tempelberges und beobachten das ameisenhafte Treiben auf den Straßen und in den Gassen. Mordechai wollte gerade eine Bemerkung wie „letzter Tag in Freiheit" machen, als Haschem ihn anstieß.
„Schau mal dort, die Eheleute, kommen die dir nicht bekannt vor?"
„Wo?"
„Da vorn." Haschem streckte die Hand aus und wies auf zwei Menschen, die gerade aus dem Tempel getreten waren.
„Es laufen viele Ehepaare herum. Wie soll ich…"
Jetzt stutzte Mordechai. „Ist das nicht Josef und neben ihm Maria?"
„Erraten! Mein Gott, ich hätte nie gedacht, sie noch einmal wiederzusehen."
„Schau, ihnen folgt ein Junge. – Ob das dieser Jeschua ist?"
„Ist der groß geworden!"
„Ja er dürfte jetzt sicher elf, zwölf Jahre alt sein. Komm, wir wollen sie begrüßen."
Die beiden Freunde sprangen auf und bahnten sich den Weg durch die Menschenmenge. Josef und Maria erkannten sie sofort. Die beiden Männer, die ihnen in der schweren Nacht der Niederkunft geholfen und ihnen ihren Platz geräumt hatten, waren in ihren Herzen fest verankert ge-

blieben. Sekundenlang lagen sie sich in den Armen, während der Junge lächelnd und unschlüssig dabeistand. Maria zog ihn schließlich in ihre Mitte.

„Das ist Jeschua – unser ganzer Stolz."

„Ein Prachtbursche!", schwärmte Mordechai.

„Aber er hat uns schon Kummer gemacht", bemerkte Josef und strich mit der Hand über die dunklen Locken seines Sohnes. Jeschua stand da, er schüttelte den Kopf und lächelte verlegen.

„Wir haben an der Wallfahrt nach Jerusalem teilgenommen und befanden uns schon auf dem Heimweg. Wir dachten, Jeschua sei irgendwo in der Pilgergruppe. Wir waren bereits eine Tagesreise von Jerusalem entfernt und Jeschua war immer noch nicht zu uns gestoßen. Auch bei Verwandten und Bekannten sahen wir ihn nicht. Da bekamen wir es mit der Angst zu tun und kehrten um."

„O Gott!", rief Haschem, „es war ihm doch nichts Ernsthaftes passiert?"

„Stellt euch vor: Nach drei Tagen fanden wir ihn im Tempel! Waren wir froh, nicht wahr, Maria? Er saß mitten unter den Lehrern, hörte ihnen zu und stellte Fragen!"

Mordechai schüttelte den Kopf und Haschem sah Jeschua anerkennend an. „Du scheinst ein begabter Junge zu sein", lobte er.

„Alle, die ihn hörten, waren erstaunt über sein Verständnis und über seine Antworten", sagte Maria. „Wir waren natürlich sehr betroffen und ich sagte: ‚Junge, wie konntest du uns das antun? Dein Vater und ich haben dich voll Angst gesucht.' Aber unsere Ängstlichkeit scheint er nicht begriffen zu haben."

Jeschua erwiderte:

„Ihr hättet mich doch nicht suchen müssen! Wusstet ihr denn nicht, dass ich mich im Hause meines Vaters aufhalten musste?“ (nach Lukas)

„Wir haben nicht verstanden, was er damit sagen wollte“, sagte Josef. „Ja, manchmal gibt er uns Rätsel auf, unser Junge. Jetzt sind wir froh, ihn wiederzuhaben. Wir ziehen nun nach Nazareth zurück. Und wohin habt ihr vor zu gehen?“
Haschem und Mordechai erläuterten ihre Pläne. Ihre Begeisterung hielt sich dabei in Grenzen und auch Josef und Maria sahen sie eher mitleidig an. „Wir werden an euch denken“, sagte Maria leise, „und für euch beten.“
„Und ich erbitte Gottes Segen für euch“, lächelte Jeschua, und in seinen Augen stand eine unaussprechliche Wehmut.

XIII.

Der militärische Drill war hart. Nicht das frühe Aufstehen, noch bevor die ersten Strahlen der Sonne am Horizont erschienen, machte ihnen zu schaffen, sondern das unermüdliche Trainieren im Hof, auf dem Sportplatz, auf langen Märschen. „Eure Körper sollen durchgestählt jedem Befehl gehorchen“, predigte Marmercus Albinus, der Offizier, der die Grundausbildung leitete. „Disziplin, das merkt euch, ist die erste Tugend des Soldaten.“ Disziplin beherrschte das Vokabular der Ausbilder und bald auch das der Rekruten. „Damit ihr auch wisst, was Disziplin in der Praxis bedeutet, werden wir jetzt regelmäßig marschieren. Das heißt, Aufstellung in Reih und Glied im Abstand von etwa einem bis anderthalb Metern. Marsch bis zu 20 Kilometer in Uniform und mit Gepäck. – Betet zu den Göttern, dass die Hitze nicht zu unerträglich wird und sie zur Erfrischung auch mal eine Brise Wind schicken.“

Das Marschgepäck hing an einer Tragestange. Dazu gehörten ein Mantelsack, ein Proviantnetz, ein kleines Netz für Zahnbürste und persönliche Wertgegenstände, eine Feldflache, ein Topf und eine Kasserolle. Diese Dinge mochten zusammen 18 Kilogramm wiegen. Der Soldat trug aber auch seine Rüstung, bestehend aus Lederkoller mit einem Panzer aus Metallstreifen oder Schuppen, Helm, Schild, einem zweischneidigen kurzen Schwert mit breiter Klinge, sowie Schanzpfähle und eine eiserne Ration für etwa drei Tage. Das waren weitere 29 Kilogramm.

„Mein Gott“, schimpfte Haschem. „Jetzt schleppe ich fast einen Zentner mit mir herum. Wozu?“
„Glaubst du, mir erginge es besser?“, keuchte Mordechai und wischte sich mit dem Ärmel den Schweiß aus dem Gesicht. „Jetzt herrscht mehr oder weniger Frieden. Doch angenommen, es ist ein Ernstfall und wir werden zum Beispiel zu einem lokalen Aufstand gerufen, dann müssten wir mit unserem Gepäck nicht nur die Entfernung zum Ziel überwinden, sondern an Ort und Stelle auch schlagkräftig und angriffslustig sein.“
„Ruhe!“, rief der Unteroffizier, der neben ihnen ging. „ich dulde keine Kritik. Ihr Grünlinge wollt doch nicht Rebellen spielen und eine Woche in den Bau gesteckt werden, oder? Merkt euch: Selbst wenn kein unmittelbarer militärischer Gang bevorsteht, müssen Gräben ausgehoben und das Feldlager errichtet werden. Damit ihr wisst, was das bedeutet, könnt ihr heute Abend als erste mit den Schanzarbeiten beginnen.“
Haschem unterdrückte einen Fluch, Mordechai biss sich auf die Lippen
„Also, zu eurer Ausrüstung gehört ebenfalls ein Wurfspeer – pilum –, der 180 Zentimeter lang und mit einer Eisenspitze versehen ist“, erläuterte Marmercus Albinus im theoretischen Unterricht. Wir werden seinen Gebrauch in Kürze üben. Nur so viel vorab: Trifft die Eisenspitze den gegnerischen Schild, so biegt sie sich um, sie kann nicht herausgezogen und wiederverwendet werden. Versteht ihr? Noch ein Wort zu euren Helmen. Ihr habt schon bemerkt, dass der Helm aus Leder besteht und mit Eisen beschlagen ist. So bietet er Nacken und Gesicht Schutz. Seht zu, dass der Feind beim Nahkampf nie eure Helme trifft. Das ist die verwundbarste Stelle unserer Uniformen.“

„Warm bekommen wir denn keine Gesichtsmasken, wie ich sie schon gesehen habe?“, erkundigte sich einer der Rekruten.
„Eine Maske beschränkt das Gesichtsfeld. Ihr, die ihr ja auf den Nahkampf geschult werdet, würdet den Angreifer wahrscheinlich zu spät sehen, und er käme eurem Hieb zuvor. Außerdem erhalten nur die Offiziere Gesichtsmasken.“
Ein missmutiges Raunen ging durch den Raum.
„Noch weitere Fragen?“

Die römischen Truppen marschierten im Legionenverband, vorab die Reiterei – die Alen – und die Späher zur Sicherung, danach die Legion mit Tross und Nachhut. Noch befand sich das Söldnerheer im Aufbau und im Trainingsstand. Im Ernstfall war es zudem auf Pioniere angewiesen, die in unwegsamem Gelände notfalls für ein Wegenetz sorgen mussten.
Der römische Soldat erhielt im Monat 30 Kilogramm Weizen als Grundnahrung. Die musste er im Extremfall, wenn er unterwegs keine Depots oder Vorratslager erreichte, mitschleppen. Natürlich gab es Tragtiere und Karren, die die Lasten übernehmen konnten. Doch in gebirgigen und felsigen Gegenden war das nur begrenzt möglich.
Zur Grundausbildung gehörte jedoch nicht nur die Stärkung der Kampfbereitschaft und der Umgang mit Waffen, der manchmal stundenlang ausdauernd geübt wurde, sondern auch ein Allgemeinwissen über die Zusammensetzung und Formation der Legionen sowie auch über feindliche Heeresstrukturen. Das Imperium Romanum unterhielt zeitweise bis zu 80 Legionen. Nicht alle waren

gleichrangig. 7 v. Chr. hatte Gajus Marius das römische Heer umgerüstet – aus einer milizartigen Bürgertruppe entstand ein stehendes Söldnerheer. Unterstützt wurde jede Legion von 300 Reitern sowie Hilfs-, Stabs- und Versorgungstruppen und Trosseinheiten. Manche Legion führte außerdem Wurfmaschinen, Katapulte, Belagerungstürme und anderes schweres Gerät mit. Schleuderer und Armbrustschützen verstärkten die Kampffähigkeit. Tragtiere und einachsige Gepäckkarren konnten den gezielten Vormarsch manchmal verlangsamen. Der gesamte Kampfverband der Infanterie führte mit den Ergänzungstruppen 7 000 bis 8 000 Mann in die Schlacht.

An der Spitze einer Legion stand der Legat, der sich auf erfahrene Stabsoffiziere verlassen konnte. Die Zenturien wurden von altgedienten Truppenoffizieren geleitet. Auf einem freien Gelände übten die Rekruten die Schlachtordnung. Eiserne Disziplin war Voraussetzung für ihre Einhaltung. Sie bildeten eine dreifache Gefechtsreihe. In der ersten Reihe standen vier Kohorten, in der zweiten drei, die dritte wurde wieder von vier Kohorten angeführt. Die Römer nutzen die Erfahrungen der Assyrer, Perser und Griechen für ihre Kampfweise. Der Abstand zwischen den Soldaten beim Kampf betrug etwa einen Meter. Schließlich brauchte jeder so viel Bewegungsfreiheit, um seine Waffen einsetzen zu können. Somit benötigte jede Legion für ihre Gefechtsordnung einen Kampfraum von 600 Metern Breite und 200 Metern Tiefe. Beidseitig standen Hilfstruppen und Reiter als Reserveeinheiten zur Verfügung, die im Notfall eingreifen konnten. Befehle wurden durch Hornsignale übertragen.

Die Tapferkeit des römischen Soldaten war legendär. Er war darauf getrimmt, diszipliniert, tapfer und hingebungsvoll in den Kampf zu ziehen. Diese Eigenschaften wurden ihm im theoretischen Unterricht immer wieder eingebläut, und auch der Ausbildungsoffizier Marmercus Albinus wurde nicht müde, den Neuaufnahmen diese disziplinarischen Eigenschaften einzuhämmern.
„Wer feige ist, seinen Platz verlässt und desertiert, ist ein Todeskandidat", erläuterte er. Haschem und Mordechai vernahmen es mit bangem Entsetzen. „Meuterer einer Armee werden mit Dezimieren bestraft. Das heißt, jeder zehnte Soldat muss aus der Menge hervortreten und wird von den anderen niedergeknüppelt. Habt ihr verstanden?"
Ein Raunen und beifälliges Gemurmel ging durch die Menge. Auf Mordechais Stirn perlte der Schweiß.
„Solche Maßnahmen stärken das Zusammengehörigkeitsgefühl und den Kampfgeist", fuhr der Offizier fort. Ihr seid eine eingeschworene Gemeinschaft, ist das klar? Ihr müsst stolz auf eure Einheit und eure Feldzeichen sein. Macht euch bewusst, dass der Verlust des Adlers und der Legionsstandarten die größte Schande ist."
Der Ausbildungsoffizier sah in vor Begeisterung entflammte und betretene Gesichter, als er den Adler als Heereszeichen erläuterte, den jede Legion statt einer Fahne trug. Auf diese Erkennungsmerkmale wurde ein ungeheurer Wert gelegt. Der Verlust eines Mannes bedeutete längst nicht so viel wie der Verlust eines dieser Aushängeschilder.

Es gab im römischen Heer verschiedene Feldzeichen. Hatten die Legionen der Republik jeweils ein Tierkreiszeichen als Aushängeschild wie etwa Eber, Stiere, Wölfe, so führ-

ten die kaiserlichen Legionen, seit Gaius Marius das Heerwesen reformierte, einheitlich den siegessicheren Adler – den Aquila. Der Träger der Adlerstandarte war der Aquilifer. Den Adler zu tragen war eine besondere Ehre und wurde nicht jedem zuteil. In den Kämpfen sollte zudem das mitgetragene Bild – imago – des Kaisers Ansporn zur Tapferkeit sein: Diese Ehre fiel dem Imagnifer zu. Doch auch die kleineren Einheiten wie Manipel und Zenturie waren stolz auf ihre signa – auf ihre Zeichen. Eine hölzerne Hand auf einer Stange, von einem Signifer in einem Wolfs- oder Bärenfell getragen, symbolisierte die Hand des Befehlshabers, der die Truppen lenkte und in den Kampf führte. Die Kavallerie besaß ihre eigenen Zeichen, die Vexilla, das waren Fahnen mit den aufgedruckten Blütenblättern einiger Pflanzen. Sogenannte Antesignani beschützten als eine Art Leibwächter die Insignien. Um Adler und Zeichen entstand mit der Zeit ein regelrechter Kult. Die jeweiligen Römerlager brachten sie in Fahnenheiligtümern in Sicherheit. Im Laufe der Kaiserzeit bürgerte sich auch der Draco ein, ein stilisiertes Drachenhaupt, dessen Ende aus einer Tuchröhre bestand. Sie flatterte im Wind. Eine kleine Düse im Kopf erzeugte ein Geräusch, wenn der Wind hindurchblies. Den Draco trug ein Draconarius.

Die Ausbildung der Rekruten bestand aus Theorie und Praxis. Haschem machten die strapaziösen Märsche, das Robben, Springen, Klettern und Schwimmen mehr zu schaffen als Mordechai, der dagegen mit dem Lernen der vielen Regeln und Verhaltensweisen seine Schwierigkeiten hatte. Aber schließlich absolvierten sie ihre Ausbildung zur Zufrie-

denheit ihrer Vorgesetzten und wurden mit ihren Kameraden als Hilfstruppen des großen römischen Heeres willkommen geheißen. Nun warteten sie auf ihren Einsatzort. Die Demetrius-Kaserne bestand aus festen Gebäuden, die weiträumig mit Mauern und Palisaden gesichert waren. Hier konnten sie auf Dauer nicht bleiben, denn hier wurden vorrangig Rekruten ausgebildet. Solange sie keiner festen Einheit zugeteilt wurden und auch kein kriegerischer Anlass vorlag, blieben sie in einem von Gräben umgebenen Feld außerhalb der Stadt, wo sie zwar ihre täglichen Trainingsstunden zu absolvieren hatten, jedoch auch stundenweise Ausgang genossen. Doch mussten sie dabei ihre Uniform tragen und damit zum Ausdruck bringen, dass sie im Dienste des Feindes Israels standen.
Eines Tages herrschte große Aufregung im Ausbildungscamp. Publius Quinctilius Varus erschien ohne Voranmeldung in Jerusalem, um die zahlreichen Kasernen und Feldlager zu inspizieren. Er wurde von hohen Offizieren und dem dritten Herodes-Sohn, dem Ethnarchen Archelaos, begleitet, der beim Volk unbeliebt war und eine Willkürherrschaft führte. Varus hielt eine kurze Ansprache an die Soldaten, in der er auf die wichtigen Aufgaben verwies, die die römischen Söldner in Judäa zu erfüllen hätten und nannte sie „Garanten des Friedens". Manch einer der in Reih und Glied auf dem Appellplatz angetretenen Männer kommentierte die Rede mit missbilligendem, unverständlichem Gemurmel, das die Offiziere jedoch nicht hören durften.

Haschem und Mordechai hielten sich gern in Jerusalem auf. Die Stadt war ja nicht nur die Metropole der Juden, es gab ein regelrechtes Völkergemisch, auch wenn es längst nicht die Zahlenstärke der jüdischen Bevölkerung erreichte. Die Juden selbst unterschieden sich durch ihre religiösen Gemeinschaften, die nicht nur die Gebetsstunden, sondern auch das Alltagsleben formten. Die verschiedenen religiösen Strömungen verstanden sich nicht zuletzt als Protest gegen die Besatzungsmacht und ihre Schikanen sowie gegen die dadurch eingeschränkten Möglichkeiten der Glaubenspraxis. Nach der Zerstörung des Salomonischen Tempels 586 v. Chr. durch die Babylonier, an die die Juden im Monat *Aw* durch ein dreiwöchiges Fasten und Beten erinnerten, und das sich anschließende Exil hatten sich vier große und wichtige Gruppen gebildet, nämlich die Pharisäer, die Zeloten, die Sadduzäer und die Essener. Sie beschäftigten sich mit der Frage, wie mit dem religiösen Erbe umzugehen sei. Sollte die Überlieferung der *Thora* in den Mittelpunkt gestellt werden? Oder die Tradition des Kultes? Oder bestimmte der Kampf um die staatliche Unabhängigkeit den Schwerpunkt der Interessen? Die Pharisäer setzten sich für die Thora ein, während die Sadduzäer den zweiten Weg beschritten und die Zeloten im politischen Widerstand für die Befreiung vom Römerjoch kämpften. Die Essener waren eine Gemeinschaft mit gemeinsamem Vermögen, eigenen Festtagen und eigenem Kalender in der Nähe des Toten Meeres. Sie folgten streng eigenen Lebensregeln, entrichteten aber dennoch ihre Abgaben an den Tempel. Von den Römern hielten sie sich fern. Die Essener erwarteten als „Kinder des Lichtes" und der kultischen Reinheit das Reich Gottes, was sie anhand bestimmter Prophezeiungen aus der Bibel herleiteten. Später rechnete man auch Jeschua wenigstens zeitweise ihrer Mitgliedschaft zu. Doch Jeschua bejahte den Tempelkult, den die Essener ablehnten.

Der Aufenthalt in Jerusalem war für Haschem und Mordechai eine Erfahrung mit einer Weltstadt des Vorderen Orients. Die Römer nannten das Land, das sie seit 63 v. Chr. besetzt hielten und als Provinz betrachteten, Palästina. Die Bezeichnung Israel kam ihnen nicht über die Lippen, was den Hass der Juden noch mehr anstachelte. Nur das Gebiet des Idumäerkönigs Herodes bezeichneten sie als Judäa. Wenn die beiden frischgebackenen Soldaten in römischen Diensten sich in der Nähe des Tempels aufhielten, kam es nicht selten vor, dass Menschen ihnen aus dem Weg gingen und die andere Straßenseite benutzten, oder sie blickten durch sie hindurch, als gäbe es sie gar nicht. Dass sich Juden in den Dienst der Feinde stellten, betrachteten sie als Verrat am eigenen Volk. Mit dieser Abstrafung hatten Haschem und Mordechai nicht gerechnet.
Bei einem ihrer Besuche in Jerusalem ereignete sich ein Zwischenfall: Zwei Zeloten schrien Verwünschungen und spuckten vor ihnen aus. „Volksverräter ihr! Kämpft gegen eure eigenen Landsleute! Pfui!"
Einer der beiden Männer warf einen Stein. Mordechai duckte sich blitzschnell, der Stein knallte gegen eine Hauswand.
„Komm, lass uns hier verschwinden, bevor es noch mehr Unruhe gibt", rief Mordechai.
Die beiden Freunde hätten sich nach dieser offenkundigen Missachtung wahrscheinlich stillschweigend aus dem Staube gemacht, wäre eine zufällig vorbeikommende römische Patrouille nicht Zeuge des Ereignisses geworden. Sogleich eilten die Soldaten herbei, um die Zeloten in Gewahrsam zu nehmen. Was dann geschah, ereignete sich blitzschnell. Einer der beiden Männer zog ein Messer und setzte sich

gegen seine Festnahme zur Wehr. Während er fluchend gegen einen Soldaten anstürmte, rammte ihm ein Söldner sein Schwert in den Leib. Der Zelot stürzte schreiend zu Boden und wälzte sich in seinem Blut. Kurz darauf erlag er seinen Verletzungen. Der Vorgang zog augenblicklich Schaulustige an, die ihrer Wut in wilden Protesten Ausdruck verliehen. Die Römer versuchten, die Menschen zurückzudrängen, doch vergeblich. Die wütende Menge ergriff Partei für den getöteten Zeloten und forderte lauthals die Freilassung des anderen. Der Volkszorn entlud sich immer stärker in drohenden Gesten. Jeden Augenblick konnten die Menschen zum Angriff übergehen. Die Situation war äußerst brenzlig. Schon flogen die ersten Steine. Die Patrouille schickte nach Verstärkung, die innerhalb weniger Minuten eintraf. Die Soldaten waren für solche Einsätze geschult. Blitzschnell ergriffen sie die Haupträdelsführer und legten sie in Ketten. Haschem und Mordechai waren irritiert, wussten nicht, wie sie sich verhalten sollten. Sie waren Juden, doch trugen sie die römische Uniform. „Schlappschwänze!“, rief ihnen einer der Söldner zu und schubste sie beiseite. Die Patrouille bahnte sich eine Schneise und führte den Zeloten und seine Sympathisanten ab. In der nahen Wachstation nahm der diensthabende Offizier das Protokoll auf.
„Ein Toter ist genug. Lasst die anderen laufen, sie sind nur zufällig in die Sache verwickelt“, versuchte Mordechai den Zwischenfall herunterzuspielen.
Doch davon wollten die Römer nichts wissen.
„Sie haben gegen euch ausgespuckt und damit die römische Uniform beleidigt“, sagte der Leiter der Wache. „Ich bin Zeuge, ich habe es mit eigenen Augen gesehen“, bestä-

tigte ein Soldat der Patrouille. „Der eine hat seine verdiente Strafe bekommen, denn er hat gegen die Staatsgewalt aufgemuckt. Dem anderen aber wird der Prozess gemacht, daran ist nichts zu ändern."
„Hört ihr nicht die Menge, die sich draußen versammelt?", rief Haschem. In der Tat erschallte von draußen wachsender Lärm. „Die aufgebrachten Menschen werden die Wache stürmen und alles in Stücke hauen."
„Ich denke, du bist Soldat und weißt, was man in Konfliktsituationen tut, oder? Hier wird niemand eindringen, es sei denn, er sucht den Tod." Darauf gab der Offizier einige Befehle und im Nu stand ein Manipel Soldaten bereit, den Angriff zu parieren oder die Menschen zu zerstreuen. Da Haschem und Mordechai bis auf das Seitenschwert unbewaffnet in die Stadt gegangen waren, erhielten sie jetzt Schild und Lanze und den Auftrag, mit anderen die Hinterausgänge zu sichern. Sie fühlten sich unwohl in ihrer Haut. Durften sie gegen die eigenen Landsleute vorgehen? Sie notfalls niederstechen? Sie wurden sich mit einem Male der Zwiespältigkeit ihres Eides bewusst, den sie vor den römischen Göttern auf den Besatzerstaat abgelegt hatten.
„Wenn wir heil aus der Sache herauskommen, lasse ich mich versetzen", rief Mordechai. „Dorthin, wo es keine Juden gibt."
„Nur du? Ich bin mit von der Partie. Wir stecken ungewollt in einer riesigen Zwickmühle."

DIE VARUSSCHLACHT

XIV.

Der Versetzungsbeschluss des römischen Kaisers lag seit einigen Tagen auf dem Schreibtisch. Während Tiberius den pannonisch-dalmatischen Aufstand bekämpfte, erhielt Publius Quinctilius Varus die Berufung zum „Legatus Augusti pro praetore in Germania", in einer Provinz, die noch keine war und erst eine werden sollte. Varus wusste nicht viel von diesem Land, außer dass es seit den Feldzügen römischer Legionen vor etwa zwanzig Jahren bis jetzt immer wieder Aufstände der revoltierenden germanischen Stämme gegeben hatte. Das Ziel, die Grenzen des Imperiums rechtsrheinisch zu sichern und das Reich bis an die Elbe auszudehnen, war nur teilweise gelungen. Warum Augustus bei der Berufung des neuen Legaten ausgerechnet auf ihn, Varus, gekommen war, schien wenig einsichtig. Er war nicht mehr der Jüngste, Mitte 50, fast 15 Jahre älter als zu Beginn seiner syrischen Statthalterschaft. Andere Kriegsherren handelten dynamischer, wendiger, strategischer und waren sicher auch mehr dem Zeitgeist angepasst. Aber vielleicht suchte der Kaiser einen gestandenen Mann, der weniger hitzig, zielstrebig und unnachgiebig war, der vielmehr diplomatisch und besonnen mit den unterworfenen Völkern umgehen und römische und germanische Interessen unter einen Hut bringen konnte. Im Jahre 2. v. Chr. waren die Legionäre bis an die Elbe vorgestoßen, sie hatten Castra – Lager – und Befestigungsanlagen gebaut, sich behauptet, aber immer wieder erhebliche Verluste erlitten.

In jüngster Zeit trug sich Varus mit einem ehrgeizigen Plan, der sozusagen sein Vermächtnis in Syrien werden sollte: Er wollte neue Städte nach römischem Vorbild anlegen lassen, um den zum Teil unfruchtbaren, wüstenartigen Landschaften den Stempel des Imperium Romanum aufzudrücken. Er gedachte Neuanlagen in unmittelbarerer Nachbarschaft bereits bestehender Siedlungen oder zerstörter Städte zu bauen, oder aber Städte als architektonische Wunder ganz neu entstehen zu lassen. Noch nach Hunderten von Jahren sollte man sich an ihn in diesem Lande erinnern!
Varus beriet sich eingehend mit seinen Architekten und Baumeistern. Er plante in vier Schritten, doch nicht ohne Zustimmung des Himmels. Denn zuerst kam die „Inauguratio" – die Bestimmung des Standortes durch die Eingeweideschau. Aus der Beschaffenheit eines inneren Organs von Opfertieren suchten die Priester zukünftige Ereignisse oder die günstigste Lage der zu gründenden Stadt herauszulesen. Darauf folgte die „Limitatio" – die Festlegung der inneren und äußeren Grenzen der neuen Siedlung. Ihr schlossen sich die „Orientatio" – die Bestimmung des Decumanus und die „Consecratio" – die Weihe der Stadt an. Der Decumanus war eine römische Landvermessung, die den Himmel in eine Tag- und eine Nachthälfte beziehungsweise Sonnenaufgangs- und Sonnenuntergangshälfte teilte. Bei Militäranlagen kam der Decumanus ebenfalls zur Anwendung.

Römische Stadtpläne besaßen eine grundsätzliche, gemeinsame Konzeption: In der Stadtmitte war das Forum, der Marktplatz. Hier fanden neben dem üblichen Handel auch Gerichtsverfahren statt. Außerdem eignete sich der Platz hervorragend für politische Debatten. Um das Forum lag meist ein Kranz von Tempeln, etwa für Jupiter, den Götterkönig, Juno, die Göttin der Frauen, Merkur, den Gott des Handels, oder Minerva, die Göttin der Weisheit. Das Gerichtsgebäude – die basilica – und öffentliche Gebäude – curia – befanden sich ebenfalls in der Nähe. In größeren Städten war das Amphitheater Ort der Muse und Zerstreuung. Im Forum kreuzten sich die beiden Hauptstraßen der Stadt, die Nord-Süd-Achse – cardo genannt – und die Ost-West-Achse – der decumanus. Alle weiteren Straßen schnitten sich nach dem gleichen Prinzip in rechtwinkligen Blöcken, sodass die Stadt ein Schachbrettmuster trug, das von den Wohnblocks – insulae – bestimmt wurde. Um das gesamte Geviert verlief eine Stadtmauer, die die Einwohner schützte, parallel zu den Straßen. An jedem Achsende befand sich ein Stadttor.

Publius Quinctilius Varus ließ sich von den Architekten gerade die Aufteilung der einzelnen Häuser in Wohn- und Arbeitsräume sowie die Lage der Gärten und Säulengänge erklären, als ihm seine Gattin Vipsania Marcella gemeldet wurde. Obgleich er die Unterbrechung seiner Arbeit nicht liebte, ließ der Statthalter Vipsania gleich eintreten; die Architekten und Diener zogen sich diskret zurück.
„Du siehst bleich und müde aus, Vipsania, ist etwas geschehen?“ Varus ging seiner Frau entgegen und betrachtete sie sorgenvoll.
„Ich möchte nicht stören, mein Lieber, aber mein Besuch ist unaufschiebbar. Ich muss dich vor etwas warnen.“
„Warnen, mich?“ Varus lächelte. „Droht wieder irgendwo ein Aufstand? Den hätte man mir gemeldet. Was bedrückt

dich denn so, dass du so eilig zu mir kommst und nicht bis zum Abend warten kannst?"

Vipsania trat ans Fenster und sah in den Garten hinaus. Ein Gärtnergehilfe wässerte die Rosenstöcke. Ein anderer stutzte die Feigenbäume.

„Ich hatte einen Traum, der mir zu denken gibt."

„Einen Traum? Eines Traumes wegen wirst du meine Unterredung mit dem Architektenteam nicht unterbrochen haben, oder?" Varus' Stimme klang jetzt unwirsch und ungehalten.

„Der Traum betraf dich und bereitet mir höllische Angst." Vipsania kehrte vom Fenster in den Raum zurück. „Ich sah dich von einem Schwert durchbohrt zu Boden sinken."

„Ich – von einem Schwert durchbohrt?" Varus begann schallend zu lachen und blickte seine Frau liebevoll an. „Träume sind Schäume, meine Gute, ich gebe nichts darauf."

„Solltest du aber, Varus. Der Anblick war so entsetzlich, dass mir jetzt, wo ich davon spreche, wieder eine Gänsehaut kommt."

Varus wurde nun nachdenklich. „Und wo wird mir dieses Missgeschick passieren?"

„Das weiß ich nicht. Vielleicht in irgendeinem Kampf, in dem dir die Feinde zu nahe rücken."

„Ich weiß von keinem Kampf. Jedenfalls steht mir derzeit keiner bevor."

„Aber ich habe alles sehr deutlich gesehen!"

„Ein Bild deiner Phantasie, Vipsania. Die ständigen Konflikte mit den Juden haben deine Vorstellungskraft überreizt. Dieses Land ist wahrhaftig kein Aufenthaltsort für eine so feinfühlige Frau wie dich."

Vipsania Marcella senkte die Augen. Warum nahm Varus sie nicht ernst? „Ich bin sehr besorgt um dich, mein Gemahl."
Der Legat zeigte auf die Zeichnungen auf dem Tisch. „Sobald die Stadtpläne vollendet sind und mit dem Bau begonnen werden kann, werden wir zunächst nach Rom reisen und uns dann in Gallia Transpadana, in der Lombardei, erholen."
„Rom! O ja, Varus, ich möchte Cremona und den Po wiedersehen. Und am Oglio spazieren gehen", begeisterte sich Vipsania Marcella. Sie schien ihrer Sorge für einen Augenblick enthoben zu sein. Vipsania Marcella, einziges Kind des Marcus Vipsanius Agrippa, des Schwiegersohnes des Augustus, war etwa zehn Jahre jünger als Varus, eine schöne, schlanke Gestalt mit weichen Gesichtszügen. Sie trug ihr langes, ebenholzschwarzes Haar offen und in der Mitte gescheitelt. Das Haar fiel ihr bis auf die Hüften. Ihr Kleid bestand aus weißer reiner Seide und reichte bis auf die mit vergoldeten Schnallen besetzten Sandalen. Als Schmuck trug sie einen breiten, goldenen, mit Gravuren versehenen Reif am linken Handgelenk und an der rechten Hand einen schmalen Ehering. Da sie mit dem Kaiserhaus verwandt war, genoss sie die Privilegien der herrschenden Gesellschaft. Sie besaß ein Landhaus an der Ligurischen Küste und ein beträchtliches finanzielles Vermögen, von dem auch Varus profitiert hatte.
„Wir werden zunächst vom Kaiserhaus eingeladen werden und alte Freunde wiedertreffen", freute sich Varus. „Bei Jupiter, wie lange haben wir sie nicht mehr gesehen!"
Vipsania klatschte in die Hände. Die Aussicht auf das wenn auch zeitlich begrenzte schöne bequeme Leben in Rom und

auf ihrem Landsitz in Cremona hob ihre Stimmung. Das Bild vom gezückten Schwert, das ihren Gatten im Traum bedroht hatte, verblasste vor ihrer heiteren Stimmung.
Doch in der Nacht stand Vipsania plötzlich kreidebleich vor Varus Bett. „Es war wieder da."
„Was?" Varus rieb sich schlaftrunken die Augen.
„Das Schwert. Es war blutgefärbt."
„Es wird nun wirklich Zeit, dass wir dieses ungastliche Land hinter uns lassen. Noch eine kurze Zeit, meine Liebe, dann bist du erlöst."
„Aber es betraf dich, nicht mich. Du solltest dich vorsehen."
Varus richtete sich von seiner Liegestatt auf und nahm die Hand seiner Frau, die sich auf der Bettkante niedergelassen hatte. „Und du weißt oder ahnst nicht, wo mich dieser – Schicksalsschlag ereilen soll?"
„Es war nicht hier. Der Boden war kalt und weiß, flockig weiß. Als ob eine dünne Schicht über ihm lag, die ich aber nicht kannte."
Varus schürzte die Lippen. „Das hört sich ja an, als sei ich auf einer Wolke im Himmel und mit den Göttern vereint."
„Mach keine Witze, mein Lieber. Das ist nicht zum Lachen. Du bist in Gefahr, Varus. Das spüre ich."
Varus zog Vipsania an sich. „Ich werde auf mich aufpassen, das verspreche ich. Ich werde den Kriegsgott Mars bitten, an meiner Seite zu sein."

Die nächsten Wochen galten den Reisevorbereitungen, die zugleich ein Abschiednehmen waren. Palast und Nebengebäude würde der Nachfolger beziehen. Doch der persönliche Besitz und der inzwischen angewachsene Wohlstand mussten verpackt und auf die Schiffe verladen werden. „Als armer Mann betrat er das reiche Syrien, und als reicher Mann verließ er das arme Syrien“, spottete später der Schriftsteller Velleius Paterculus über Varus und hatte mit diesem Urteil nicht Recht. Die persönliche Ordonanz, die Leibgarde und die Varus zugeteilten Beamten verließen mit ihm das Land. Sie würden ihm auch in seinen neuen Wirkungsbereich im rauen Norden folgen. Es gab auch ein Schiff voll freigelassener Sklaven, die aus den orientalischen Provinzen ins Mutterland reisen wollten, sowie eine Kohorte frisch ausgebildeter Soldaten, die bisher nur lockere Feindberührung gehabt hatten und sich nun in Germanien behaupten sollten. Diese Söldner waren allerdings nicht zwangsverpflichtet, sondern hatten sich freiwillig gemeldet. Die meisten waren Juden. Unter ihnen befanden sich auch Haschem und Mordechai.

Varus' Pläne von einem abwechslungsreichen, erholsamen Urlaub in Rom und Cremona erfüllten sich nicht. Auf der Heimfahrt ins Reich erkrankte seine Gattin Vipsania Marcella an einer bis dahin unbekannten Krankheit. Sie starb und ließ einen verzweifelten Publius Quinctilius Varus zurück. Varus kam als gebrochener Mann nach Rom. Augustus` Ratgeber zweifelten, ob der neue Legat für Germanien seine so wichtige Aufgabe in absehbarer Zeit übernehmen könne und gaben zu bedenken, ob nicht besser ein anderer Heerführer an seine Stelle treten sollte. Doch der Kaiser blieb bei seinem Entschluss. „Ein Mann reift mit seiner Verpflichtung“, sagte er. „Die neue Aufgabe wird die Tage der Trauer verkürzen.“ Er ließ Varus Zeit, sich zu sammeln und zu erholen. Wiederholt lud er ihn zu politischen Gesprächen und gesellschaftlichen Veranstaltungen ein, um

ihn abzulenken. Er empfing ihn auch in seinem Privathaus an der „scala cari“ in kleinem Kreis und ließ die Verdienste des Statthalters von Syrien und seine neue Berufung dem Volk unter Fanfarenstößen durch Herolde allenthalben kundtun.
Im Umfeld des Augustus lebte eine weitere Großnichte, Claudia Pulchra. Der Imperator sorgte dafür, dass sie stets in seinem Palast weilte, wenn auch Varus zu Gast war. Mit der Zeit freundeten sich beide an und verliebten sich ineinander. Bevor Publius Quinctilius Varus schließlich ins kalte, winterliche und unwirtliche Germanien reiste, heiratete er Claudia Pulchra. Sie gebar ihrem Gatten den Sohn Quinctilius Varus.

XV.

Je größer das Imperium Romanum wurde, umso mehr Söldnerheere benötigte es, um die eroberten Gebiete gegen Aufstände und Angriffe von außen zu sichern. So rekrutierte es Männer aus verschiedenen Nationen und Völkern, die den römischen Drill zwar eisern absolvierten und begeisterte Soldaten wurden, denen der Sold jedoch oft mehr bedeutete als die erfolgreiche Landnahme ihres Staates. Auf große Reserven an Militär konnte Rom nicht mehr zurückgreifen.

Als Varus nach Germanien abkommandiert wurde, erhielt er das Kommando über einen Teilbereich der römischen Offensive: Die Ausdehnung und Befestigung der Reichsgrenzen östlich des Rheins und nördlich der Alpen und der Donau. 15 v. Chr. hatten die Stiefsöhne des Kaisers Augustus, Drusus und Tiberius, mit einem Kriegszug gegen die Räter und Vindeliker begonnen. Die Räter – die spätere Provinz Raetia – waren ein Volk oder eine Gruppe von Völkern im Bereich der mittleren Alpen und von den Kelten vertrieben worden. Die Vindeliker lebten im Alpenvorland zwischen Bodensee und Inn und waren eine keltische Stammesgruppe. Drusus erhielt im Anschluss das Kommando über die Legionen am Rhein. Er unternahm ausgedehnte rechtsrheinische Erkundungszüge, die ihn bis an Elbe und Saale führten. 12 v. Chr. stieß er bis zur Nordsee vor. Über die „fossa Drusiana", den Drusus-Kanal, der den

Rhein mit dem Flevomeer in Friesland verband, über die Zuiderzee sowie über die Nordsee konnten die Expeditionszüge durch die Flotte unterstützt werden. Ziel blieb die dauerhafte Unterwerfung der germanischen Siedlungsgebiete unter die Oberherrschaft Roms. Drusus ging zunächst gegen die an der Lippe wohnenden Sugamberer und andere Stämme vor, legte zwei Lager für seine Legionen an, wie sie schon in Novaesium – Neuss – und Bonna – Bonn – entstanden waren. 10 v. Chr. trat Drusus gegen die Chatten an, kehrte dann aber nach Rom zurück, um das Konsulat zu übernehmen. Dennoch führte er weiter Krieg in Germanien. Im Bereich der Cherusker stieß er bis an die Elbe bei Magdeburg vor. Die Erscheinung einer riesenhaften Frau soll ihn vom weiteren Vormarsch abgehalten haben. Auf dem Rückweg fiel Drusus vom Pferd, brach sich ein Bein und starb im Lager Castra Scelera an den Folgen. Tiberius, der zweite Stiefsohn des Augustus, ließ die Leiche seines Bruders nach Rom schaffen und bestatten. Drusus erhielt posthum den Ehrennamen Germanicus, den auch seine Söhne Germanicus und Claudius tragen durften.
Tiberius hatte in Pannonien am Donauknie gekämpft, das erst 9 n. Chr. endgültig unterworfen und dem Römischen Reich einverleibt wurde. Während er vorübergehend im Exil weilte, sorgte Lucius Domitius Ahenobarbus für die Befriedung Germaniens. 4. n. Chr. kehrte Tiberius ins Land zwischen Rhein und Elbe zurück und setzte die Eroberungspolitik in Germanien fort. An Rhein, Lippe, Ems, Nordsee und Lahn war inzwischen eine Reihe befestigter Lagerplätze angelegt worden. Um die Gebiete rechts des Mittelrheins zu entlasten, siedelte er etwa 40 000 Sugamberer und Sueben auf linksrheinisches Territorium um.

Drusus hatte die Markomannen mit ihrem Herrscher Marbod in das Gebiet des heutigen Böhmen vertrieben. Dieser Schritt stellte sich im Nachhinein als ernste Gefahr für die Römer heraus. Deshalb planten Tiberius und Gaius Sentius Saturninus im Jahre 6 n. Chr. mit zwölf Legionen einen Kriegszug gegen die Markomannen, der jedoch wegen des gleichzeitig in Pannonien und Dalmatien ausgebrochenen „Illyrischen Aufstandes“ nur zum Teil durchgeführt werden konnte.
In dieser politisch und militärisch prekären Situation übernahm Publius Quinctilius Varus den Oberbefehl über die Legionen in Germanien.

Nach der langen Reise über das Mittelmeer bei wechselndem Wetter war die Ankunft in Ostia für Haschem und Mordechai und ihre Kameraden eine Wohltat für die seeungewohnten Söldner. Die engen Räume, Gänge und Kojen, die primitiven sanitären Anlagen erforderten von allen ein strenges Maß an Disziplin und gegenseitiger Rücksichtnahme. Aber auch die Kapitäne und Mannschaften waren froh, dass sie Poseidon, dem Gott des Meeres, keinen Tribut in Form von Menschenleben opfern mussten. Dafür entschädigte nun die Weite der latinischen Landschaft. Die Fahrt auf den Transportwagen und der Einmarsch in die Weltstadt Rom, wo ein längerer Aufenthalt geplant war, lockte viele Schaulustige an die Straßen. Wie immer, wenn größere Truppenverbände aus fernen Ländern zurückkehrten oder große Politiker und Feldherren gefeiert wurden, gab es einen ehrenvollen Einzug in die Hauptstadt des Imperiums. Nach großen Siegen stieg der Jubel ins Unermessliche.

„Wir werden empfangen wie Helden!", staunte Haschem. „Dabei steht uns die Bewährungsprobe noch bevor."
„Hoffentlich werden wir den Rückzug aus Germanien ebenfalls so großartig erleben", rief Mordechai. „Vielleicht aber kommen wir auch gar nicht zurück."
„Unke!", rügte Haschem ihn. „Du bist ein Schwarzseher. Nimm mal an, wir stehen eines Tages wieder hier. Das wäre doch prima, oder?"
Beide wussten nicht, wohin sie zuerst blicken sollten. Die Pracht der Gebäude, die großzügige Anlage der Straßen und Alleen, der verschwenderische Schmuck der Häuser, der Tempel, Arenen und Statuen – wie klein und gedrungen kam ihnen Jerusalem dagegen vor. Und wie geradezu schmächtig wirkte Bethlehem dagegen, dieses Bethlehem, das ihnen nicht aus dem Kopf ging, seit sie Zeuge einer ungewöhnlichen Geburt geworden waren.
Die Rückkehr verdienter Legionen oder die Bildung neuer Streitkräfte geschah nicht abseits des öffentlichen Lebens. Das Imperium wusste, dass es seinen Bestand der Tapferkeit und dem Mut seiner Krieger verdankte. Die Vertreter des Staates, die Senatoren, die höchsten Beamten, die Delegierten des Kaisers und schließlich der gottgleiche Caesar selbst erschienen in den Logen der Sitztribünen und Zuschauerränge, um Lob und Dank auszusprechen, die hohen Offiziere mit Lorbeer zu bekränzen oder sie mit einem goldenen Marschallstab auszuzeichnen.
Haschem und Mordechai sahen den Kaiser nur von Ferne im Kreis seiner Familie, von Leibwächtern und Dienern umringt. Was sie von ihm gehört hatten, klang mal begeistert, mal weniger schmeichelhaft. Er ließ sich als Friedenskaiser feiern, obgleich er mehrere Kriege angezettelt und

geführt hatte, und unternahm auch nichts gegen die Unterstellung, gottgleich zu sein. Hatte nicht sein Freund aus Jugendzeiten und Schwiegersohn Agrippa zu dieser Vergötterung erheblich beigetragen, als er in Oppidum Ubiorum, der späteren Stadt Colonia Agrippina – Köln – den Augustus-Altar Ara Ubiorum aufstellen ließ, und erst recht, als er den Bau des ersten rechteckigen Pantheons auf dem römischen Marsfeld zur gottgleichen Verehrung des Kaisers in Auftrag gab?

Augustus wollte als „Pontifex Maximus" eines „Goldenen Zeitalters" und als „primus inter pares" des Senats in die Geschichte eingehen. Im Grunde war er eher ein ängstlicher Mensch, dem tief greifende Entscheidungen schwer fielen. Doch das auszusprechen, konnte dem Kritiker den Kopf kosten. Nach dem Tod des Drusus – war ihm sein Ende nicht von der germanischen Priesterin Veleda vorausgesagt worden? – hatte der abergläubische Augustus 2 v. Chr. auf dem Forum Romanum einen prächtigen Tempel zu Ehren des rächenden Kriegsgottes Mars Ultor bauen lassen. Augustus machte diese Stätte zur zweitwichtigsten des römischen Staatskultes neben dem Jupiterheiligtum auf dem Kapitol. Er fürchtete wie viele Regenten den Zorn einer Gottheit und versuchte sie durch Opfergeschenke – vota – zu besänftigen. Denn seit der Republik galten Kriege als unumgängliche Verletzung der göttlichen Friedensordnung. Expansionspolitik oder Sicherung der eigenen Existenz – das war die Frage, der sich die Imperatoren zu stellen hatten. Auf die Gunst des Gottes Mars war Augustus vor allem in Germanien angewiesen, denn diese Region war in ständigem Aufruhr, weshalb nun weitere Söld-

nertruppen in dieses raue und unwirtliche Land verlegt werden sollten. Die vom Senat schon ausgestreute Widmungsformel „nach Befriedigung aller Provinzen durch Augustus…“ klang dagegen wie Hohn.

Während ihres Romaufenthaltes erlebten Haschem und Mordechai erstmals einige der weltberühmten Gladiatorenkämpfe, von denen sie nur gehört hatten, wenn die Kameraden, die schon einmal im Zentrum römischer Macht geweilt hatten, in den Feldlagern davon erzählten. Einstmals waren es wohl nur reiche Privatleute gewesen, die sich den Luxus einer solchen Veranstaltung leisteten, um bei der römischen Bevölkerung Eindruck zu machen. Dann entdeckten auch die Politiker den Gladiatorenkampf als geeignetes Mittel, um sich Anerkennung zu verschaffen. Das Honorar für die Kämpfer und die Kosten für das Festmahl, das sich den Schaukämpfen anschloss, waren mehr als fürstlich. Mit dem wachsenden Anspruch der Römer auf Unterhaltung wurden die Spiele immer prächtiger und größer inszeniert. Als neben Wagenrennen und Theateraufführungen auch Tierhetzen zur Gewohnheit wurden, stiegen die Begeisterungstaumel ins Unermessliche. „Panem et circenses“ – Brot und Spiele – verlangte das Volk zu seiner Belustigung. Rom drohte eine reine Spaßgesellschaft zu werden. Die Schaukämpfe fanden im Rahmen der „ludi cereales“, der Feierlichkeiten zu Ehren der Göttin Ceres, statt.
Schließlich betrachtete der Kaiser die Durchführung der Spiele als sein Privileg und er bestimmte per Dekret, dass Gladiatorenauftritte vom 2. bis 8. Dezember sowie an den Tagen der „Saturnalien“ zwischen dem 17. und 23. Dezember zur Wintersonnenwende und zum Frühlingsfest

„Quinquatrus“ zwischen dem 19. und 23. März stattfinden dürften.
Einem dieser Aufführungen in den Märztagen wohnten Haschem und Mordechai sowie ihre Kameraden bei. Hatten schon die Weitläufigkeit und Größe Roms, die prächtigen Bauwerke und Monumente, die gepflegten Parkanlagen und das weltstädtische Gepränge in ihnen ein überwältigendes Staunen ausgelöst, so überbot der Gladiatorenkampf alle Vorstellungen. Auf dem Forum und im Amphitheater kämpften Tausende Menschen mit- und gegeneinander. Tierhetzen mit afrikanischen Raubkatzen jagten ihnen Schauder über den Rücken.
„Rom kann Jerusalem so in die Tasche stecken, dass man es darin nicht wiederfindet“, rief Mordechai und versuchte, sich gegen den Lärm verständlich zu machen. Sie hatten auf der Tribüne des Theaters Platz genommen.
„Auch in der größten Tasche kann ein kleines Loch sein“, gab Haschem zur Antwort und meinte damit, dass sich auch Rom nicht maß- und grenzenlos entwickeln könne und dass Bäume nicht in den Himmel wüchsen. Trotz der überwältigenden Schönheit und majestätischen Größe warnte ihn etwas davor, diese Prachtentfaltung kritiklos gutzuheißen.
Und jetzt diese grausamen Spiele …
„Kannst du dich an dem erfreuen, was uns hier geboten wird, Haschem?“
Haschem betrachtete die erhitzen Gesichter seiner Kameraden um ihn her. Begeisterung, Spannung und eine ungeheure Sensationslust war in ihnen zu lesen. Das Blut aus den Wunden von Mensch und Tier versetzte sie in einen weltentrückten Rausch. Die Rufe der Begeisterung, des An-

sporns, der Enttäuschung schienen in einen einzigen anhaltenden hysterischen Schrei zu münden, der wie eine tönende Wolke über dem Amphitheater lag.
„Stell dir vor, Mordechai, wir müssen so oder ähnlich gegen unsere Feinde antreten, entsetzlich!"
„Ja, entsetzlich, Haschem! Ich hoffe, wir kommen in Germanien nie in eine solche Lage!"
„Das hoffe ich auch. Ich könnte niemals so auf unsere Feinde eindreschen."
„Ich auch nicht. Nein, niemals! Sieh, mit welcher Brutalität die beiden Gladiatoren aufeinander einschlagen. Dem einen spritzt das Blut aus einer tiefen Armwunde!"
„Komm, lass uns gehen!", schrie Mordechai gegen den Lärm. „Ich halte das nicht mehr aus!"
Es war nicht leicht, die Tribüne zu verlassen. Dicht an dicht saßen die Söldner und die römische Bevölkerung auf den Bänken und machten ihnen nur widerwillig Platz. Nach einer Viertelstunde gelangten sie schließlich ins Freie. Einige Hundert Meter von der Arena entfernt befand sich eine Pinienkolonie. Haschem und Mordechai ließen sich unter einem der Bäume nieder und streckten erschöpft die Beine aus. Eine Weile sagten sie nichts. Sie mussten das fürchterliche Schauspiel erst verkraften. Die johlende Menge war auch bis hierher zu hören.
„Weißt du, woran ich in letzter Zeit öfters denken muss, Mordechai?", sagte Haschem nach einer Weile. „An Bethlehem."
„An Bethlehem?"
„Ja, an Bethlehem. An das Gegenteil von dem, was wir gerade erlebt haben. Als wir am Feuer vor diesem abbruchreifen Haus saßen und die beiden Leute kommen hörten."

„Josef und Maria."
„Ja, Josef und Maria."
„Das Kind nicht zu vergessen."
„Das Kind war doch noch nicht da. Das kam ja erst noch auf die Welt."
„Richtig, Haschem, dank deiner ärztlichen Kunst und Mithilfe."
„Ach was! Ich spüre immer mehr, dass es die richtige Stunde für dieses Kind war. Es wollte so auf die Welt kommen. Auch in dieser Armut und Verlassenheit."
Sie schwiegen. Ein leichter Wind ging durch die Pinienzweige. Doch das Rauschen wurde überdeckt vom Lärm aus dem Amphitheater.
„Jeschua. Was aus ihm wohl geworden ist?", fragte Mordechai nachdenklich. „Er sah prächtig aus, als wir ihn mit den Eltern am Tempelberg wiedertrafen."
„Er hatte gute Augen, die einen so tiefsinnig ansehen konnten, so verständnis- und liebevoll. Es gibt nicht viele Menschen mit dieser Ausstrahlung."
„Er hat mein Leben irgendwie verwandelt, obgleich nichts geschehen ist", sagte Mordechai.
„Deins auch?" Haschem sah den Freund überrascht an. „Und ich dachte, gib deinem Herzen einen Stoß, damit du aus diesem Lotterleben herauskommst und wieder Tritt fassen kannst. Das hat er in mir bewirkt, dieser Jeschua."
Fanfaren schmetterten. Der erste Teil des grausamen Schauspiels in der Arena war beendet. Es dauerte nicht lange, da kündete ein weiteres Signal die zweite Runde an.
„Mensch, was reden wir da, wo dort drüben alle Welt auf den Einzug neuer Gladiatoren wartet! Dort werden Wetten abgeschlossen, wer wohl am Ende Sieger bleibt, und wir

sprechen über eine ganz einfache Familie mit einem ungewöhnlichen Sohn."
In ihrer Vorstellung sahen sie die neue Gladiatorenriege wie strahlende Helden aufmarschieren. Jeder trug einen Schild und ein Schwert, einen Helm und Beinschienen. Ein Metallgürtel hielt den Lendenschurz. Die nackten Arme und Beine glänzten unter einer Ölschicht. Die meisten Kämpfer waren sehr muskulös. Jetzt, so stellten sich Haschem und Mordechai aus der Ferne vor, erhob sich der Kaiser. Jubelrufe wurden laut. Die Fanfaren ertönten abermals. Das neue Spektakel konnte beginnen.

XVI.

Nach einer beschwerlichen Alpenüberquerung, bei der sie zum ersten Mal schneebedeckte Berge sahen und die sonst nur in der nächtlichen Wüste erlebte Kälte auch tagsüber zu spüren bekamen, erreichten Haschem und Mordechai mit Tausenden anderer Söldner den Oberrhein. Hier wurde eine zweiwöchige Pause eingelegt, denn ein Großteil der Truppe sollte per Schiff flussabwärts bis Castra Vetera transportiert werden. Die beiden hatten keine Ahnung, wo sie sich befanden.
Wie ihnen erging es vielen Legionären. Die Befehlshaber beschränkten ihre Informationen auf einige wichtige Ansagen. Sie erfuhren nur, dass das Gebiet, durch das sie nun bald segeln würden, in römischer Hand sei, sie jedoch nach der Ausschiffung auf sogenannte Prahme umsteigen würden. Auf diesen flachen, breiten Schiffen mit gebogenen Bugenden und Lastkähnen würden sie einen Nebenfluss des Rheins – Rhenus – mit Namen Lippe – Lupia – in Richtung Quelle befahren, unterwegs aber aussteigen und die Reise über Land fortsetzen. Auch die „Navis Lusoria“, ein schlankes Fahrzeug, das per Ruderer fortbewegt wurde und kleinere Flüsse befahren konnte, solle hier zum Einsatz kommen. Ein ansehnlicher Teil der Armee werde jedoch über Land Richtung Osten marschieren, parallel zum Fluss, denn dies sei ein ungesichertes und von Aufständischen bewohntes Land und unvermutete Angriffe auf die Römer

gehörten hier zum Alltag der in Befestigungsanlagen und Stützpunkten stationierten Einheiten.
„Diese Germanen scheinen ein Volk von Gespenstern zu sein“, stellte Mordechai eines Abends fest. „Man sieht seine Krieger nicht, und doch spürt man ihre Anwesenheit. Als ob sie wie aus dem Nebel auftauchen und wieder darin verschwinden könnten.“
„Noch sind sie nicht wirklich aufgetaucht“, sagte Haschem. „Und ich sehne mich auch nicht danach, ihre Bekanntschaft zu machen.“
Was die Legionäre erwartete, schien kein Honigschlecken zu sein. Aber als Soldaten waren Haschem und Mordechai ja nicht auf eine Vergnügungsreise eingestellt, sondern auf Krieg und Kämpfe. Sie hofften im Stillen und paradoxerweise entgegen ihrem Auftrag nur, dass ihnen niemand so nah auf den Pelz rücken würde, dass sie ihre Lanzen und Schwerter benutzen mussten …
Jeden Abend, wenn die in Kolonnen und Pulks vorrückenden Truppen ein befestigtes Lager erreichten oder ihr Quartier in freier Wildbahn aufschlugen, ergriff der für das Manipel Haschems und Mordechais zuständige Anführer Marcus Caelius das Wort. Man spürte, dass er bestrebt war, den täglich per Boten eintreffenden Heeresbericht präzise wiederzugeben, auch wenn viele Unwägbarkeiten nicht berücksichtigt werden konnten.
„Wir müssen uns vergegenwärtigen“, sagte er einmal, „dass wir es hier mit einem Gegner zu tun haben, der nicht in klassischer Kampfweise vorgeht, sondern eine Hinterhalttaktik betreibt. Unerwartet und überraschend bricht er unter lautem Geschrei in kleinen Gruppen aus dem Unterholz oder hinter Felsen hervor, schleudert seine Speere und

verschwindet sofort wieder im Dunkel des Waldes. Bevor wir unsere Kampfordnung aufgestellt haben, ist vom Feind nichts mehr zu sehen. Es sind Barbaren, Wilde. Mit Berserkerwut sind die *Kimbern* und *Teutonen* über unsere Legionen hergefallen und, obgleich sie an Zahl weit unterlegen waren, haben sie uns erhebliche Verluste zugefügt. Seid also auf der Hut! Passt auf! Lasst Eure Augen in alle Richtungen schweifen! Wir werden uns des Nachts sichern müssen. Wo immer wir rasten, die erste Pflicht heißt schanzen und nochmals schanzen, damit wir uns in den Schutz eines wenigstens halbwegs gesicherten Grabens und Walles zurückziehen können. Wir werden auch doppelte, ja, dreifache Wachen aufstellen, die sich alle zwei Stunden ablösen. Ich möchte euch und mich möglichst ohne ernste Zwischenfälle bis ans Ufer der Elbe bringen."
Wenn der Offizier so sprach, hörten die Mannschaften gespannt zu. Die meisten Söldner kannten zwar keine Angst, doch waren fast alle beunruhigt, weil sich der Feind nicht im offenen Kampf stellte, sondern hinterrücks angriff. Erschwerend hinzu kam das kaum erschlossene Gelände. Die wenigen Straßen, die es gab, waren von römischen Pionieren angelegt worden. Nicht selten hatten die Cherusker sie unbrauchbar gemacht, indem sie dicke Bäume an ihren Rändern fällten oder Gruben aushoben, sie mit Zweigen und Laub tarnten, sodass Soldaten und Kriegsgerät in die mit angespitzten Pfählen gespickte Tiefe stürzten.
Mordechai beobachtete seine Kameraden, wenn sie erschöpft, mit knurrendem Magen, aber auch siegessicher, erlebnishungrig abends ihr Nachtlager aufschlugen. Außer mit Haschem konnte er nie mit jemandem über das reden, was ihn im Herzen bewegte. Doch zunehmend interessier-

te ihn auch die Meinung anderer. Er wusste jedoch, dass es gefährlich war, Zweifel an der Heersführung und an den geplanten Unternehmungen zu äußern. Das Wort „Wehrzersetzung" hing wie ein Damoklesschwert über der Mannschaft. Meist eröffnete Mordechai das Gespräch mit ein paar belanglosen Floskeln.

„Wieder ein anstrengender Tag heute, was? Aber wir haben ihn ja bestens überstanden."

„Wieso anstrengend? Ist doch nichts passiert, oder?"

„Ich meine ja nur so. Man weiß nie, wo man den Feind erwarten kann. Das macht einen ganz schön kirre."

„Bis wohl ein Hasenfuß, was? Na ja, ihr Neulinge macht euch ja schon in die Hose, wenn ihr eine fremde Speerspitze seht."

Mordechai war wohl an einen erfahrenen Krieger geraten. Er versuchte sich zu verdrücken, aber der Soldat hielt ihn fest.

„Brauchst nicht gleich beleidigt zu sein. Zuerst hatte ich auch ein mulmiges Gefühl. Aber das legt sich. Wenn du den ersten Germanen aufgespießt oder ihm den Schädel gespalten hast, macht dir das alles hier nichts mehr aus. Darauf wette ich."

„Ja, ja", stotterte Mordechai, gab vor, dringend zur Toilette zu müssen, und verschwand.

Bevor Varus nach Germanien aufgebrochen war, hatte Caesar Augustus seinen neuen Legaten beauftragt, die römische Macht in der künftigen Provinz Germania Magna weiter auszubauen, nach Möglichkeit bis zur Elbe – Albia – vorzudringen und diese als Grenzfluss zu festigen. „Geh nicht aggressiv vor, Varus, sondern mit Nachsicht", hatte der Imperator geraten, „halte dich lieber zurück, bevor du nicht sicher bist, ob die Germanenstämme dich angreifen. Mache ihnen Angebote zur Zusammenarbeit und überreiche den Stammesführern Geschenke. Wir können nicht unentwegt neue Truppen über die Alpen schicken, unsere Legionen sind an verschiedenen Kriegsschauplätzen gebunden. Zudem hast du einige kriegsunerfahrene Kohorten in deinem Heer. Sei also vorsichtig, und lass dich nicht provozieren."

Nun aber befanden sich Varus und seine Legionen auf dem Marsch nach Osten. Entsprechend dem Auftrag seines Kaisers verhielt sich Varus auf dem ganzen Heereszug entsprechend defensiv. Noch herrschte Ruhe. Der Friede schien allerdings trügerisch zu sein. Zwischen Xanten und Mainz reihten sich wie eine Kette gut ausgebaute Kastelle aneinander. Bis zu fünf Legionen waren hier linksrheinisch stationiert. Im Umfeld der Befestigungsanlagen waren Vorstädte entstanden, in denen sich Händler, Handwerker, Zeugmeister, Bauarbeiter, Dolmetscher, Schreiber, Ärzte, Diener, Vermessungsbeamte, Heizer, Bäcker, Boten und Bademeister angesiedelt hatten. Die Lagervorstädte hießen „canabae legionis". Sie vergrößerten sich mit der Zeit, weil weitere Berufzweige im Gefolge des Militärs zuzogen: Wirte, Gaukler, Possenreißer, Wahrsager, Glücksritter, Dirnen und andere. In Bonna war eine Flottenbasis entstanden und in Colonia Agrippina durch die Anwesenheit des Obersten Priesters ein religiöses Zentrum. Von diesen Stützpunkten aus breitete sich sternförmig ein Netz gut ausgebauter Straßen aus, die in Fahrdamm und Marschierstreifen eingeteilt waren. Einige führten auch Richtung Osten, doch war die Sicherheit auf ihnen nicht verbürgt.

Was wussten die Römer schon von den Germanen? Ihre Völker erschienen ihnen unheimlich, uneinschätzbar, rau, aber nicht unbesiegbar. Da sie keine Schriftsprache besaßen und folglich auch nichts aufgeschrieben hatten, lagen ihre Herkunft und ihre Geschichte für die Römer im Dunkeln. Zwar gab es ein Runenalphabet, doch das diente in erster Linie dem Kult an heiligen Plätzen, dort, wo sie ihre Gottheiten verehrten. Die Römer wussten nicht einmal, ob die Germanen auch keltisches Blut in sich trugen. Sie waren latente Unruhestifter – wer ging schon freiwillig in den Raum östlich des Rheins und der Weser? Die sich eingehend mit den Germanen befasst hatten, berichteten von Viereckschanzen, die als druidische Lehr- und Kultstätten der Sonnen-, Mond- und Sternbeobachtung gedient haben sollen. Druiden – das waren jedoch keltische Opferpriester. Also mussten die Germanen doch etwas mit den Kelten zu tun gehabt haben und wenn es nur Handelsbeziehungen waren, die sie miteinander unterhielten. Ein Spähtrupp, der auf dem Wege zur Weser unterwegs war, hatte des Nachts riesige Feuerräder den Berg herabstürzen sehen, bis sie in einem Fluss erloschen. Was dieser Brauch zu bedeuten hatte, wussten sie nicht. Die Germanen, so schlossen die Historiker, waren kein einheitliches Volk mit einem einzigen Anführer. Sie unterteilten sich vielmehr in zahlreiche Stämme, die wiederum in Sippenverbänden lebten. Nach römischen Erkenntnissen siedelten entlang des Osning – des heutigen Teutoburger Waldes – bis zum Harz die Cherusker, nördlich von ihnen die Angrivarier, westlich, vor allem im Bereich zwischen Ems – Amisia – und Lippe – Lupia – die Brukterer, während sich südwestlich das Stammesgebiet der Marser und im Süden das der Chatten befand.

Es war eine Fehleinschätzung der Römer zu glauben, Germanien bestände nur aus undurchdringlichen und unübersichtlichen Wäldern, vielen Sümpfen und wenigen Bewohnern. Natürlich gab es in den Niederungen und Flusstälern Sumpfzonen und an den gebirgigen Hängen auch Urwälder. Doch die Zahl der Siedlungen und Dörfer war in trockenen Uferbereichen von Flüssen und Bächen oder auch auf Hügeln und Bergkuppen beachtlich.

Die römischen Legionen hatten sich, als die Flussfahrten in Nähe der Quellen zwangsläufig zum Erliegen gekommen waren, geteilt. Nun zogen sie jeweils in Kohortenstärke in gesicherten Abständen ostwärts. Varus hatte entschieden, nicht die ganze Militärpräsenz auf einmal zu zeigen, um nicht in den Verdacht zu geraten, Rom wolle Germanien östlich des Rheins mit einem Schlag überrumpeln. Er führte die Streitkräfte also etappenweise nach Osten. In ihrem Schlepp befanden sich Händler, Kaufleute, Versorgungswagen, in denen getarnt zum Teil jedoch auch militärisches Gerät mitgeführt wurde. Varus wollte zunächst die friedliche Absicht seiner Unternehmung demonstrieren. „Halte dich lieber zurück, bevor du nicht sicher bist, ob die Germanenstämme dich angreifen. Mache ihnen Angebote zur Zusammenarbeit und überreiche den Stammesführern Geschenke.“ Diese Worte des Kaisers klangen dem Legaten noch in den Ohren.
Doch weder die germanischen Stammesfürsten noch ihre Krieger ließen sich sehen. Die Römer sahen überhaupt nur wenige Menschen unterwegs. Die Gegend schien nur schwach besiedelt zu sein. Die Einwohner mancher Siedlungen hatten sich angesichts der heranrückenden Militär-

macht in die Wälder zurückgezogen. Eines Nachmittags erreichte die Kohorte, der Haschem und Mordechai zugeteilt waren, ein fast verlassenes Dorf. Es bestand aus ungefähr fünfzehn Häusern, die eher die Bezeichnung Hütten verdienten. Welch armseliger Kontrast zu den Prachtbauten Roms und anderer Städte! Selbst die Gebäude Jerusalems oder Bethlehems nahmen sich gegen diese Häuser wie Residenzen aus. Welches Interesse kann Rom daran haben, dieses unselige Land zu erobern, in dem es nichts zu holen gibt, dachte Mordechai.
Etwa zwei Dutzend Söldner durchstöberten die dunklen Behausungen. Die offenen Herdstellen waren noch warm, ein Zeichen, dass die Bewohner das Dorf erst unlängst verlassen hatten. Vielleicht saßen die Männer mit ihren Waffen in den dichten Baumwipfeln in der Nähe, lagen Frauen und Kinder im Schilf und im hohen Gras der Berghänge auf der Lauer und beobachteten die fremden Eindringlinge. In einem der Häuser entdeckten die Söldner einen alten Mann. Er hockte regungslos neben der Herdstatt und schien blind und taub zu sein. Jedenfalls zeigte er sich nicht überrascht, als die Krieger bei ihm eindrangen und machte auch keine Geste der Abwehr oder des Widerstandes. Einer der Krieger rüttelte ihn an der Schulter, doch der Alte verdrehte nur den Kopf und blickte dann wieder wie geistesabwesend vor sich hin.
Haschem nahm das Dorf näher in Augenschein. Die Menschen lebten in einer Art langem Fachwerkhaus, dessen Grundgerüst aus Holzpfosten bestand. Die Zwischenräume hatten sie mit Flechtwerk geschlossen und mit Lehm verschmiert. Als Dach dienten Äste, auf denen Stroh- und Schilfschichten befestigt wurden. Später kamen die Solda-

ten an Siedlungen vorbei, die aus fünf bis 25 Wohnhäusern bestanden. Hinzu kamen Grubenhäuser, etwa für die Lagerung von pflanzlichen Stoffen für die Herstellung von Textilien und zum Aufbewahren von Pflanzen als Lebensmittel. Haschem bemerkte allerdings auch Vorratsspeicher auf Pfählen. Ackerbau und Viehzucht bildete offenbar den Schwerpunkt der germanischen Wirtschaftskultur. Überall sah man Schafe, Rinder und Schweine auf den Weiden, die von Hirten bewacht wurden. Ziegen waren in der Minderzahl. Die Hütejungen liefen jedoch angesichts der vorbeimarschierenden Kolonnen davon.
Mehrmals auf dem Zug in Richtung Osten musste die Kohorte, in der Haschem und Mordechai marschierten, die Fleischvorräte auffüllen. Das Vieh zu stehlen, wie es in anderen Ländern durchaus an der Tagesordnung war, kam in Germanien nicht in Frage, das hatten die Offiziere bei Strafe verboten. Die Bevölkerung sollte nicht unnötig provoziert werden. Ein germanischer Dolmetscher im Tross übersetzte den Bauern den gewünschten Ankauf von Rindern und Schweinen, die an Ort und Stelle geschlachtet, zerlegt und durch Salz und Rauch haltbar gemacht wurden. Die Bauern waren jedoch eher auf Tauschhandel eingestellt und konnten mit den Münzen, die ihnen der Dolmetscher in die Hand drückte, in der Regel nichts anfangen. Sie besahen sich das Bild des fremden, unbekannten römischen Kaisers und lehnten die Geldstücke ab. Ein Bauer warf sie sogar in der Nähe einer Furt wütend in die Weser. Mehr Gefallen fanden sie an den herausgeputzten Pferden der römischen Kavallerie. Doch davon konnten sich die Reiter verständlicherweise nicht trennen.
Auch die Germanen besaßen stattliche Pferde, wie Ha-

schem bewundernd feststellte. Fasziniert folgen die Augen der Offiziere und Söldner den weißen Pferden, die man Schimmel nannte. Der Dolmetscher erklärte, dass sie nur kultischen Zwecken dienten und keinesfalls Handels- oder Tauschobjekte darstellten. Germanen, die schon einmal mit friedlichen Römern in Kontakt gekommen waren, boten ihnen neben Wasser durch Gärung erzeugtes Met und Bier an. Wein war bei den Sueben verboten, weil er angeblich die Männer verweichlichte.

Eines Tages beobachteten Haschem und Mordechai pflügende Bauern, die sich von der durchziehenden Kohorte offenbar nicht beeindrucken ließen. „Nun schau dir das an, Mordechai, solche Geräte haben wir in Israel nicht. Auch in Rom und seiner Umgebung habe ich sie nicht gesehen."
Der Dolmetscher lachte. Er war stolz, den Söldnern etwas erklären zu können, das sie nicht kannten. „Das ist eine Pflugschar", belehrte er sie. „Damit kann man die Erde nicht nur aufreißen, sondern auch umdrehten. So wird der Boden besser gelockert und der Samen kann tiefer eindringen."
Die Getreidesorten waren den Römern fremd. Dinkel als Winterkorn kannten sie nicht, Gerste bauten die Germanen als Sommerfrucht an, hinzu kam Rispenhirse für die Pferde. Ackerbohnen, Erbsen und Linsen ergänzten die Nahrung. Den Römern hatten die Germanen den Gebrauch des Dreschflegels abgeschaut. Der Anbau von Lein – Flachs – für die Herstellung von Kleidung war ihnen nicht unbekannt. Daneben verarbeiteten sie Wolle, Felle und Leder. Die Germanen, die in Rheinnähe wohnten, lernten von den Römern auch die Bewirtschaftung eines Gartens. Manch-

mal sahen die durchziehenden Truppen Mädchen und Jungen in den Wäldern auf der Suche nach Beeren. Wildfrüchte und Pilze gab es reichlich. Sobald sie die fremden Soldaten sahen, machten sich die Kinder aus dem Staub.
Der Dolmetscher tat gute Dienste, denn er stand für Fragen zur Verfügung und überbrückte Verständigungsschwierigkeiten. Die Kohorte machte die Erfahrung, dass durchaus nicht alle Germanen den Römern feindlich gesinnt waren. Doch die meisten fürchteten, ihre Unabhängigkeit zu verlieren, wenn die Römer auch in den östlichen Landesteilen zwischen Weser, Leine, Saale und Elbe Fuß fassten. In Nähe der Flüsse gab es größere Ansiedlungen. Familien mit zehn, zwölf Kindern waren hier keine Seltenheit.
Solange sich das Bevölkerungswachstum in Grenzen hielt, konnten die germanischen Stämme auch die Dreifelderwirtschaft betreiben. Fehlte ihnen bei steigender Geburtenzahl der Raum für den Anbau, mussten sie neue Dörfer gründen. Das war hier der Fall. Hier lag die Zahl der Höfe bei 25, und hier wohnten bis zu 175 Personen auf engstem Raum zusammen. Die Versorgung der Menschen war nicht immer überall gewährleistet. Das erkannte auch Varus, wenn er die bleichen, zum Teil unterernährten Kinder sah, die die fremden Soldaten beim Durchzug durch die armseligen Dörfer neugierig anstarrten. Er fragte sich, ob er mit seiner Mission, ihnen die römische Gesetzgebung zu vermitteln, zugleich aber auch die daraus entstehenden Pflichten zu erläutern, nicht Schiffbruch erleiden würde – es sei denn, er käme mit Feuer und Schwert, was Augustus unbedingt vermeiden wollte.
Obgleich es bereits einige Handwerksberufe wie Schmiede und Töpfer gab, blieb die Landwirtschaft der wichtigste

Wirtschaftszweig. Flächenteilung durch Erbfolge war offenbar nur eine Zwischenlösung, die Nutzflächen waren bald so erschöpft, dass ein Fünftel einer Dorfgemeinschaft eine neue Beschäftigung suchen musste: Die Männer verpflichteten sich zum Kriegsdienst im eigenen Heer oder dienten als Söldner bei den Römern.

Als die Kohorte einmal in der Nähe eines Dorfes biwakierte, kam das Gemeindeoberhaupt mit Brot und Salz heraus und hieß Anführer Marcus Caelius und seine Mannen willkommen. Ein grober Wollumhang lag auf seinen Schultern, der mit einer Spange am Hals zusammengehalten wurde. Darunter war ein knielanges Gewand mit einem schlichten Gürtel sichtbar. Im Gürtel steckte ein Messer. Seine Frau blieb in einigem Abstand stehen. Sie hatte kurze, über der Stirn gescheitelte Haare und trug ein robustes Wollkleid, das fast bis auf die Füße reichte, jedoch nur halblange Ärmel besaß. Mehrere dünne Armreifen schmückten ihren linken Unterarm. Auffälligstes Schmuckstück war eine Schließe am Gürtel mit einer diskusgroßen Sonnenscheibe, in deren Mitte ein Edelstein leuchtete.

Verständlicherweise konnten nicht alle der Einladung des Gemeindeoberhauptes in sein Haus, das sich von den anderen durch Größe und bescheidenen Wohlstand unterschied, Folge leisten. Doch Mordechai gehörte zu den zehn auserwählten, durch Los ermittelten Kriegern, die ihm in Begleitung dreier Offiziere und des Dolmetschers folgen durften. Marcus Caelius vergewisserte sich zunächst, dass seine Leute und er nicht in einen Hinterhalt gerieten, indem er die Umgebung und das Dorf sorgfältig, doch unauffällig, inspizieren ließ. Überall herrschte Ruhe.

Die Gäste kamen erst spätabends zurück in ihre Quartiere.

Haschem, den die Neugierde wach gehalten hatte, bedrängte seinen Freund: „Nun, wie war es, Mordechai. Erzähle!“
„Morgen, Haschem, ich bin hundemüde.“
„Hast wohl zu viel Met getrunken, was?“
„Nein. Es gab Wildschweinbraten und dazu mir unbekannte rote Beeren aus den Wäldern. Ein Gedicht, sage ich dir!“
„Ein Gedicht? Du sollst mir nicht die Zähne langmachen, sondern berichten, was du erlebt hast.“
Mordechai gähnte. „Morgen, Haschem! Lass uns das Gespräch auf morgen verschieben.“
„Morgen? Und wenn du morgen nicht mehr lebst, weil die roten Beeren giftig waren? Sag, haben die anderen auch davon gegessen?“
„Alle. Es gab keinen Grund, misstrauisch zu sein.“
„So, so! Wahrscheinlich schränken die roten Beeren das Urteils- und Unterscheidungsvermögen ein und lassen die Esser sanft in die andere Welt hinübergleiten.“
„Quatsch! Es geht allen gut. Du bist ja nur neidisch, weil du nicht zu den Gästen gehört hast. Ich muss sagen: Für die Germanen steht die Familie an oberster Stelle. Dann kommt eine ganze Weile nichts, und dann …“
„Was dann?“
„Dann erst der Stamm und das Volk. Das Dorfoberhaupt hat uns vieles erzählt, was uns allen fremd war. Der Dolmetscher hatte genug zu tun und kam kaum zum Essen.“
„So? Was denn?“
„Ja. Von ihrem Zusammenhalt und ihrem Gemeinschaftssinn können wir, die wir uns für überlegen und zivilisierter halten, einiges lernen. Also: Der Vater ist uneingeschränktes Familienoberhaupt, er schützt die Seinen, wahrt ihre

Rechte. Die Ehe wird in gegenseitigem Einvernehmen geschlossen. Es gibt einen Ehevertrag, der den Brautpreis festsetzt. Dazu gehören eine bestimmte Anzahl Rinder, ein Pferd mit Geschirr und Waffen, die die Familie der Braut vom Bräutigam erhält. Während der Mann für das leibliche Wohl der Familie sorgt, kümmerte sich die Frau um den Haushalt, fertigt Kleidung an, erzieht die Kinder, übt sich aber auch in der Krankenpflege und Heilkunst."

„Du hast aber gut aufgepasst", grinste Haschem, der sich freute, dass er Mordechai zum Reden überlistet hatte. „Erzähl nur weiter."

„Ich bin doch nicht blöd!", rief Mordechai. „Die halbe Nacht geht darüber hin, und morgen müssen wir früh aus den Federn!"

„Ruhe im Zelt!", rief einer der Kameraden. „Es reicht schon, dass Aulus so laut schnarcht! Hört endlich auf mit eurem Gerede!"

Am nächsten Morgen erschien der Ortsvorsteher noch einmal, um die Römer zu verabschieden. Es war Mordechai schon am Vorabend aufgefallen, dass er eine lange Narbe am rechten Arm trug. Er bat den Dolmetscher, zu fragen, ob diese Narbe von einem Kampf gegen die Römer herrühre. Der Dolmetscher erkundigte sich und kam mit dem Bescheid zurück, die Wunde stamme aus einer Stammesfehde. Jemand habe ihm, dem Gemeindeoberhaupt, eine Armwunde zugefügt, ein anderer ihn von hinten bewusstlos geschlagen und liegengelassen. Darauf sei seine Frau gekommen, habe die Wunde versorgt und ihn zu neuem Kampf angetrieben. Die Schmach dürfe er nicht auf sich sitzen lassen. Und siehe da! Der Ortsvorsteher hatte gegen den Widersacher gesiegt! Manchmal, so erfuhr der erstaun-

te Mordechai, griffen germanische Frauen auch selbst zu den Waffen und kämpften mit, wenn die Lage für ihre Männer kritisch wurde.
„Das ist wahre Liebe", freute sich Mordechai und wunderte sich zugleich: „Die Frauen sind den Männern hier wohl beinahe ebenbürtig?"
Der Dolmetscher wiegte beschwichtigend den Kopf. „Mit Einschränkungen. Denn der Mann besitzt als Patriarch der Familie auch das Recht zur Züchtigung. Und nicht zu vergessen, dass die Friesen sogar ihre Frauen verkaufen, wenn Tribut eingefordert wird."

Das Hochwasser an der Leine ließ den Vormarsch der Römer ins Stocken geraten. Der sonst so friedliche Fluss war über die Ufer getreten und hatte das flache Land bei *Aula Caesaris* überschwemmt. Es blieb den Legionen nichts anderes übrig, als den Rückgang des Wassers abzuwarten und sich vorübergehend einzuschanzen. Einige Spähtrupps erkundeten die nähere und weitere Umgebung, kamen jedoch mit beruhigenden Nachrichten zurück. Nirgendwo hatten sie eine Konzentration von germanischen Kriegern erkennen können.
Varus wunderte sich, dass es in diesem Teil Germaniens so friedlich blieb, nachdem sein Vorgänger Drusus, der mehrmals an der Weser geweilt und am Oberlauf ein Siegeszeichen – trophaeum – errichtet hatte, vor Jahren noch hanebüchene Berichte von massiven Feindberührungen nach Rom gemeldet hatte. Denn dieses Land bis zum Harz war das Gebiet der Cherusker, dem Segimer und sein Sohn Arminius als Fürsten vorstanden. Es war dem neuen Legaten und Feldherrn Varus auch der freundliche Empfang

durch den Ortsvorsteher in einem der Cheruskerdörfer zu Ohren gekommen. Er ließ sich in aller Ausführlichkeit berichten und begann sich der trügerischen Hoffnung hinzugeben, dass die endgültige Befriedung Germaniens doch tatsächlich ohne Blutvergießen stattfinden könne.
Zweimal musste er ein Exempel in den eigenen Reihen statuieren: Einer der Legionäre hatte einem hohen Offizier das silberne Tafelgeschirr mit den Insignien des Varus gestohlen und es in sicherer Entfernung am Hang eines Berges so gut vergraben, dass er es nicht wiederbeschaffen konnte. Er war jedoch bei dem Diebstahl und dem Abtransport der Beute in den Satteltaschen seines Pferdes beobachtet worden. Der Soldat wurde ausgepeitscht und musste drei Tage und Nächte in kaltem Wasser stehen.
Der zweite Fall war weitaus ernsterer Natur und kam einem schweren Sakrileg gleich: Die Germanen bestatteten ihre Toten in der Regel in Hügelgräbern und gaben ihnen – wie auch die Römer – Geschenke mit auf den Weg in die andere Welt. In einigen Gegenden wurden die Leichen jedoch auch verbrannt. Die Asche verblieb in einer Urne und wurde mit Grabbeigaben in einem Hügel, später in Brandgräbern auf Gräberfeldern bestattet. Für die weite Reise ins Jenseits erhielt der Tote als Verpflegung für unterwegs Keramikgefäße mit Fleischwaren und anderen Nahrungsmitteln sowie einen Teil seiner Waffen. Frauen bekamen Fibeln, Spangen und Schmuck in Form von Armreifen und Perlen mit ins Grab. Darauf hatten es einige römische Söldner abgesehen. Die Diebe entehrten nach der Entdeckung eines germanischen Gräberfeldes die Toten, indem sie nachts heimlich die Grabbeigaben raubten und zu verhökern suchten. Das kam den Offizieren zu Ohren. Die

Schuldigen wurden degradiert und unter Waffenschutz nach Xanten zurückgeschickt, wo ein Gerichtsverfahren auf sie wartete, das die Verfehlung wegen ihrer Schwere im schlimmsten Fall mit dem Tod durch das Schwert ahnden konnte.

Haschem und Mordechai und die neue Söldnertruppe lernten in der Etappe und anschließend auf ihrem wochenlangen Zug Richtung Elbe nicht nur ihre Kameraden mit ihren Eigenarten, sondern im vorsichtigen und reservierten Kontakt mit den Einheimischen auch manche Gewohnheiten und Sitten der Germanenstämme kennen. Dennoch gaben sie sich nicht der Hoffnung hin, dass der Feldzug insgesamt friedlich verlaufen würde.

Varus kannte die Unruhen, die in anderen Teilen des Landes herrschten, und er war im Interesse Roms bestrebt, die „internae discordiae“ – die internen Missverständnisse – zu beseitigen. Schon Sentius Saturnius hatte eine vorsichtige Reichspolitik gegenüber den Germanen betrieben, im Gegensatz zu dem draufgängerischen Drusus, der die militärische Konfrontation suchte. Er, Varus, würde sich den Ratschlägen des Kaisers folgend nicht zu unüberlegten Handlungen provozieren lassen, auch wenn die Meinungen über die römische Gesetzeshandhabe in Germanien geteilt waren.

XVII.

Was waren das für Zeiten ... Alles schien aus dem Lot, was früher seine Ordnung besessen hatte. Der Cheruskerführer Arminius erinnerte sich an die apokalyptische Vorausschau des Weltuntergangs, vor dem sich bereits die Ahnen gefürchtet und von dem sein Großvater und sein Vater mit dumpfer Stimme gesprochen hatten. Aus dem hohen Norden, wo man *Wodan* Odin nannte, war diese Nachricht gekommen: In einem grauenvollen Endkampf, so hieß die dunkle Überlieferung, werde sich das unabwendbare Schicksal gegen die Menschheit, selbst gegen die Götter und ihre Gegner entscheiden. Dann standen Brüder gegen Brüder auf, Sippenbande zerrissen, alle menschlichen Gemeinschaftsformen fanden ein Ende. Die Treue galt fortan nichts mehr, Verrat war an der Tagesordnung, das Wort verlor sein Gewicht. – Waren die Vorzeichen nicht schon erkennbar? Waren die germanischen Stämme nicht uneins? Hatten sie sich nicht zum Teil mit den Römern verbunden, ihres persönlichen Vorteils willen und dem ihrer Gefolgsleute? Hatte es nicht schon Giftanschläge und Morde gegeben? Wie würde die Zukunft aussehen? In Arminius´ Träumen nahmen die alten Mythen der Germanen Gestalt und Form an.

Es verlautete, in der Phase der „Götterdämmerung" verfinstere sich die Sonne und der Fimbulwinter breche herein. Drei Jahre herrsche dann eine so grimmige Kälte, dass die

Welt völlig veröde. Die Weltesche Yggdrasil, der sonst immergrüne heilige Baum der Germanen, dessen Zweige sich über Himmel und Erde wölben und aus dessen Wurzeln drei Quellen entspringen, beginne zu welken. Was sah darauf der Adler auf der Spitze des Baumes, der die Welt beobachtete, und was der Habicht, der das Wetter machte, zwischen seinen Augen? Nein, auch die alte Glaubenswelt war anfechtbar und nicht losgelöst von den Versuchungen der Zeit. Nidhöggr, der Neiddrache, hauste am Fuß der Weltesche und nagte an ihren Wurzeln, um sie zu schädigen. Und Ratatöskr, ein Eichhörnchen, sauste ständig den Stamm von Yggdrasil auf und ab, um den Tieren in den Zweigen zuzutragen, was die einen über die anderen tratschten. Besonders der Drache und der Adler waren an allen Neuigkeiten interessiert. Ratatöskr galt als Sinnbild der Zwietracht in der Welt. – Der Fenriswolf ging um, das abscheuliche Untier, das Angurboda gezeugt hatte und von dem den Göttern geweissagt worden war, es werde nur Unheil anrichten. Hatte es genützt, dass man ihn in Ketten legte, weil er immer gefährlicher und gewaltbereiter wurde? Zweimal hatte sich der Wolf befreit, indem er sich streckte und die Kette in tausend Stücke zersprang, beim dritten Versuch legte man ihm das unzerreißbare Band Gleipnir an, das von Zwergen kunstvoll geschmiedet worden war. Doch der Fenriswolf war schlau: Er war nur bereit, sich fesseln zu lassen, falls ein Gott seine Hand in seinen Rachen steckte. Tyr war so ahnungslos, dass er es auf einen Versuch ankommen ließ – und verlor eine Hand. Während der „Götterdämmerung“, so sagte die Überlieferung, werde sich das an einen Felsen gebundene heulende Untier befreien und das Schwert zwischen seinem aufge-

sperrten Rachen ausspeien. Es werde die Sonne verschlingen und sogar Wodan …
Ja, die alte Welt der Götter war im Schwinden begriffen, seit die Römer im Lande herrschten. Der Mord an Baldur, dessen Tod als Symbol des allgemeinen moralischen Niedergangs gedeutet wurde, musste längst geschehen sein … Baldur, Sohn Wodans und der Frigg, die strahlende Gestalt unter den Asen, die in Asgard wohnten, der Gott der Sonne, des Lichtes und des Frühlings, die lebendige Verkörperung des Guten schlechthin und der Gerechtigkeit, lebte nicht mehr. Lange hatten ihn Alpträume geplagt, die auf eine Bedrohung seines Lebens hindeuteten. Als er es vor Kummer und Bedrückung nicht mehr aushielt, nahm Frigg allen Geschöpfen den Schwur ab, ihrem Sohn niemals ein Leid anzutun. Nur die Mistel blieb von diesem Schwur verschont, sei es aus Nachlässigkeit, oder weil die Göttin sie für unbedeutsam hielt. Der bösartige Loki entlockte Frigg das Geheimnis, worauf er den einfältigen blinden Hödur anstiftete, auf Baldur einen Pfeil aus Mistelzweig abzuschießen, der tödlich war. Hermod, ein Bruder Baldurs, mühte sich vergebens, den Toten aus dem Reich der Hel zurückzuholen. Mit der Lichtgestalt Baldurs verschwanden Glück und Schönheit aus der Welt. Die „Götterdämmerung" nahm ihren Lauf und das Geschick der Asen begann sich zu vollenden.
Vollzog sich nicht so der angekündigte Untergang der alten Welt? Arminius spürte, dass mit den Römern, die seine Heimat in Besitz genommen, einige seiner Verwandten getötet und ihn selbst in die Sklaverei geführt hatten, die Macht der Götter gebrochen war. Wodan hatte einem neuen Gott weichen müssen, der nicht aus dem Feuer der Blitze und

der geballten Kraft des Wassers redete, sondern aus dem Wort, das die fremden Offiziere sprachen und das offenbar stärker war als alle Naturgewalt. Wer konnte diese Entwicklung widerstandslos hinnehmen, wenn er seinem Land die Treue hielt und sich zu den Wurzeln bekannte, denen er entsprossen war? Nein, und abermals nein! Er, Arminius, würde nicht zu einem „Aschenhocker“ werden, der am heimischen Feuer sitzen blieb und dem Schicksal seinen Lauf ließ.
Wo, fragte sich der Cherusker, war sein Platz in der zukünftigen Welt? In der neuen, der der Römer, der Besatzer, gewiss nicht. Also in der, die jenseits aller menschlichen Vorstellungen lag? Ja, manchmal hatte er Sehnsucht nach Walhall, wo die kampferprobten und verdienten Krieger lebten. Aber wo hatte er, Arminius, bisher gekämpft, um sich solchen Wunschbildern hingeben zu können? Vielleicht wartete Nifihel auf ihn, das Reich der Göttin Hel, das als Aufenthaltsort all jener galt, die nicht auf dem Schlachtfeld gefallen und nicht nach Walhall eingegangen waren. Aber Nifihel galt auch als Ort der Strafe für Verbrecher.
Jedoch ein kleiner Hoffnungsschimmer blieb trotz aller Untergangsstimmung: Das war die Verheißung einer anderen, besseren Welt, seit Arminius gegen die Römer kämpfte. Die Schöpfung werde sich erneuern, so hieß die Prophezeiung, eine neue Erde steige aus dem Meer empor, und die Äcker brächten Früchte hervor, ohne dass man den Pflug an sie lege. So verhieß es die alte Drude, die in die Zukunft schaute und aus den Sternen und Runen las. Baldur werde sein Leben wiedererlangen, und aus der neuen Weltesche entstehe ein neues Reich. Ein neuer Himmel also und eine neue Erde? Arminius wusste, dass er diese Schöpfung nicht

mehr erleben würde und dass auch noch Generationen nach ihm vergeblich auf sie warteten. Nein, er glaubte nicht an Dinge, von denen er keine Vorstellung besaß. Es galt vielmehr, die alten Mächte noch einmal herauszufordern, sie letztmalig aus dem Bann zu lösen, der über sie gesprochen war! Niemand vermochte das besser als Arminius. Ja, wenn Arminius sich seiner alten magischen Kräfte besann und seiner Heimat treu blieb, dann konnte das schwindende Licht der alten Götter noch einmal aufleuchten und einen letzten Sieg davontragen über die anmaßenden Römer und ihre grausame Herrschaft.

XVIII.

Grundsteuern, Gewerbesteuern, Lizenzsteuern, Monopolsteuern, Kopfsteuern, Umsatzsteuern, Vermögenssteuern, Erbschaftssteuern sowie Sondersteuern für die Kriege und die aus dem Schlachten heimgekehrten Legionäre. Sie zahlten mit Vieh, Korn, Wolle, Milch, Käse, Honig, wohl auch mit harten Silberstücken – warum wollten die Römer mit aller Gewalt, dann nachsichtiger, ihre Gesetze den germanischen Völkern und Stämmen aufdrängen? Gewiss, Publius Quinctilius Varus gab sich verhandlungsbereit. Mehrmals empfing er die Stammesoberen der Germanen zwischen Rhein und Weser zu offiziellen Gesprächen. Der Fürst der Brukterer, ein verschlagen aussehender Mann mit einer auffallenden Adlernase und listigen Augen, sah in dem neuen Legaten ein Fünkchen Hoffnung für sein Volk, doch großes Zutrauen gewann er zu ihm nicht.

„Euer Vorgänger Drusus hat uns in einem zermürbenden Kampf besiegt. Er hat uns unsere Lebensgrundlage genommen. Das Volk verroht, ja verwildert, weil die Männer nicht mehr der Jagd und die Frauen nicht mehr dem Ackerbau nachgehen können. Das bisschen Viehwirtschaft, das wir noch betreiben, reicht nicht zum Überleben."

Ähnlich klagte der Anführer der Usipeter, dessen Stamm unter dem Druck der Sueben aus der angestammten Heimat ausgewandert war und ein neues Siedlungsgebiet suchte.

„Verdreht nicht die Geschichte“, warnte Varus. Der Dolmetscher übersetzte. „Euer Stamm hat im Verbund mit den Sugamberern und Tenkterern zahlreiche Römer ermordet, hat auf gallischem Gebiet Plünderungen vorgenommen und sogar die euch verfolgende römische Reiterei besiegt. Ja, sogar die 5. Legion musste zahlreiche Opfer hinnehmen. Beklagt euch nicht, wenn wir euch jetzt zum Frieden drängen, aber auch Opfer verlangen.“ Zurzeit herrschte ein Scheinfriede zwischen Rom und dem Stamm.
Wiederholt kam es zu hitzigen Debatten mit den Stammesführern. Publius Quinctilius Varus vertraute den Verhandlungen. Manche Streitgespräche musste man einfach aussitzen.
„Was der römische Staat einfordert“, betonte er, „ist ja nicht sofort zu erbringen. Was er den Germanen abverlangt, ist die allmähliche Anpassung an die römische Gesetzgebung. Niemand will euch unterdrücken, euch zu Sklaven machen. Bedenkt, welche Vorteile euch aus der Kooperation mit Rom erwachsen: Das Land wird durch den Bau neuer Straßen erschlossen, es gibt Zivilisation in Form von neuen Städten und Siedlungen, einem ausgereiften Wirtschaftssystem mit Handels- und Kaufhäusern, geregelten Einkünften, einer abwechselungsreichen Kultur mit Theatern und Badehäusern. Das sind nur einige Vorteile, die ich nenne.“
„Und die wir nicht wollen!“, rief der Vertreter der Usipeter. Er reckte sich hünenhaft und war im Sitzen schon so groß wie Varus im Stehen. „Warum sollen wir uns über die sogenannten Errungenschaften der Römer freuen, wenn wir nicht so weiterleben können, wie wir es gewohnt sind und wie wir es wünschen? Wir leben in voneinander durch

Wälder und Sumpfgelände abgegrenzten Regionen. Werden diese Regionen durch Straßen verbunden, wird auch der Streit leichter von einem Ort zum anderen getragen."
„Dass ihr uneinig untereinander seid, muss in eurem Wesen liegen", brummte Varus.
„Ihr sprecht nur von Vorteilen", sagte schließlich der Tenktererfürst, ein Mann mit wildem Bart und buschigen Augenbrauen, dem eine tiefe Narbe quer über die linke Wange verlief. „Was ist mit der Steuerlast, unter der viele Stämme leiden und fast zu Boden gedrückt werden?"
„Nun, der Fortschritt ist nicht kostenlos zu haben, das ist klar. Ihr zahlt Abgaben, deren Höhe für die einzelnen Stämme noch festgelegt wird, und erhaltet den Segen unserer Zivilisation. Doch keine Angst: Die Abgaben sind human. So wie wir ja auch nicht das Land auf einmal, sondern nach und nach umgestalten werden, so werden die Steuern in Raten erhoben."
Die Stammesfürsten waren nicht überzeugt. Mit der Annahme aller geschilderten Neuerungen begab man sich zugleich in die alles umfassende römische Verwaltungsordnung, die ihre Hände überall hatte, die gesamte Gesellschaft erfasste und den Einzelnen zum Teil eines Ganzen machte. „Wollen wir Germanen das überhaupt?", fragte sich ein jeder der geladenen Gäste. Es drängte sie nicht ins Theater. Und heiße Bäder waren ihnen, die das Wasser zum Kochen, Putzen und Waschen nutzen, suspekt. Warum brauchte man Bretter, in die ein rundes Loch geschnitten war, um seine Notdurft zu verrichten, wenn die schützenden Büsche so nahe standen? Bisher ging das Individualwohl vor Gemeinwohl. Jeder kehrte vor seiner eigenen Tür, hielt sein Haus, sein Feld, seine Siedlung und seinen Clan

in Ordnung. Nur wenn Gefahr drohte, schlossen sich die Sippen und Stämme zusammen und bildeten eine wildgeordnete, tapfere, verwegene Schlagkraft. Doch einer geschulten, in Ordnung und nach System vordringenden römischen Legionsmacht hatten sie nur mäßigen Widerstand entgegenzusetzen.
Steuern, Abgaben – nein, die waren mit germanischer Mentalität und Lebenspraxis nicht in Einklang zu bringen. Gegen diese Repressalien musste man sich zur Wehr setzten. Der Germane war ein freier Mensch, der sich nur locker in ein Gesetzsystem einfügte, und nur dann, wenn Unrecht offensichtlich war. „Wer einen anderen Mann im Zorn getötet oder ihn heimtückisch ermordet hat, braucht eine Verurteilung nicht zu fürchten, wenn er sich zu seiner Tat offen bekennt ...“ Anders verfuhr man mit Verrätern, Überläufern, Feiglingen, die sich vor dem Kampf drückten oder dem Krieg auswichen: Sie wurden gehängt oder im Sumpf versenkt. Auch Unzucht wurde schwer bestraft. Leichtere Vergehen konnte man durch die Zahlung von Pferden und Rindern sühnen. Das war germanische Rechtsauffassung. Sie widersprach völlig den römischen Gepflogenheiten und war für die Besatzungsmacht so nicht hinnehmbar. Tod musste durch Tod besiegelt werden. Auge um Auge – so lautete das Gesetz. Der Tod eines Menschen war durch Geld und Gut – wie es in Germanien oft üblich war – nicht aufzuwiegen! Doch durch Haft, Verurteilung und gegebenenfalls Hinrichtung?
Hier prallten Gegensätze aufeinander, die unüberbrückbar erschienen. Und nicht nur aus diesen Gründen suchten die germanischen Fürsten das Joch der Römer abzuschütteln.
Einen hatten Varus bisher nicht zu diesen Verhandlungen

gebeten, weil er ihn für den treuesten Verbündeten hielt, den er nicht auf seine Linie einschwören musste. Dabei widersetzte sich der Cheruskerführer Arminius am schärfsten der schleichenden, drohenden, besitzergreifenden Neuordnung, die mit den Römern ins Land kam. Er war jung und tatendurstig, ein Kraftmensch von kaum 26 Jahren, bereit, allem Paroli zu bieten, was sich anschickte, seinem Volk Fesseln anzulegen. Arminius` Vater hieß Segimer, einer seiner Brüder Flavus.

Arminius war groß, hünenhaft, tigerähnlich geschmeidig, eine athletische Gestalt. Sein blondes, lockiges Haar duldete keine Schere. Bei Kriegszügen verbarg er es unter seinem mit gespreizten Flügeln geschmückten Helm. Trotz seiner Geschmeidigkeit war er kräftig von Statur. Seine nackten Oberschenkel, die unter seiner Rüstung sichtbar wurden, erinnerten an Säulen. Selten ging er ohne Schwert aus. Ohne seine Waffen fühlte er sich nackt. Manches Mädchen seines Stammes schaute sich unverhohlen nach ihm um. Er war ein begehrter Junggeselle. Doch so lange er sich im politischen Zwist mit seinen Stammesgenossen und unbemerkt in massiver Auseinandersetzung mit den Römern befand, dachte er nicht daran, eine Familie zu gründen.

Sein Groll auf die Römer hatte Geschichte. Wider seinen Willen war er als Geisel nach Rom entführt und in der Fürstenschule auf dem Palatin erzogen worden. Das entsprach der Taktik der neuen Herren in der Provinz Germanien, dass sie die Söhne der germanischen Landesherren als Geiseln nahmen, um vor künftigen Attacken und Aufständen sicher zu sein. Arminius hatte sich zunächst in sein Schicksal gefügt, sich willig gezeigt, eine glänzende Ausbildung absolviert und mit dem Ritterstand das römische Bürgerrecht erhalten. Einer Karriere in Diensten des Imperium Romanum stand nichts mehr im Wege. Schnell stieg er zum Präfekten und Befehlshaber einer Hilfs- oder Auxiliareinheit auf.

Er hatte allen Grund, sich dankbar zu erweisen. Doch er tat es nicht. Es lag nicht in seiner Absicht, sich der erwiesenen Gnaden würdig zu erweisen. Im Grunde spielte er ein abgekartetes Doppelspiel. Er verhielt sich nach außen solidarisch, er pflegte den Kontakt zu den Großen des Reiches, doch hinter vorgehaltener Hand, hinter den Kulissen schmiedete er seine Aufstandspläne. Insgeheim traf sich Arminius mit gleichaltrigen Adligen, die ebenfalls in Rom erzogen worden waren. Er schwor sie auf eine gemeinsame Linie gegen die Besatzer ein, mit unterschiedlichem Erfolg. Es gab durchaus Stimmen, die diesen Verrat, wie sie es nannten, nicht mitvollziehen wollten, die sich dem Treueid, den sie dem Kaiser und seinen Vertretern geschworen hatten, verpflichtet fühlten. Nicht überall fanden die Argumente des Cheruskerfürsten Gehör, wonach das Wohlergehen des eigenen Volkes in jedem Falle dem Treuebekenntnis gegenüber der römischen Hierarchie vorzuziehen sei.

Arminius schickte heimlich Boten zu den Sippen und Stammesführern und bat sie zu einer Zusammenkunft auf einem der Thingplätze. Hier tagte das Freistuhlgericht, hier wurden wichtige Fragen erörtert und Beschlüsse gefasst, die die Gemeinschaft betrafen. Es dauerte seine Zeit, bis der Cheruskerführer die Zusagen erhielt. Ein Germane ließ sich nicht einfach zu einem Treffen abkommandieren. Da das Treffen zur mitternächtlichen Zeit bei Neu- oder Vollmond stattfinden sollte, musste es sich nicht nur um eine dringliche, sondern auch geheime Sache handeln. Schließlich

kamen sie, von Arminius mit einem „Heilsa!“ und einem kräftigen Händedruck begrüßt: Argobast, der freigebige Held, Elwin, der Schwertfreund, Folkward, der Hüter des Volkes, Ulf, zäh wie ein Wolf, Nantwig, der kühne Kämpfer, Rumold, der Wächter seines Gutes, Gottwin, der Freund der Götter, Kunolt, der Sippenwolf, Nordger, der Speerkämpfer, und Guntwin, der Freund im Kampf. Doch einer war nicht gekommen: Segestes, einer der mächtigen Fürsten der Cherusker. Arminius wunderte sich nicht. Segestes war von Rom abhängig, das war allgemein bekannt, weil er den geschworenen Treueid mit den Römern ernst nahm und sich auf Grund der Privilegien, die er genoss, dem Imperium Romanum verbunden fühlte.
Jeder der angereisten Fürsten verfügte über eine ansehnliche Streitmacht. Die Krieger rekrutierten sich aus jungen Leuten des Bauernstandes und den Söhnen der Adeligen. In Germanien waren die jungen Männer mit zwölf Jahren waffenfähig. Solange sie bei den Herrschern in Diensten standen, wurden sie von ihnen beköstigt und ausgerüstet, sie hatten auch Anteil an der Kriegsbeute und wurden entsprechend ihrer militärischen Tüchtigkeit – gemessen an der Zahl der erschlagenen Feinde – belohnt. Es gab an den Tafeln der Fürsten eine bestimmte Rangordnung. Wer neben dem Regenten sitzen durfte, war wegen seiner kriegerischen Verdienste hoch angesehen. Die weniger tapferen und erfolgreichen Soldaten saßen auf den unteren Plätzen und mussten es sich gefallen lassen, von denen oben mit Knochen beworfen zu werden.
Arminius hatte das Treffen der Cheruskerfürsten gut vorbereitet. Er hatte sogar einen Schadenszauber bemüht, um die Stunde gegen ein schlechtes Fatum abzusichern. Der

Schadenszauber bezweckte die physische Vernichtung eines ungeliebten Menschen – es konnte in diesem Falle nur Varus sein. Beim Schadenszauber entkleideten sich bestimmte Frauen und bestrichen ihren nackten Leib mit Honig. Dann wälzten sie sich auf einem am Boden ausgebreiteten Leintuch, das mit Weizenkörnern bestreut war. Alle Weizenkörner, die am honigverklebten Leib haften blieben, wurden sorgfältig abgelesen und in der Mühle zu Mehl gemahlen. Dabei musste die Mühle rückwärts gegen den Lauf der Sonne kreisen. Von diesem Mehl wurde Brot gebacken und im Geiste den unbeliebten Männern zu essen gegeben, damit sie, wenn sie es gegessen hatten, dahinwelkten und starben. Ein dunkles Schicksal stand Varus und seinen Mannen bevor.

„Die Nacht und die Zeit sind ungewöhnlich, dass ich euch zu dieser Zusammenkunft bitte", hob Arminius an. „Mein Ziel ist es, die Römer endgültig aus diesem Land zu vertreiben."

Ein Murren unterbrach seine Rede zum Zeichen, dass die Einleitung missfallen hatte. Die Männer sahen sich fragend an.

„Lasst mich weitersprechen, ihr edlen Cherusker. Die Römer sind in dieses Land eingedrungen und haben ihr Imperium immer weiter nach Osten ausgedehnt. Bis zur Weser sind sie vorgerückt und stellenweise sogar bis an die Elbe, haben Kastelle und Stützpunkte angelegt und sie mit Söldnern besetzt. Überall nehmen sie nicht nur unser Land in Besitz und drücken der Bevölkerung schwere Steuerlasten auf, nein, sie bekämpfen auch unsere Kultur, unsere Religion. Ich fürchte, dass sie auch unser Heiligtum an den *Externsteinen* bedrohen, oder die *Irminsul*, die die Mitte unserer Gottesverehrung ist, oder die *Tamfana*, unser Heiligtum zwischen Ems und Lippe. Ich habe euch hierher gebeten, um mit euch einen Weg zu besprechen, der unser Land wieder frei macht."

„Wie soll das geschehen?", rief Ulf. „Wir sind nur eine Handvoll Stammesfürsten und haben nur wenige Krieger im Vergleich zu den Römern." Beifälliges Gemurmel übertönte die Geräusche des Windes in den Baumwipfeln.

Arminius hob die Hand zum Zeichen, dass er weiterzusprechen wünschte. „Was seid ihr nur für Männer! Wisst ihr nicht, dass nur der Kampftüchtige sich ‚Mann' nennen darf? Was ist der Mann? Ein ‚Bieter des Kampfes', ein ‚Gott der Waffen', ein ‚Kampfbaum', ein ‚Baum des Kampfes' und ein ‚Baum, der den Pfeilsturm wünscht'. Nur der Krieg, der Kampf, ist eine ehrenvolle Tätigkeit. So haben eure Väter und Vorväter gesagt und danach gelebt."

Arminius schwieg einen Augenblick und sah in betretene Gesichter. Dann fuhr er fort: „Ich habe einen Plan, meine Freunde, den ich euch erläutern möchte, wenn wir uns auf das gemeinsame Ziel geeinigt haben, nämlich die Römer nach Westen zurückzutreiben. Sie sollen sich hinter den Rhein zurückziehen, das wünsche ich mir, auch wenn sich mein Traum, sie über die Alpen zurückzujagen, zu meiner Zeit wohl nicht erfüllen wird."

Kunolt, der Sippenwolf, bat ums Wort. „Ich spreche sicher im Namen aller hier versammelten edlen Männer. Denn wir leiden alle unter dem Druck der Römer, die uns ihre Gesetze und Lebensweise aufzwingen und hohe Abgaben verlangen. Deine Rede in Ehren. Doch ich habe Bedenken, dass wir das von dir gesteckte Ziel, so sehr wir es uns wünschen, je erreichen. Rom hat eine Militärmacht, die unübersehbar ist. Jedes Jahr stellt es neue Legionen auf. Wir haben nur eine kleine Macht von Schwertkämpfern und Speerträgern."

„Was schlägst du also vor?", fragte Arminius.

„Wir sollten mit den Römern verhandeln und so weit wie möglich darauf dringen, unsere Autonomie zu erhalten."

Beifälliges Gemurmel bekräftigte Kunolds Einschätzung der Lage.

Arminius reckte sich. „Wollt ihr den Strohtod sterben? Ihr wisst, dass der Strohtod, nämlich im Bett zu sterben, als Schande gilt! In Odins Walhall geht nur ein, wer durch eine Wunde, durch eine Waffe stirbt! Wollt ihr euch hinterlistig mit einem Speer – mit Odins Waffe – ritzen lassen, um in den Genuss Walhalls zu kommen und nicht offen und ehrlich kämpfen?"

„Die Ost- und Nordgermanen töteten ihre Alten, um ihnen den Strohtod zu ersparen!", rief jemand aus der Menge. Die Kampfverweigerer sahen betreten zu Boden.

Da nahm Hiltwin das Wort. „Wenn ich es recht bedenke, wird der Weg der Verhandlungen uns nicht weiterbringen. Ein Römer verhandelt nicht, er diktiert, und er zwingt uns auf, was er sich in den Kopf gesetzt hat. Wollt ihr also abwarten, bis er euch ganz unterdrückt?"

„Wir sollten vor dem Wolf nicht fliehen", gab Nordger zu bedenken. „Wir sollten uns zusammenschließen und ihn gemeinsam bekämpfen. Haben wir ihm nicht schon an verschiedenen Orten Nasenbluten beigebracht? Zwar schüttelt er unsere Angriffe ab, aber er kommt seinem Ziel doch nur zögernd näher."

Arminius Gesicht hellte sich auf. „Endlich ein Wort, auf das ich gewartet habe. Wenn wir diese kleinen Nadelstiche nun auf mehrere gewaltige tödliche Nackenhiebe konzentrieren, könnten wir einen ersten Erfolg erzielen."

„Das gelingt niemals", begehrte Volkmar auf, „es gibt keinen geeigneten Ort, an dem wir uns dem Varus stellen könnten."

„Es gibt sehr viele!", rief Arminius. „Unsere Schlachtplätze sind die undurchdringlichen Wälder, die Felsschluchten, die Sümpfe, die feuchten Ufergebiete, die einen so gewaltigen Tross wie die Legionen aufhalten. Sie kommen mit ihrer Maschinerie nur schwerfällig voran, während wir aus dem Hinterhalt auftauchen, kämpfen – und verschwinden. Darin liegt unsere Chance. Wir werden Varus nicht mit einem Mal bezwingen, das ist klar. Aber vielleicht in zwei, drei Etappen. Wir müssen hartnäckig und draufgängerisch sein. Wir setzen auf unerwartete Überraschungsangriffe."

Der Nachtwind schüttelte die Bäume. War das Rauschen eine Antwort Wodans, der Arminius' Plan guthieß?

Arminius sah in entschlossene und fragende Gesichter. „Der Zeitpunkt für unsere Erhebung ist günstig", ergänzte er. „Viele römische Truppen sind durch andere Konflikte außerhalb Germaniens gebunden. Sie können also keineswegs schnell hierher entsendet werden. Das ist unser Vorteil. Je eher wir zuschlagen, umso besser."

„Wann und wo soll das geschehen?", erkundigte sich Rumolt. „Unsere Sippen leben zerstreut. Ziehen wir die Kämpfer zusammen, so erregen wir Aufsehen, das die Römer misstrauisch macht."

„Wir schließen uns zu einem Stammesbund zusammen. Ich hoffe, wir Cherusker kommen zu einer Einigung. Ich werde mit den Stammesoberen der Brukterer, Usipeter, Chatten und Cattuarier, mit den Vertretern der Tubaten,

Kalukonen, Angrivariern, Mattiakern und Landern sprechen und sie von unserem Treffen unterrichten. Sie haben in der Vergangenheit bereits schwer unter den Römern gelitten und werden mir ein offenes Ohr schenken. Das alles braucht seine Zeit, doch ich hoffe, dass sie sich uns anschließen. Zuvor müssen wir einen Herzog wählen."

„Was sollen wir groß wählen?", rief Herwig, dessen Name „der Krieger im Kampf" hieß und der etwas verspätet eingetroffen war, dem Arminius zu. „Du hast uns zum Aufstand gegen die Römer angestachelt, nun sollst du auch unser Führer sein."

Arminius fragte, ob das auch die Meinung aller Clanführer sei, und da er in der Dunkelheit nicht sehen konnte, ob alle mit „Ja" antworteten, bat er jeden einzelnen um seine Meinung. Niemand versagte ihm den Zuspruch. Es war Brauch, dass der als gewählt galt, den man auf den Schild hob und hochstemmte, damit er von allen gesehen werde und das Volk ihm zujubeln konnte. Das geschah auch jetzt. Zuschauer hatte die geheime Versammlung nicht, so blieben die Ovationen aus.

„Lasst uns unsere Blutsbrüderschaft bekräftigen", forderte Arminius auf. „Dieses Band wird uns zusammenschweißen und nie voneinander trennen." Die Männer nahmen ihre Messer, fügten sich einen Schnitt in den Unterarm zu und ließen das Blut in ihre gemeinsame Fußspur tropfen. Zu diesem Zweck gruben sie ein Rasenstück aus, das an einem Ende noch mit der Erde in Verbindung stand und von Speeren angehoben wurde. Alle traten nun an diese Stelle und ihr Blut vermischte sich unter ihren Füßen. Nun waren sie alle Blutsbrüder, aus derselben Erde an dieser Stelle neu geboren. Arminius war mit dem ersten Schritt seines Befreiungsplanes zufrieden. Er bat um absolutes Schweigen und um ein weiteres Thing beim nächsten Vollmond. Noch lag ein langer Ritt zu einem anderen Germanenfürsten vor ihm, bei dem er seine ganze Überzeugungskraft einsetzen musste, um ihn für sich und sein Vorhaben zu gewinnen: Segestes!

XIX.

Segestes ließ Arminius fast eine Stunde warten, bevor er ihn nach den Regeln der Gastfreundschaft, aber dennoch kühl empfing. Die Wartezeit verkürzte ihm Thusnelda, eine der Töchter Segestes, ein junges hübsches, gerade dem Kindesalter entwachsenes Mädchen mit langen blonden Zöpfen und blauen Augen, die wie Sterne aussahen. Es scherzte unbekümmert, redete von seinem Fohlen, das ihm der Vater kürzlich geschenkt hatte und von den Streichen, die es mit seinem Bruder Segimuntos auf dem Hof ausheckte.
Segestes hatte bereits von der Zusammenkunft auf dem Thingplatz erfahren, zu dem er einmal wegen der großen Entfernung nicht gekommen war, zum anderen, weil er sich von dem jüngeren Cheruskerfürsten nicht vorschreiben lassen wollte, wohin er weshalb zu reiten habe. Arminius war gerade 26 Jahre alt geworden, Segestes hätte sein Vater sein können.
„Ich weiß, Arminius, was zu vorhast und ich sage dir ehrlich, ich stehe deinen Plänen distanziert gegenüber", begann Segestes die Unterredung, nachdem seine Frau Kunheide – die Strahlende in der Sippe – ihnen eine Erfrischung gebracht hatte.
„Willst du zusehen, wie unsere Stämme nacheinander mundtot gemacht werden und unter der römischen Knute zugrunde gehen?", brauste Arminius auf. Doch Segestes beschwichtigte ihn. „Du stammst aus edlem Hause, Armi-

nius, und dein Vater, der Cheruskerfürst Segimer, hätte allen Grund, auf dich stolz zu sein, hätten ihn die Götter nicht nach Walhalla entführt. Du bist nicht nur deiner Sippe verpflichtet, sondern auch seinem Andenken, das solltest du nicht vergessen. Und noch etwas kommt hinzu: Bedenke, dass du und dein Bruder Flavus in Rom eine exzellente Ausbildung erfahren, dass ihr die römische Kultur genossen und die Sprache der Römer erlernt habt. Tiberius hat dich ausersehen, eine cheruskische Abteilung innerhalb einer römischen Legion zu führen. Das war eine große Auszeichnung. Und nun willst du der Nation und ihren Vertretern, denen du alles verdankst, in den Rücken fallen und einen Vernichtungskrieg gegen sie anzetteln?"
„Du vergisst, Segestes, dass ich nicht freiwillig nach Rom gegangen bin", rechtfertigte sich Arminius. „Zwar habe ich alles genossen, was du soeben aufgezählt hast, aber ich möchte dich daran erinnern, dass ich als Geisel an den Tiber geschafft wurde. Ich war ein Faustpfand dafür, dass sich unsere Stämme nicht wieder gegen die Römer erhoben. Das bitte ich zu bedenken. Und, sag selbst, berührt dich das Leiden unseres germanischen Volkes nicht? Kannst du tatenlos zusehen, wie es immer mehr seiner Freiheiten beraubt, gedemütigt und den römischen Gesetzen unterstellt wird?"
Segestes trank einen Schluck Met und forderte auch Arminius auf, sich zu bedienen. Doch Arminius lehnte ab.
„Sieh auch die Vorteile, die uns die fremde Herrschaft gebracht hat", versuchte Segestes einzulenken. Mit den Lagern, die das Militär in unseren Gauen angelegt hat, sind auch Märkte und Handelsbeziehungen entstanden. Unsere Leute hungern nicht. Hätten wir unsere alte Lebensord-

nung beibehalten, wir wären ein Volk in Not. Wie viele junge Männer stehen schon als Söldner in fremden Diensten? Erwäge, dass die Römer unseren zur Kooperation bereiten Stämmen Föderationsverträge angeboten haben."
„Damit haben sich viele Stämme an das Römische Reich gebunden!", entfuhr es Arminius.
„Aber es sichert ihnen auch militärischen Beistand, wenn sie mit einem zänkischen Bruderstamm in Fehde liegen", rief Segestes. „Du weißt, dass die Germanen kein einig Volk von Brüdern sind."
Diesmal konnte Arminius nicht widersprechen. Die Römer waren ausgezeichnete Verwaltungsbeamte. Sie hatten im rechtsrheinischen Raum einen „Saltus", eine kaiserliche Domäne, nach dem anderen eingerichtet und viele „villae rusticae", viele Landgüter, gebaut, auch wenn es wegen des unwegsamen Geländes auch noch nicht zur Errichtung einer „civitas" – eine Art Landkreis – gekommen war. Zur Bildung der Provinz „Germania magna" fehlte der letzte große entscheidende Schritt. Wie sollten die Römer dieses waldreiche Gebiet sichern? In Obergermanien und in Rätien bildete der *Limes* eine schier unüberbrückbare Barriere. Hier im Norden boten sich diese Chancen nicht oder waren mit ungeheurem Kräfteaufwand verbunden.
Arminius spürte, dass er noch viel Überzeugungsarbeit leisten musste, wollte er Segestes zum Kampf gegen die Römer gewinnen. Segestes offenbarte ihm ganz unverhohlen, dass er sich mehr davon versprach, mit den Römern zu kooperieren. Mit dieser Meinung stand er nicht allein. Arminius wusste, dass sein Onkel Inguiomer noch schwankte und ähnlich dachte wie Segestes. Segestes hatte wie Arminius den Römern Treue gelobt. Ihm war dafür das römische Bür-

gerrecht verliehen worden. Er ließ offen, ob er die Pläne des Arminius unterstützen werde und sagte es ihm auch. Freude bereitete ihm dagegen die Tochter des Segestes, Thusnelda, die im Auftrag ihrer Mutter den Gast und ihren Vater nun zum Essen bat. Arminius, missgestimmt über den Verlauf der Unterredung, wollte erst dankend ablehnen, doch als er die fröhlichen und, wie ihm schien, bittenden Augen Thusneldas sah, entschloss er sich zu bleiben. Thusnelda war aufgeweckt, gebildet, sie scherzte bei Tisch, obgleich ihre Mutter Kunheide sie bat, nicht so vorlaut zu sein. Arminius liebte ihre Art.

„Wenn du erst einmal verheiratet bist, wirst du nicht so viele Worte machen“, lachte die Mutter.

Segestes blickte Thusnelda einmal vorwurfsvoll an, doch sagte er nichts, da er die Plaudereien seiner Tochter als willkommene Brücke empfand, um die Gesprächslücken zu überwinden.

„Ah, du hast dir schon einen Bräutigam ausgesucht?“, fragte Arminius.

„Ich habe ihr einen bestimmt“, entgegnete Segestes spitz.

„Aber ich mag ihn nicht“, flüsterte Thusnelda Arminius zu.

Den Gewissenskonflikt, in dem sich Segestes befand, musste er allein mit sich ausmachen. Treue zu Rom – Treue zum germanischen Volk, das waren zwei mächtige Versuchungen, die ihm noch schlaflose Nächte bereiten würden. Nein, er hatte Arminius im Augenblick nichts mehr zu sagen.

Der Cheruskerfürst schied zwar nicht in Unfrieden, doch missgelaunt. Er hielt den Kreis der Eingeweihten weiterhin klein, ließ sie schwören, mit niemandem über seine Pläne zu sprechen und hoffte im Stillen immer noch, dass sich der mächtige Segestes umstimmen lassen werde.

XX.

Publius Quinctilius Varus wusste nicht, was er von den Warnungen halten sollte, die plötzlich an sein Ohr drangen. Die Mannschaft des ersten Wachoffiziers Marcus Caelius hatte einen Boten aufgegriffen, der mit einer persönlichen Nachricht an den Legaten unterwegs war. Bis er schließlich den Schutzring der Palisaden passiert hatte und ins Zelt des Varus vorgelassen wurde, musste er die Sicherheitsvorkehrungen der Leibgarde über sich ergehen lassen. Die Botschaft, die der Germane zu überbringen hatte, bestand aus drei mündlichen Sätzen: „Segestes entbietet dem Statthalter und Oberbefehlshaber Varus seinen aufrechten Gruß. Hüte dich vor Arminius und seinem Gefolge. Er ist imstande, gegen deine Truppen zu Felde zu ziehen."

Varus zweifelte, wie er diese Botschaft einschätzen sollte. Bevor er den Boten vor sich treten ließ, um ihn persönlich zu befragen, beriet er sich mit Marcus Caelius, der für die Sicherheit im Kastell verantwortlich war.

„Aus dem Mann ist nicht mehr herauszubekommen als diese drei Sätze. Ich habe es mit Freundlichkeit und Drohungen versucht – er sagt nicht mehr."

„Weil er vielleicht nicht mehr weiß."

„Anzunehmen. Segestes wird ihm nur so viel erzählt haben, wie er unbedingt wissen muss. So könnte er notfalls unter der Folter nicht mehr aussagen."

„Eine vertrackte Situation", meinte Varus. Seine Stirn zeig-

te Falten. Er entledigte sich seufzend des Gürtels, an dem das Kurzschwert hing, und dann der Rüstung. Dann nahm er am Tisch Platz, auf dem einige Dokumente lagen. Marcus Caelius blieb an der Tür stehen.
„Oder es handelt sich um eine Finte“, bemerkte er. „Dieser Arminius soll auf Segestes nicht gut zu sprechen sein.“
„Du meinst, er könnte dahinterstecken? Gleichsam ein Gerücht ausstreuen, um Verwirrung zu stiften? Nein, ich glaube nicht, dass die beiden sich gegeneinander ausspielen. Schließlich sind beide Cherusker in führenden Positionen und tragen Verantwortung.“
„Auch gegenüber dem Feind?“
„Ich bin mehrmals mit Segestes zusammengetroffen“, sagte Varus, während er einige Schriftstücke unterzeichnete, „er machte mir einen verlässlichen Eindruck – als römischer Bürger genauso wie als getreuer Fürst seines Stammes.“
„Das heißt, wir müssen unser Augenmerk eher auf Arminius richten?
Varus lächelte. „Du bist sehr vorsichtig, Marcus Caelius, das lobe ich an dir. Gut, lasse beide Fürsten beobachten. Aber ich persönlich möchte mich an den Verdächtigungen nicht beteiligen. Segestes verdient mein Vertrauen. Ebenso wie Arminius. Doch jetzt lass den Boten kommen.“
Der erste Wachoffizier öffnete die Tür, gab einen kurzen Befehl, und nach wenigen Augenblicken wurde der Cherusker hereingeführt. Auf den ersten Blick machte er einen gleichgültigen Eindruck, doch seinen Augen sah man an, dass er aufs Höchste angespannt war. Varus bat, die Botschaft noch einmal zu wiederholen. Der Mann schnarrte: „Segestes entbietet dem Statthalter und Oberbefehlshaber Varus seinen aufrechten Gruß. Hüte dich vor Arminius und

seinem Gefolge. Er ist imstande, gegen deine Truppen zu Felde zu ziehen."
Varus dachte einen Augenblick nach. „Du weißt, was diese Sätze bedeuten?"
„Ja."
„Hat dir dein Herr nichts Weiteres dazu gesagt, etwas, was du noch ausrichten sollst?"
„Nein. Nur diese Worte."
„Wie lange bist du unterwegs gewesen?"
„Mehrere Stunden, Herr, etwa einen halben Tag. Ich bekam zwar ein Pferd, aber es trat sich einen spitzen Dorn in den Huf, und ich musste es zurücklassen."
„So sollst du ein Pferd aus meinem Stall bekommen und zu Segestes zurückreiten. Sage ihm, dass ich ihm für die Warnung danke und versichere ihn meiner Freundschaft. Hast du das verstanden?"
Der Cherusker verbeugte sich. Dann wiederholte er die Worte.
„Gut, nun geh. Mein Wachoffizier wird dir ein Pferd und Reiseproviant geben lassen." Varus machte eine Geste, die deutlich machte, dass die Begegnung beendet sei. Marcus Caelius und der Bote verließen den Raum.
Doch Varus konnte sich nicht auf die Schriftstücke, die vor ihm auf dem Tisch lagen, konzentrieren. Nahm er die Botschaft auf die leichte Schulter oder bedeutete sie ein mögliches Fiasko, wenn er sie nicht ernst nahm? Varus entsann sich genau ihrer ersten Zusammenkunft. Die Cheruskerfürsten machten dem neuen Legaten ihre Aufwartung in einem der Kastelle an der Lippe – war es Aliso oder Anreppen gewesen? Arminius überragte alle anderen Stammesführer fast an Haupteslänge, jedoch auch an Breitschulterig-

keit. Er hatte eine mächtige Gestalt und eine dröhnende Stimme, die jedoch warm und einnehmend klang und aller Aufmerksamkeit auf sich zog. Von Zeit zu Zeit hatte Varus die Begegnung mit Arminius wiederholt, nicht zuletzt, als er dessen juristisches Interesse für kniffelige Fragen erkannt hatte. Dann saßen sie zusammen, redeten über Ereignisse in Rom, nach dessen sonniger Wärme sie sich an Regentagen sehnten, und debattierten über die politische Lage.

Von Arminius hatte Varus vieles gelernt, was Land und Leute betraf. Er hatte ihm manchen Tipp für den Umgang mit schwierigen Stammesfürsten und Hinweise gegeben, wie er ihr Vertrauen gewinnen konnte. Doch diese Zusammenkünfte lagen jetzt schon einige Zeit zurück, nicht zuletzt deshalb, weil Arminius für kurze Zeit nach Rom beordert worden war und beide mit komplizierten Regierungsaufgaben beschäftigt waren. Jetzt sollte der Cherusker, der oft an seiner Tafel gesessen und vertraulich mit ihm geredet hatte, einen Angriff gegen ihn planen? Undenkbar!

Doch die Angelegenheit ließ ihn nicht los. Varus beriet sich am folgenden Nachmittag mit einigen engen Vertrauten, mit Decimus Gnaeus, der die Warnung als einen Versuch betrachtete, die römische Obrigkeit im Lande zu verunsichern. Marcus Lucius hielt dagegen, dass es einem Stammesführer in Germanien nie gelingen werde, einer römischen Legion gefährlich zu werden. Wahrscheinlich handele es sich um eines der zahlreichen Geplänkel, vor denen Segestes warne und von denen man ja inzwischen eine ganze Reihe abgewehrt und niedergeschlagen habe.

Varus war geneigt, sich dieser Ansicht anzuschließen. „Arminius befehligt Auxiliareinheiten, Hilfstruppen, und genießt mein Vertrauen. Er hat sich in Rom und auf den

Feldzügen als verlässlich erwiesen und ist dafür mit der Würde eines Ritters ausgezeichnet worden. Außerdem besitzt er das römische Bürgerrecht. Es widerspräche seinem Charakter, uns in den Rücken zu fallen."
Decimus Gnaeus schlug vor, die Auguren zu befragen. Das waren römische Beamte, die aus dem „augurium", aus dem Flug und Geschrei der Vögel und anderer Tiere, den Willen der Götter erkundeten, wenn der Staat oder ein „pater familiae", ein Familienoberhaupt, ein Unternehmen planten. Diese Vogelschauer und Wahrsager genossen ein hohes Ansehen. Doch das lehnte Varus ab. Stattdessen befahl er, die Wachen zu verstärken und auch außerhalb des Lagers Posten aufziehen zu lassen.

Haschem und Mordechai gehörten zur Wachmannschaft, die die äußeren Palisaden zu beobachten hatten.
„Ich habe ein ungutes Gefühl", sagte Haschem und starrte in die Nacht. „Wenn sie plötzlich aus dem Dunkel auftauchen, haben wir keine Chance."
„Du glaubst also, was Marcus Caelius gesagt hat? Dass wir doppelt auf der Hut sein müssen?" Die Nachricht des Boten hatte sich wie ein Lauffeuer unter den Söldnern verbreitet und war eifrig diskutiert worden.
„Jedenfalls schlage ich die Warnung nicht in den Wind. Mein Leben ist mir teuer."
„Ich verstehe nicht, warum wir uns noch im Sommerlager aufhalten. Um diese Zeit, sagt Apolonius Sextus, sind die Truppen sonst längst ins Winterlager übergesiedelt. Jetzt kommt der raue Herbst, der in Germanien ja mit Regen und Stürmen einhergeht. Er wird uns den Rückmarsch an den Rhein erschweren."

„Weiß der Kuckuck, was die da oben beschlossen haben. Angeblich soll ein Cheruskerstamm unsere Hilfe erbitten und uns deshalb noch binden. Deshalb soll ein Teil der Truppen ein Stück weiter nach Norden marschieren, was immer das bedeutet."
„Kann das nicht eine faule Nuss sein?", fragte Mordechai zweifelnd.
„Das zu beurteilen steht uns nicht zu, mein Freund. Wir verlassen uns auf die Erfahrung unserer Offiziere. Aber Marcus Caelius ist mit unserem Umweg auch nicht einverstanden. Varus will die Legionen vorübergehend teilen und auf zwei getrennten Wegen nach Westen ziehen."
Das erste Licht des neuen Tages zuckte über den Horizont. Über ihnen in den Wipfeln wurde es lebendig. Die Vögel begannen vereinzelt ihr Morgenlied. Dann zeigte ein Flügelrauschen an, dass einige Fischreiher sich auf den Weg zu den Flüssen und Sümpfen aufmachten.
„Gott sei Dank werden wir bald abgelöst", seufzte Mordechai. Ihn fror. Er zog die Enden des Mantels enger um seine Schultern. „Für heute ist die Gefahr eines Überfalls gebannt."
„So, meinst du? Das Gegenteil ist der Fall: In der Dunkelheit können uns die Germanen nicht sehen. Doch im Zwielicht, wenn der Nebel steigt, sind wir viel eher gefährdet. Der Gegner kennt sich hier aus. Wir nicht."
Mordechai trat unwillkürlich einen Schritt zurück. „Mensch, du hast vielleicht eine Begabung, einem dem Tag zu vergraulen."
„Die Zugvögel haben ihre Brutgebiete längst mit den Winterquartieren getauscht", sagte Haschem, ohne auf Mordechais Worte einzugehen, „es wäre mir wohler, wir wären ihnen gefolgt."

„Denkst du auch manchmal an den jungen Jeschua?", fragte Mordechai plötzlich unvermittelt. „Ich kann sein Bild nicht vergessen. Es steht mir immer lebendig vor Augen, vor allem, wenn Gefahr droht und ich Angst bekomme."
„Angst? – Er muss nun schon ein junger Mann sein", rechnete Haschem. „Ob er schon im Beruf steht?"
„Hauptsache, er wird kein Krieger wie wir."
„Nein, Jeschua könnte keinem Menschen etwas zuleide tun. Im Gegenteil. Er wird sie trösten und heilen."
„Trösten und heilen? Meinst du?"
„Ja, ich habe das im Gefühl. Er war ein besonderes Kind, und er ist jetzt gewiss ein besonderer junger Mann."
„Ich wüsste zu gern, was aus ihm geworden ist."
„Vielleicht kommen wir ja noch einmal nach Hause", hoffte Haschem.
„Nach Hause?" Mordechai zuckte die Schultern. „Vielleicht, ja. Das wäre ein Fest!"
Bald ertönte das Signal zur Wachablösung.

Noch einmal empfing Varus Abgesandte zerstrittener Stämme, um sie zu versöhnen, er sprach Recht in römischem Sinne. Er demonstrierte in seinem Sommerlager einen Prunk, der die Germanen für ihn und die Römer einnehmen sollte. Er bot eine reich gedeckte Tafel auf, kredenzte Rheinwein und führte geistreiche Gespräche, er wiegte die Parteien in Sicherheit, sicherte Unterstützung zu und drohte den Widerspenstigen mit Repressalien, sollten sie sich nicht endlich fügen. Manchmal ritt er, umringt von seinen mit Ordensspangen geschmückten Stabsoffizieren, im Lager umher, um den Gästen zu imponieren. Die Warnung des Segestes war bald vergessen. Doch seine Offiziere hiel-

ten ein wachsames Auge auf die Geschehnisse. Dann brachen sie allmählich gen Westen auf. Varus schickte zuerst die *Auxilien* in ihre über das Land verteilten Standlager. Eine kleine Delegation blieb zurück, als er endlich durch die „porta praetoria", das glücksbringende Tor, abrückte.
Die Offiziere hatten im Sommerlager auf ihr bequemes Leben nicht verzichten wollen. Die Annehmlichkeiten, die ihnen am Rhein zustanden, wollten sie auch zwischen Elbe und Weser nicht missen. In ihrer Umgebung wimmelte es daher von freigelassenen Sklaven, von Ehefrauen und Dirnen, von Marketenderinnen, Händlern, die ihren Profit aus dem Heereszug zogen und das Marschtempo verlangsamten. Eine schier endlose Prozession walzte geräuschvoll und stampfend gen Westen.
Publius Quinctilius Varus ließ selbst die empfohlene Gefechtsbereitschaft außer Acht. War er wirklich so sorglos und vertraute auf die Stärke der Legionen? Mehrmals berichteten Späher von einzelnen germanischen Kriegern, die den Zug aus der Ferne beobachteten oder von Bauern, die, auf ihre Geräte gestützt, neugierig am Weg standen und den Vorbeimarsch bestaunten. Zu denken, dass sie in Wirklichkeit ihnen feindlich gesinnte germanische Soldaten waren, kam ihnen nicht in den Sinn. Die Kolonnen bewegten sich vorschriftsmäßig in Sechserreihen. Verengte sich der Weg in einem Tal oder an einer sumpfigen Stelle, so vermischten sich Heer und Tross und zogen wie ein Lindwurm kilometerlang dahin.
Es gehörte zum lockeren Ritual der zwischen Römern und Germanen praktizierten militärischen Ordnung, dass die jeweiligen Stammesfürsten, durch deren Gebiet römische Soldaten wie diese drei Legionen zogen, den Statthalter

und Oberbefehlshaber ein Stück begleiteten. So geschah es auch jetzt. Näherte man sich dem Gebiet des Nachbarstammes, so meldeten sich die Fürsten vorschriftsmäßig ab, diesmal mit der Begründung, ihre Truppen zur Unterstützung der Römer heranführen und gemeinsam einen gemeldeten Aufstand der Stämme zwischen Mittelrhein und Mittelweser niederschlagen zu wollen. Auch Arminius gehörte zeitweise zur Begleitung des Varus. Er sprengte mit seinen Getreuen heran, huldigte dem Legaten wie ehedem und gab sich gelöst und unbeschwert.

„Von Euch höre ich ja so allerhand“, begrüßte Varus den Cheruskerfürsten im leicht scherzhaften Ton. „Euretwegen habe ich schlaflose Nächte gehabt.“

„Meinetwegen?“ Arminius lachte. „Was habe ich denn verbrochen oder worüber habt Ihr Euch erregt?“

Varus berichtete kurz von der Warnung des Segestes. Arminius wurde bleich.

„Daher weht der Wind. Jetzt verstehe ich alles. Der Grund dieser Verdächtigung liegt darin, dass ich um die Hand seiner Tochter angehalten habe, die er allerdings einem anderen Freier versprochen hat. Thusnelda – so ihr Name – möchte den für sie bestimmten Mann jedoch nicht heiraten. Sie bekennt sich offen zu mir. Das hat zum Konflikt mit Segestes geführt. Kein Wunder, dass er mich bei Euch angeschwärzt hat und mir Steine in den Weg legt.“

Varus atmete erleichtert auf. „Ihr glaubt gar nicht, wie mich diese Nachricht erfreut! Ein missgünstiger Schwiegervater ist in der Tat ein echtes Ehehindernis.“ Beide lachten,

Derweil lagen die Krieger der Germanen längst an den vereinbarten Stellen in ihren Verstecken, bereit, auf Kommando loszuschlagen, aber nicht zum Schutz der Römer, sondern zu ihrer Vernichtung. Geisterarmeen gleich drangen sie unbemerkt in die Nähe der römischen Legionen vor und postierten sich zur Schlacht.

XXI.

„Die Barbaren kommen!" Dieser gellende Schrei brach sich an den Felsen, die das Tal einschnürten, wurde als Echo zurückgeworfen und setzte sich von Mund zu Mund fort. Die Barbaren – die Germanen, die Wilden, die Unberechenbaren! In kleinen und größeren Trupps brachen sie aus dem Dunkel des Waldes hervor, schleuderten ihre Speere in die eng aufschließende Menge, die den üblichen Abstand der Kampfformation nicht wahren konnte, ließen Pfeile und Steine auf die überraschten Legionäre niedersausen und verschwanden augenblicklich wieder im Hintergrund, um nach wenigen Hundert Metern erneut aufzutauchen und ihr tödliches Spiel zu wiederholen. Das war die Hölle …

Varus, in der Mitte reitend, war aufs Höchste überrascht. Mit kleinem Geplänkel hatte er gerechnet, das war fast schon Brauch, das brachte ihn nicht aus der Ruhe. Doch jetzt, der massive Angriff aus dem Hinterhalt auf sein Heer, das sich in der Schlucht nicht drehen und wenden konnte, das den Attacken hilflos ausgeliefert war – das übertraf alles, was er sich in seiner schlimmsten Vorstellung ausgemalt hätte. Was sich jetzt ereignete, war tatsächlich die Hölle.

Die Offiziere umdrängten, bedrängten ihn, erwarteten seine Befehle. Noch kopflos und wie schlaftrunken gab Varus einige Anweisungen, die den dringenden Notwendigkeiten nicht entsprachen. Er erteilte den Befehl zum Aus-

schwärmen und Einigeln, doch wie hätten seine Legionäre und Söldner aus dem sie bedrohenden Kessel ausbrechen und einen sicheren Verteidigungsring bilden können? Die Umgebung war denkbar ungünstig für Ausbrüche. Die Felsen ragten steil und unbezwingbar empor. Von ihrer Spitze schleuderten die Barbaren Steine und Pechfackeln hinab, ein teuflisches Inferno breitete sich zu ihren Füßen aus.
Die Offiziere trieben ihre Mannschaften an, schlugen mit Stöcken auf die sich nur zäh aus der Umklammerung lösenden Söldner, die in einen verzweifelten Kampf gegen die Angreifer verstrickt waren. Befehle gingen im Lärm und im Johlen der Cherusker unter.
„Arminius!“, schrie Varus. „Arminius, wo steckt Ihr?“
Arminius war nicht mehr da, wie vom Erdboden verschluckt. Eben noch war er an der Seite des Legaten zu finden gewesen, doch jetzt blieb er verschwunden. Varus rief der Reihe nach nach den Stammesfürsten, die vor kurzer Zeit noch neben ihm geritten waren, um ihm das Geleit zu geben, aber die Stammesfürsten hatten sich einer nach dem anderen unbemerkt davongemacht, hatten sich mit ihren Truppen vereint und kehrten nun zurück, um die tödlichen Kommandos zu geben. Die Römer gerieten in die offene Falle. Die Felsblöcke waren die größte Gefahr. Sie hingen wie Trauben hoch an den Felswänden, mit Keilen am Boden befestigt, fast über den Köpfen der Legion. Die Germanen brauchten nur diese kleinen Hindernisse wegzuschlagen, dann setzten sich die Quadern in Bewegung, stürzten in die Tiefe und zermalmten die Männer zu Dutzenden. Die Schilder, zur Abwehr erhoben, boten keinen Schutz mehr, sie zerbrachen unter der Wucht der auf sie niederdonnernden Gesteinsbrocken.

Varus stob auf seinem Pferd hin und her, so weit ihn die Hufe des Tieres noch tragen konnten. Er erteilte Befehle, die niemand befolgen, Anweisungen, die keiner nachvollziehen konnte. Die römische Militärmacht war eingekesselt, eingezwängt, in die Enge getrieben, eine geballte bewegungsunfähige Menge waffenstarrender Männer, die ihre Schwerter und Lanzen nicht einsetzen, die Kraft der Gegenwehr nicht entfalten, ihre zahlenmäßige Übermacht nicht ausspielen konnte.

Gegen Morgen ließen die Kampfhandlungen nach, Zeit wenigstens für ein paar Hornsignale, für Sammelappelle, für Neuformation. Im ersten Tageslicht bot sich ein Bild der Verwüstung und des Todes. Mit einem Mal waren die Angreifer verschwunden. So plötzlich, wie sie sich auf die feindlichen Krieger gestürzt hatten, so schnell hatten sie sich zurückgezogen. Eine in langen Scheinkämpfen erprobte Taktik, die perfekt beherrscht wurde. Der Tag machte die Gräuel der Vernichtung deutlich. Entsetzlich viele Tote lagen auf dem Schlachtfeld, Verwundete riefen nach Hilfe, Blut sickerte in den feuchten Waldboden. Ein Bild des Grauens, des Jammers, der Verzweiflung! Varus und seine ersten Offiziere ritten in diesem Grauen umher, sie bahnten sich mühsam einen Weg durch die Toten, die umgestürzten Planwagen, die verendeten Pferde. Zum Glück waren ein Großteil seiner Armeen sowie die Nachhut noch nicht eingetroffen, befanden sich die Wagen mit den Händlern, Frauen, Marketenderinnen und Dirnen noch in sicherem Abstand. Aber wie schnell würde dieser Abstand ebenso zur tödlichen Falle werden.

Es war jetzt keine Zeit, sich um die Toten zu kümmern, nicht einmal genügend Zeit für die Verwundeten. Varus

ordnete den raschen Abzug aus dem Felsenkessel an, erhoffte Schutz in der Ebene. In der Ebene würden sich die angeschlagenen Legionen wieder sammeln und die in Jahrzehnten bewährte Kampfaufstellung einnehmen können. Darin lag die Stärke der römischen Legionen: in der Struktur ihres Aufmarsches, in ihrer disziplinierten Kampfweise und in der Überlegenheit ihrer Waffen. Jetzt sollten die Germanen noch einmal kommen, jetzt würden sie abgeschmettert und vernichtet, denn sie würden auf ein uneinnehmbares Bollwerk aus Lanzen treffen, das jedem Angriff widerstand. Mühselig sammelten sich die angeschlagenen Kohorten in der feuchten Wiesenlandschaft.
Varus sprengte auf seinem Pferd hin und her, gefolgt von seinen Offizieren, die seine Befehle weitergaben. „Einschanzen!“, hieß das Kommando, „Bäume fällen!“ Es entstand eine provisorische Festung aus Erdwällen und Pfählen, in die sich die verlustreichen Kohorten zurückzogen. Für das Anspitzen reichte die Zeit nicht. Doch nicht alle Einheiten fanden hier Deckung. Teile der XIX. Legion schützten das schwere Gerät mit den Wagen und Wurfmaschinen, die hier in den Schluchten und zwischen dem engen Baumbestand ohnehin nicht zum Einsatz kommen konnten. Ein Großteil der XVII. Armee bildete das Schlusslicht des gewaltigen Kriegszuges. In ihrem Schutz bewegten sich die zivilen Fahrzeuge und ihre Mannschaften. Die Entfernung zwischen dem eilig errichteten Notlager im flachen Land und diesen Teilen des gewaltigen Trosses war beachtlich, betrug fast eine halbe Tagesreise bei diesen schlechten Wegverhältnissen. Möglicherweise hatte der Schluss des riesigen Lindwurms von den Kämpfen an der Spitze noch nichts bemerkt und lief Gefahr, in den engen

Tälern ebenfalls aufgerieben zu werden. Varus schickte Boten aus, sie zu warnen, doch die Germanen fingen sie ab und töteten sie.
Auch Segestes befand sich unter den Angreifern. Wie die anderen romtreuen Stammesführer war er notgedrungen dabei. Das Blut der Germanen war letztendlich eine größere Bindung als alle vertraglichen Vereinbarungen mit der Besatzungsmacht. Tagelang hatte es geregnet, der Boden war aufgeweicht, das war ein Vorteil für seine beweglichen Schwert- und Lanzenträger.
Arminius plante die nächste Angriffswelle auf den Mittelteil der merklich geschrumpften Riesenarmee. Wieder wandte er die oft erprobte Taktik des Überraschungsangriffs und des sofortigen Rückzugs an. Seine Krieger kannten das Gelände, sie waren Herr über die Schluchten und undurchdringlichen Wälder. Bevor die nachrückenden Römer den Ort des ersten Kampfes erreicht hatten, drohte ihnen schon der Untergang. Die Germanen sprangen, hüpften, rannten von den Hängen herbei, im Zickzackkurs, Haken schlagend, im direkten Lauf. Als hätten sie den Blick eines Adlers, stürzten sie sich aus der Dunkelheit des Waldes auf das Ziel. Die kurzen Schwerter waren bald rot von Blut, die Speere abgestumpft vom vielen Stechen und Morden. So schnell und unvermutet der Angriff in Wellen geschah, so rasch war er wieder beendet. Wieselflink waren die Germanen in Dickicht und Unterholz verschwunden, das Ziel, die einzelnen Marschkolonnen der römischen Legionäre zu zerteilen, war erreicht.
Varus, der Gutgläubige, hoffte noch immer auf die Unterstützung durch den starken Arminius! Immer wieder rief er seinen Namen, es waren die Rufe eines Verzweifelten.

Arminius musste mit seinen Auxilien doch längst in der Nähe sein! Varus ahnte nicht, dass Arminius, der Treue, es war, der seine militärische Macht gegen ihn aufbot, um ihn zu vernichten. Varus glaubte noch immer, dass die noch kürzlich erfahrenen Freundschaftsbezeugungen der Germanen die Anerkennung seiner Verdienste waren und keineswegs in Feindschaft und Hass oder gar in einen militärischen Vernichtungsangriff umschlagen würden. Doch das war eine alte römische Erfahrung: „Wenn ein Gott das Glück eines Menschen vernichten will, dann trübt er meist seinen Verstand und bewirkt damit – was das Beklagenswerteste daran ist –, dass dieses Unglück auch noch scheinbar verdientermaßen eintrifft und sich Schicksal in Schuld verwandelt."
Zu spät erfuhr Varus, dass er in eine grausame Falle geraten war. Wollte er wenigstens einen Teil seiner Soldaten retten, so mussten Wagen und Gepäck verbrannt werden. Alles, was im Kampf hinderlich war und nicht unbedingt mehr gebraucht wurde, fiel darauf den Flammen zum Opfer. Vergeblich hoffte er, vom Notlager aus im offenen Gelände die gewohnte klassische Schlachtordnung praktizieren zu können. Doch die Germanen ließen das Fort außer Acht. Arminius und seine Stammesführer wussten, dass sie im freien Feld gegen die kampferprobten Römer kaum eine Chance hatten. Deshalb blieb er bei seiner Überraschungstaktik, doch jetzt setzte er seine Leute in zehnfacher Stärke ein. Ein Teil der erschöpften Legionen erreichte noch das provisorische Lager in der Niederung. Die anderen verbluteten auf dem Schlachtfeld. Das Wetter begünstigte die Angreifer, ebenso das Terrain. Der Regen stürzte nun nur so vom Himmel, der Boden war sumpfig. Am dritten Tag setzte ein

Schlachten ein, wie es die Geschichte nicht alle Tage erlebt. Die römische Kavallerie begann zu fliehen, wurde aufgerieben, fast völlig vernichtet. Für die Söldnertruppen lag das Heil in der Flucht.

Der Geschichtsschreiber Velleius Paterculus notierte später: „Die tapferste Armee von allen, führend unter den römischen Truppen, was Disziplin, Tapferkeit und Kriegserfahrung angeht, wurde durch die Gleichgültigkeit des Führers, die betrügerische List des Feindes und die Ungunst des Schicksals in einer Falle gefangen. Weder zum Kämpfen noch zum Ausbrechen bot sich ihnen, so sehnlich sie es auch wünschten, ungehindert Gelegenheit, ja, einige mussten sogar schwer dafür büßen, dass sie als Römer ihre Waffen und ihren Kampfgeist eingesetzt hatten. Eingeschlossen in Wälder und Sümpfe, in einem feindlichen Hinterhalt, wurden sie Mann für Mann abgeschlachtet, und zwar von demselben Feind, den sie ihrerseits stets wie Vieh abgeschlachtet hatten – dessen Leben und Tod von ihrem Zorn oder ihrem Mitleid abhängig gewesen war.“

Varus schlug sich in seiner Verzweiflung zu seinen beiden Lagerpräfekten durch. Lucius Eggius hielt sich darauf tapfer an der Seite seines Heerführers, doch Ceionus plädierte für den Gang in die Gefangenschaft.
„Der größte Teil des Heeres ist bereits umgebracht worden“, schrie er in das Kampfgetümmel, „und das Lager wird auf Dauer nicht zu halten sein. Man wird die Truppe aushungern und ausräuchern. Wir sollten uns ergeben und uns in unser Schicksal fügen.“

„Weißt du nicht, dass die Germanen keine Gefangenen machen und alles niederstechen, was sich ihnen in den Weg stellt?“, rief Lucius Eggius.
„Wir werden hingerichtet oder ihren Göttern geopfert, das ist mir klar. Aber willst im Kampf stückweise sterben und an deinen Wunden womöglich verbluten? Vielleicht sind die Sieger gnädig gestimmt und geben uns einen raschen Tod.“
Da wurde Varus gemeldet, dass Numonius Vala, sonst ein besonnener und bewährter Soldat, sich mit einigen Schwadronen der Reiterei davongemacht und die Fußsoldaten, die er hätte schützen müssen, ihrem Schicksal überlassen hatte.
„Was nützt ihm die Flucht? Sein Leben endet als Deserteur unter dem Schwert“, presste Varus hervor. „Doch dass er die Söldner schutzlos zurückgelassen hat, werden ihm auch die Götter nicht verzeihen.“

Varus sah sein Ende. Ziellos ritt er zwischen den kämpfenden Truppen umher. Ein Wunder, dass ihn nicht längst der Pfeil oder die Lanze eines germanischen Kriegers getroffen hatte. Noch schirmten ihn die Überlebenden seiner Leibgarde mit ihren Schilden. Seine Befehle klangen unsinnig, widersprüchlich, apathisch. Seine Uniform war von Schweiß und Blut durchtränkt, das Gesicht von der furchtbaren Verantwortung entstellt. Die Augen quollen aus ihren Höhlen; sie konnten das Maß der Vernichtung nicht mehr ertragen. Noch zögerte er, sich in sein eigenes Schwert zu stürzen, doch krampfhaft umklammerte seine rechte Hand den Knauf der Waffe, während die linke die Zügel des Pferdes hielten. Das Tier, an Nahkämpfe gewöhnt, suchte sich, da sein Reiter ihm nicht die Sporen gab, selbst den Weg zwischen den wechselnden Fronten. Als der Rest seiner Legionen sich auflöste, stellte Varus seinen Offizieren frei, sich durch die Flucht zu retten. Einige kamen der Aufforderung erleichtert nach, andere nicht.

„Ich werde nicht als Feigling in die Geschichte eingehen", sagte der junge Offizier Pontius Pilatus, dem Varus eine steile politische Karriere vorausgesagt hatte und der sich gern in der Nähe seines Gönners aufhielt, „sondern mich so lange mit den Germanen schlagen, bis ich ehrenvoll den Tod finde."

Doch das Schicksal bewahrte ihn vor einem unrühmlichen Untergang und wies ihm eine hauchdünne Schneise in die rettende Freiheit. Varus hatte so oft begeistert von seinen Jahren in Vorderasien erzählt, dass es Pontius Pilatus drängte, Syrien und Palästina zu bereisen und, wenn möglich, dort sogar ein militärisches oder politisches Amt zu übernehmen. An diesem Tag hatte es stundenweise so ausgesehen, als sei dieser Wunsch in eine unüberwindliche Ferne gerückt. Dann aber gelang ihm als letztem der überlebenden hohen Militärs der Ausbruch aus dem Chaos und der Ritt in das rettende Lippe-Kastell Anreppen.

Flucht war für Varus hingegen keine Lösung, die würde ihm Augustus nie verzeihen. Der Selbstmord galt als ehrenhafter Ausweg aus einem unabwendbaren Dilemma und als legitim. Schon zückte Varus das Schwert – da sprengte mit einem Mal Arminius auf ihn zu. Er war blutbesudelt. Sein langes blondes Haar, das er sonst unter seinem Flügelhelm verbarg, wehte lose im Wind und zeigte Strähnen von roter Farbe.

„Verräter!", rief Varus ihm entgegen. „Kommst du, um nun

blutige Rache an mir zu nehmen? Was habe ich dir getan, dass du mir diese Schmach antust? Jetzt vollende dein Werk und töte mich!“ Er drängte sein Pferd dicht an das des Cheruskers.

Arminius wich ein paar Pferdelängen zurück. Der fast errungene Sieg hatte ihn stolz und hochmütig gemacht. „Was ich dir angetan habe? Danach fragst du? Frage lieber, was ihr Römer uns Germanen angetan habt, indem ihr im Eroberungswahn unser Land in Besitz genommen, die Völker unterjochtet und uns eure Lebensweise aufgedrängt habt! Ich habe die Jahre in Rom und das Leid meiner Untertanen nicht vergessen. Jetzt ist die Stunde da, in der wir euch eure Verbrechen heimzahlen!“

„Hier, vollende, was du vorhast, und räche dich!“, rief Varus und preschte wie von Sinnen auf Arminius zu. Da dieser keine Anstalten dazu machte, mit ihm zu kämpfen, riss Varus sein Schwert aus der Scheide und streckte es dem Gegner entgegen. Doch Arminius schüttelte den Kopf, gab seinem Wallach die Sporen und jagte grußlos davon. Darauf richtete Varus die Waffe gegen sich selbst, und, indem er sich vom Pferd gleiten ließ, stürzte er sich aufschreiend in sein Schwert. Auf diese Weise hatten bereits sein Vater und Großvater ihr Leben beendet.

Im Augenblick des Todes, als das Leben wich, erinnerte sich Varus an das Traumgesicht seiner Gattin Vipsania Marcella. Sie hatte also Recht behalten, als sie den Boden, auf den ihr Gemahl ins Schwert fiel, weiß und flockig beschrieb. Ja, heute fiel hier der erste Schnee, den sie aus ihrem südlichen Lebensumfeld nicht kannte. Auch der Lagerpräfekt Lucius Eggius und einige Offiziere folgen dem Beispiel des Legaten und obersten Militärs.

Ein gewaltiger Schrei hallte durch die Wälder. Die Germanen als Sieger – auch als Helden? Segestes verzog sich als Erster. Er wollte sich am Siegestaumel und an den Siegesfesten nicht beteiligen. Auf den Höhen der Berge loderten die Freudenfeuer und verkündeten der ganzen Region den Sieg über den Feind. Die Männer tanzten wie ausgelassene Kinder. Der Met floss in Strömen. Die Krieger der Germanen raubten aus den Wagen, was nicht verbrannt worden war. Sie plünderten die Toten aus und erbeuteten die Feldzeichen der Kohorten und Manipel. Sie hatten viele Gefangene gemacht, die in langen Reihen gefesselt am Boden kauerten. Ihnen stand ein furchtbares Schicksal bevor. Die wilde Soldateska vergriff sich an einigen Römern. Sie stachen ihnen die Augen aus und schnitten ihnen die Hände ab. Einem rissen sie die Zunge aus dem Hals mit den Worten: „Jetzt wirst du nie wieder zischen, du elende Schlange!“ Darauf nähten sie ihm den Mund zu. Die *Tribunen* und *Centurionen* würde man später mit den Verwundeten schlachten und den germanischen Göttern opfern. – Barbaren, so das Urteil der Römer, bleiben Barbaren.
Als der Siegestaumel seinen Höhepunkt erreichte, wurde Arminius die halb verkohlte Leiche des Varus gebracht.
„Dieser Mann mit dem rußigen Gesicht saß neben dem Leichnam und bewachte ihn wie ein treuer Hund seinen verstorbenen Herrn“, berichtete der Cherusker, der den Toten entdeckt hatte, und trat dem römischen Soldaten in die Kniekehle, dass er dem Arminius vor die Füße fiel.
„Steh auf und sage, was geschehen ist“, forderte Arminius ihn auf.
„Es war der Befehl meines Kommandanten, dafür zu sorgen, dass der Leichnam des Legaten nicht in die Hände des

Feindes fiel. So hatte es der große Varus gewünscht. Ich habe mit einigen Leuten versucht, den Statthalter nach seinem Tode zu verbrennen. Doch die Regengüsse und Schneeschauer haben das Feuer immer wieder erstickt."
„Da du uns einen großen Dienst erwiesen hast, schenke ich dir die Freiheit. Du kannst gehen!" Der Gefangene rappelte sich auf und rannte davon. Es war zweifelhaft, ob er den Weg in eine römische Kolonie finden würde.
Ein Schwertstreich trennte das Haupt des Varus vom Rumpf. Unter dem Jubel der Germanen hielt Arminius den Kopf mit den erloschenen Augen in die Höhe und zeigte ihn seiner siegreichen Armee.
„Schick ihn zu Augustus!", rief der Anführer der Brukterer. „Er wird dieser Schlacht allzeit gedenken."
Arminius schüttelte den Kopf. „Was nutzt uns ein abgeschlagener Kopf in Rom? Wir brauchen Verbündete im eigenen Land. Ich werde ihn zum Markomannenkönig Marbod nach Böhmen senden. Marbod hat sich bisher am Befreiungskampf gegen die Römer nicht beteiligt. Vielleicht lässt sich dieser germanische Fürst und Bruder, der leider seine eigenen Wege geht, nun umstimmen und nimmt am entscheidenden Befreiungskampf Germaniens teil."

Zu den Kriegern, denen die Flucht ins Kastell Aliso gelang, gehörten auch Haschem und Mordechai. Als sie nach mehreren Wochen des Marschierens und ziellosen Herumirrens endlich dort eintrafen, verdreckt, schwach, ermüdet, ohne Kraft, erschien ihnen das Eingangstor wie die Pforte zum Paradies. Was sie erlebt hatten, war die Hölle gewesen, der nicht alle, die sie überstanden hatten, ohne Folgen entronnen waren. Einige Söldner mit langer Kriegserfahrung wur-

den irre, verloren den Verstand angesichts des Grauens, das sie erlebt hatten und das sie in den nächtlichen Träumen immer wieder einholte.
Andere Krieger versuchten sich ins Vorrats- und Winterlager Anreppen oder wie in einer auseinandersprengenden Herde vereinzelt nach Haltern und Oberraden durchzuschlagen.
Haschems und Mordechais Kameraden und nahe Weggefährten, darunter der Offizier Marcus Caelius und seine Sklaven, waren im Krieg des Varus gefallen. Im Geiste machten sie eine Liste, die sie noch endlos hätten erweitern können:
Appius – tot.
Lucius – tot.
Flavius – tot.
Kaeso – tot.
Manius – tot.
Mamercus – tot.
Titus – tot.

XXII.

Kaiser Augustus war eine widersprüchliche Persönlichkeit. In jungen Jahren galt er als ehrgeizig, in der Politik oftmals als grausam, der ohne Gesetz und Skrupel in den Kampf gegen die „Barbaren“ zog. Andererseits bescheinigte man ihm einen klugen Gebrauch seiner Macht. Immerhin hatte er mit dem Prinzipat, der römischen Verfassungsform der ersten Kaiserzeit, eine neue, dauerhafte Staatsordnung an die Stelle der Republik gesetzt, die in hundert Jahren Bürgerkrieg zerrüttet war. Trotz seines Hangs zur Grausamkeit pflegte er die Kunst, die Poesie. Vergil, Ovid und Horaz waren das gefeierte Dreigestirn, dessen Glanz über Rom lag. Der Großneffe des legendären Caesars hatte ein ebenmäßiges Gesicht, einen entschlossenen Mund und ein kühnes Kinn. Seine Augen schauten fest und durchdringend. Gern ließ er sich mit dem Eichenkranz abbilden, der ihm vom Senat verliehen worden war. Inzwischen war er 46 Jahre alt.

Der Widerspruch in ihm zehrte an seinen Kräften. Er wollte das allmählich dem Sittenverfall preisgegebene Rom wieder zu einer Stadt machen, in der es sich gut leben ließ. Augustus hatte seine Gattin Scribonia wegen schlechten Lebenswandels verstoßen, er verbannte seine Tochter Julia und deren Tochter Julia die Jüngere, aber entführte die Gemahlin des Tiberius Claudius Nero mit Namen Drusilla, um sie zu ehelichen. Der Kaiser hatte fast alle Provinzen bereist, die Nöte der Menschen ernst genommen und ihnen Steuererleichterungen, Geld und Getreide gewährt. Für die ausgedienten Truppen richtete er eine Unterstützungskasse ein und spendete selbst 34 Millionen Mark aus eigenem Vermögen. Die Gesamtzahl der Einwohner im Land stieg dank seiner Fürsorge für die Familien. So erließ er mit den Konsuln Papius und Poppäus ein Gesetz, nach dem Unverheiratete und Kinderlose bei Wahlen, Ämtern und Erbschaften zurückstehen sollten. Seine größte Sorge war der militärische Nachwuchs. Das Heer bedurfte jährlich etwa 20.000 neue Soldaten. Deshalb ist es nicht verwunderlich, dass Augustus die Niederlage in Germanien lange nicht verwandt.

Als ihm ein hoher Offizier vorsichtig die Nachricht vom Untergang der drei römischen Legionen nahebrachte, rastete er aus. Vor Wut zerriss er sich das Gewand und schleuderte seinen goldenen Armreif in die Ecke. Voller Zorn, aber zugleich auch in Trauer über den Verlust so vieler Menschenleben – der Offizier verheimlichte die vermutete Zahl von 20.000 bis 25.000 Mann – schlug er seinen Kopf gegen die Wand, trommelte mit den Fäusten gegen die Tür und rief immer wieder: „Quintili Vare, legiones redde!" – Quinctilius Varus, gib mir meine Legionen zurück!

In den Folgetagen war er nicht ansprechbar. Er sagte alle Gespräche und Veranstaltungen ab, nahm nicht einmal an familiären Geburtstagsfeiern wie der zu Ehren seiner Gattin Livia Drusilla teil und begann, sein Haupt- und Barthaar wachsen zu lassen. Der Verlust der 17., 18. und 19. Legion mit drei Reiter- und sechs Infanterieeinheiten gehörte zu den größten Niederlagen, die das sonst siegessichere Imperium Romanum zu verschmerzen hatte, und ausgerechnet

während seiner, Augustus`, Regentschaft musste sich dieses große Unglück ereignen! Der Sohn des Segestes, Segimund, der in Rom in priesterlichem Dienst stand, zerriss nach Eintreffen der Hiobsbotschaft am Altar des Augustus die Priesterbinde, rüstete sein Pferd und eilte in die Heimat.
Eines Tages trommelte Augustus seine engsten Berater zusammen: „Nie wieder in der Geschichte Roms werden andere Truppenteile nochmals die Namen der untergegangenen Armeen erhalten!“, befahl er. „Und noch etwas gebe ich kund: Alle Geflüchteten, Übergelaufenen und Desertierten, die sich aus der Schlacht haben retten können, sind Feiglinge, jawohl, verachtenswerte Feiglinge! Ich will nie wieder einen von ihnen in Rom zu Gesicht bekommen! Sie dürfen den Boden des Imperiums nie wieder betreten!“
Die Geschichtsschreiber konferierten über die Frage, wie sie den Schlachtausgang für die Annalen präparieren sollten. Das Wort Niederlage war tunlichst zu vermeiden. Was sich zwischen den Quellen der Ems und der Lippe in Germanien ereignet hatte, musste schöngeredet, wortreich umschrieben und positiv dargestellt werden. So las man später in den „Res Gestae“, im Tatenbericht des Augustus: „Gallias et Hispanias provincias, item Germaniam, qua includit Oceanus a Gadibus ad ostium Albis fluminis, pacevi – Die gallischen und spanischen Provinzen und ebenso Germanien, soweit der Ozean sie einschließt von Gades – Cádiz – bis zur Mündung der Elbe, habe ich befriedet.“
Augustus fühlte sich, als er diese Darstellung zu Gesicht bekam, nicht wohl. „Sehr schmeichelhaft“, lächelte er; mehr sagte er nicht. Dieser Bericht würde ihn vor der Nachwelt in hellem Licht präsentieren, doch er wusste nur zu gut, dass er mit seiner Politik versagt hatte. Augustus gebot den

Sklaven, ihn in der nächsten Stunde allein zu lassen und jeden Besucher abzuwehren. In Gedanken versunken ging er im inneren Säulengang seiner Villa auf und ab, mit der rechten Hand das Kinn reibend.
Wenn man alle Ereignisse von einer anderen Warte aus betrachtete, so überlegte er, war es im Grunde ja nicht er, der der Situation in Germanien nicht gewachsen gewesen war, sondern sein Vertreter, Varus, sein Vertrauter und Legat, auf den er seine ganze Hoffnung gesetzt hatte. Varus war vertrauensselig in eine Falle geraten, die ihm die cleveren Cherusker unter Arminius gestellt hatten. Arminius – dieser Verräter, dieser Undankbare, dieser Schmarotzer! Die Vorteile einer kultivierten Erziehung hatte er in Rom genossen, alle Wege seiner beruflichen Zukunft wurden ihm in Rom geebnet – und dann diese Undankbarkeit, dieser Hinterhalt. Augustus schüttelte sich und drehte sich abrupt um. Nein, er würde vor der Geschichte bestehen können. Ihm, Augustus und Imperator, dem gottgleichen Caesar konnte man die Versäumnisse und Fehler eines Feldherrn nicht anlasten!
Eine andere Sorge bedrückte den Caesaren. Inwieweit waren durch das Scheitern des Publius Quinctilius Varus die gallischen und übrigen germanischen Provinzen und am Ende selbst Rom und das Imperium in Gefahr? Es gab keine größeren Kampfverbände mehr, die einen ausreichenden Schutz darstellten. Auch die Bundesgenossen, die mit Rom in Frieden lebten, verfügten über keine zusätzlichen militärischen Kräfte, auf die er hätte zurückgreifen können. Augustus war ein ängstlicher Mann, der mehr noch als einen Hinterhalt die Rache der Götter fürchtete. Mars stand offenbar nicht mehr auf seiner Seite. Dem allgütigen und

allmächtigen Jupiter gelobte er feierliche Spiele, wenn sich die politische Lage wieder bessere. So hatte er auch im Krieg gegen die Kimbern und Marser entschieden. Zunächst richtete Augustus in Rom einen militärischen Wachdienst ein, um dem Ausbruch von Unruhen vorzubeugen. Das Oberste Militär teilte die Sorge des Augustus zwar nicht, doch widersprach es auch nicht seinen Anordnungen und Anregungen.
Die Männer Roms und des Imperiums waren kriegsmüde. Die Offiziere bemühten sich um neue Freiwillige, doch der Rücklauf der Meldungen war gering. Augustus rief seinen Kriegsrat zusammen. Die Angst vor Machtverlust des Imperiums und vor persönlichen Machteinbußen ließen in ihm außergewöhnliche Pläne reifen.
„Ohne neue Legionen kann das Imperium nicht bestehen. Wir brauchen Soldaten. Wenn die Kriegspflichtigen sich sträuben und den Dienst für den Staat verweigern, müssen wir Zwangsmaßnahmen ergreifen.“
„Im Norden unseres Reiches schneiden sich die Wehrpflichtigen den Daumen ab, um dem Kriegsdienst zu entgehen“, berichtete einer der Offiziere.
„Was für eine erbärmliche Entwicklung! Ist es denn unzumutbar, seine Kraft für eine geraume Zeit in den Dienst dieses Staates zu stellen? Gemeinwohl geht vor Einzelwohl, das ist ein altes römisches Prinzip. Die jungen Männer sind morgen die Träger dieses Imperiums. Sie müssen bereit sein, Opfer zu bringen!“
Wenn der Kaiser sprach, regte sich nur selten Widerspruch. Jedes Mitglied des Kriegsrates bemühte sich, den Befehlen des Imperators, wenn auch widerstrebend, Folge zu leisten. Augustus hatte sich folgende Maßnahmen ausgedacht:

„Viele junge Leute und Männer bis 35 Jahre verweigern in den Legionen und Auxilien ihren Dienst an der Waffe. Deshalb werde ich die Wehrpflicht verlängern. Und außerdem müssen wir die höheren Altersgruppen rekrutieren."
Die Offiziere nickten gequält Zustimmung.
„Kommen die genannten Altersgruppen der Musterung nicht nach, werden wir damit beginnen, von allen Männern über 35 Jahren den fünften, von älteren Männern den zehnten, auszulosen, sein Vermögen einzuziehen und die bürgerlichen Ehrenrechte abzuerkennen."
Ein dumpfes Raunen war die Antwort auf diesen ungewöhnlichen Entschluss.
„Die Aberkennung der Bürgerrechte kommt einem Todesurteil gleich", wagte Mamerus Spurius, einer der ersten Offiziere, einzuwenden. „Was unterscheidet die Betroffenen dann noch von Sklaven und Geiseln?"
„Viele der Wehrpflichtigen über 35 werden sich nicht melden, verehrter Caesar", gab Demimus Appius zu bedenken. „Denn wenn nur jeder fünfte oder gar zehnte ausgelost und mit den von Euch klug erwogenen Strafandrohungen bedacht wird, wiegen sich die meisten in Sicherheit in der trügerischen Hoffnung, dass das Los sie schon nicht treffen wird."
Augustus duldete in der Regel keinen Widerspruch. Diesmal jedoch konnte er sich den Argumenten seines Offiziers nicht verschließen. Er ordnete zusätzlich an, dass, wer wehrtüchtig sei, den militärischen Dienst für das Vaterland jedoch verweigere, hingerichtet werden solle. Zur Abschreckung sprach er schon bald einige Todesurteile aus.
Die Angst des Kaisers vor Überfällen aufständischer Provinzen auf das Mutterland war schließlich so groß, dass er Ve-

teranen und Freigelassene ausheben ließ und sie in Eilmärschen nach Germanien abkommandierte. Freigelassene wurden jedoch nicht in die Legionen eingereiht, sondern als besondere Truppenkörper zu Besatzungszwecken verwendet. Auch bei Feuersbrünsten und bei möglichen Aufständen, die nach größeren Teuerungen befürchtet wurden, kamen sie zu Augustus' Zeiten zum Einsatz.
Schließlich war Augustus selbst gegenüber seiner eigenen Leibgarde misstrauisch, denn in ihr dienten neben Galliern auch Germanen. Außerdem gab es in Rom zahlreiche Händler und Privatleute aus diesen Ländern. Die Germanen ließ er auf einige Inseln deportieren. Die Gallier mussten unbewaffnet Rom verlassen.
Die Nachricht, dass ein Teil des Heeres der Varusschlacht entkommen und am Leben sei, ja, dass römische Truppen auch weiterhin große Teile Germaniens besetzt hielten, und sich der Feind nicht bis zum Rhein vorgetraut habe, ließen den Kaiser wieder ruhiger schlafen. Dennoch war er davon überzeugt, dass die Missgunst der Götter zur Krisensituation im Staat beigetragen hatte. War unmittelbar nach der Niederlage des Varus nicht der Blitz in den Tempel des Mars gefahren? Und waren die Heuschreckenschwärme, die das Land heimsuchten, nicht sogar bis in die Stadt eingedrungen, wo sich allerdings die Schwalben über sie hergemacht hatten? Auch hatte Augustus ein merkwürdiges Licht über den Alpen gesehen. Es war ihm, als ob die Gipfel zusammenstießen und drei Feuersäulen bildeten. Der Himmel schien an vielen Stellen zu brennen. Einige Seher behaupteten, sie hätten Speere von Norden auf das römische Lager zufliegen sehen. Bienen bauten ausgerechnet an den Altären ihre Waben. Man erzählte auch, eine Statue

der Siegesgöttin in Germanien, die ihren Blick ins feindliche Land richtete, habe ihr Angesicht plötzlich nach Süden, Richtung Rom, zugewandt.

Augustus wusste die Zeichen nicht zu deuten. Doch erkannte er in ihnen den Unwillen des Himmels. So beschloss er, vorsichtig zu sein, das Schicksal nicht herauszufordern und die Götter zu versöhnen.

XXIII.

In ihrem Eroberungsrausch zerstörten die siegreichen Germanen alle rechtsrheinischen Römerlager – bis auf das Kastell Aliso, das der Lagerkommandant Caedicus erfolgreich gegen die Angreifer verteidigte. Die Römer wagten sich in den nächsten Jahren selten in das Gebiet rechts des Rheins. Im Jahre 14 n. Chr. starb der Kaiser. Auf dem Sterbebett fragte er seine Freunde, ob er seine Rolle gut gespielt habe. Die Politik war eine große Bühne, auf der jedem sein Part zugeteilt war. Die Bühne war jedoch auch die Poesie, die Augustus stets gefördert und gepflegt hatte. Ohne seine ständigen Mahnungen und Ermunterungen hätte Vergil die „Äneis" wohl nie geschrieben, und wenn der Dichter sie auch nicht als vollkommen empfand wie das Vorbild „Ilias" und sie gern verbrannt hätte – Augustus trug Sorge für ihre Veröffentlichung.

Nachfolger wurde Tiberius Julius Caesar Augustus, der Stiefsohn des Vorgängers, eine ernste, in sich gekehrte Natur, die mit 55 Jahren auf den Thron gelangte. Er hielt nichts von der „Schauspielkunst" seines Vorgängers, sondern nannte sich „Herr der Sklaven, Feldherr der Soldaten, der Übrigen Erster". Augustus hatte ihm die Frau genommen und damit sein Familienglück zerstört und ihn wohl auch nur in der Rolle des Übergangsmonarchen gesehen. Die Herrschaft sollte der Sohn seines Bruders Drusus, Germanicus, ausüben. Als in Germanien stationierte römische

Legionen rebellierten, sandte der neue Imperator Germanicus über die Alpen. Germanicus erstickte den Aufstand, doch machten es ihm die aufsässigen Truppen nicht leicht. Es galt zudem, die Moral der Legionen zu festigen, die nach dem Desaster unter Varus schwer gelitten hatte. Darauf entschloss Germanicus sich, den Rhein zwischen Lippe- und Ruhrmündung auf einer Schiffsbrücke zu überqueren und die Marser in die Schranken zu weisen, was Tiberius nicht befohlen hatte und Augustus nicht gern gesehen hätte.

Allmählich gewannen die Römer ihr Selbstbewusstsein zurück. Der stete Feind saß im Osten! Das hämmerte der Heerführer seinen Soldaten ständig ein. Germanicus zerstörte das Heiligtum der auf Kampf unvorbereiteten Germanen, die Tamfana, und verwüstete das Land. Bei diesem Zug kamen die Truppen auch zu den Externsteinen im Teutoburger Wald, zum alten, keltisch-germanischen Zentralheiligtum, wo Eingeweihte das Mysterium des Sonnengeistes erfuhren. Unter den Soldaten, die den Germanen Revanche angedroht hatte, war auch Pontius Pilatus, jetzt noch wagemutiger und tapferer, als er sich in der Varusschlacht gezeigt hatte, auch wenn er sich damals in Sicherheit hatte bringen müssen.

Bei den Germanen trat eine gewisse Ernüchterung ein, weil die große gewonnene Schlacht die Römer offenbar doch nicht von ihrem Territorium fernhielt, sondern im Gegenteil ihre Angriffslust entfachte. Auf dem Rückweg ins Winterquartier wurde Germanicus von verbündeten *Brukterern*, *Usipetern* und *Tenkterern* angegriffen, doch deren Attacken wehrte er erfolgreich ab. Das ermutigte den Römer, im nächsten Jahr und immer wieder gegen die rechtsrheinischen Germanenstämme vor allem im Bereich Main und Lippe vorzugehen. Er eroberte das Taunusbecken zurück, besiegte die Chatten, während sein Legat Caecina einen Zusammenschluss der Cherusker unter Arminius mit den Chatten verhinderte.

An einem späten Herbsttag kam ein romtreuer Bote zu Germanicus. Er war erschöpft und hatte mehrere Tage im Sattel gesessen. Kaum hatte er das Lager des römischen Feldherrn erreicht, stürzte er übernächtigt zu Boden. Eine Sklavin des Germanicus flößte ihm Heilsäfte ein und massierte seine vom Reiten steif gewordenen Glieder. Schließlich kehrten seine Lebensgeister zurück.
„Mein Herr, der Euch freundschaftlich verbundene Cheruskerfürst Segestes, schickt mich in größter Not", stammelte der Bote, als er wieder ganz zu Kräften gekommen war. „Er bittet Euch, ihm unverzüglich zur Hilfe zu eilen, da er von seinen eigenen Landsleuten belagert wird."
„Von seinen eigenen Leuten? Seid ihr Germanen wieder einmal so uneins untereinander, dass ihr euch gegenseitig das Leben schwer macht?", fragte Germanicus belustigt. „Das soll mir recht sein. Doch Segestes zuliebe, dem Rom viel verdankt, auch wenn er gegen Varus gekämpft hat, werde ich kommen."
„Ich danke Euch, Herr."
„Wer ist es denn, der ihn belagert?"
„Der Cherusker Arminius mit seinem Stamm", lautete die Antwort. „Doch mehr weiß ich auch nicht. Es ist wohl eine Familienfehde."
„Das dachte ich mir", schmunzelte Germanicus. „Kannst du unbemerkt zur *Burg des Segestes* zurückreiten?"

„Bei Nacht, ja. Zudem gibt es einen verborgenen Pfad durch ein Waldgebiet, das die Cherusker des Arminius fürchten."
„Dann sag deinem Herrn, dass ich noch in diesen Tagen aufbrechen werde. Aber lass dich nicht erwischen."
„Ich bin ein guter Reiter und kenne manche Tricks, um unbemerkt in die Burg meines Herrn zu gelangen."
Nun gut. Dann lass dich nicht aufhalten." Der Bote verneigte sich, stärkte sich auf Empfehlung des Germanicus am Lagerfeuer und brach alsbald auf.

Derweil war Arminius mit den tapfersten seiner Leute bis in den Vorhof der stark befestigten Burg vorgedrungen. Nur noch eine Palisadenwand und eine Steinmauer trennten sie von dem Gebäude, in dem sich Segestes mit seiner Familie sowie zahlreichen Kriegern verschanzt hatte.
„Ich ziehe augenblicklich ab, wenn du Thusnelda herausgibst, die du widerrechtlich gefangen hältst!", rief Arminius.
„Widerrechtlich? Sie ist mein Fleisch und Blut, meine Tochter!"
„Und mein Weib. Ich habe sie geheiratet!"
„Gegen meinen Willen und gegen jede gute Sitte. Ich habe dir die Erlaubnis nicht gegeben. Zudem bist du heimlich in meine Burg eingedrungen und hast Thusnelda geraubt."
Arminius ließ ein donnerndes Lachen hören. „Es war nicht schwer, bei dir einzudringen. Deine Wachen schlafen selbst am helllichten Tag!"
„Das ist nicht wahr!"
„Es stimmt. Zudem musste ich Thusnelda gar nicht entführen. Sie ist freiwillig mitgekommen, weil sie den Mann, den

du für sie ausgewählt hast, nicht heiraten wollte. Aber du hast sie heimlich mit Gewalt zurückgeholt, während ich auf der Jagd war."
„Das war mein gutes Recht!"
„Segestes scheut den offenen Kampf", höhnte Arminius. „Hat der Freund der Römer mit ihrem Wein auch die Feigheit seiner Verbündeten in sich aufgenommen?"
Einen Augenblick blieb es still. Dann sauste ein Pfeil vom Bogen des Segestes haarscharf am Kopf des Arminius vorbei.
„Beim nächsten Mal ziele ich besser! Los! Verschwinde!"
„Erst wenn du mir meine Frau herausgerückt hast."
„Sie ist nicht deine Frau. Ich habe die Zustimmung zur Ehe nicht gegeben. Außerdem hast du weder Brautgeld gezahlt noch einen Vertrag mit mir gemacht."
„Aha, daher weht der Wind!" Wieder lachte Arminius lauthals. Das Echo warf das Gelächter von den Wänden zurück. „Was ist dir deine Tochter denn wert? Zehn Rinder und zwei Ziegen?"
„Willst du mich beleidigen? An so einen wie dich gebe ich sie nie freiwillig ab. Nicht für hundert Pferde! Du bist ein Verräter und Räuber!"
„Sie gehört mir ja schon."
„Das wird sich zeigen! Dein Vater Segimer war ein prächtiger Mensch. Du hast nicht so viel wie den Dreck unter seinen Fingernägeln von ihm geerbt."
Jetzt erschien Thusnelda an einem Burgfenster, doch sogleich wurde sie von Segestes zurückgedrängt. Es war Arminius, als sähe sie bleich und unglücklich aus.
„Lass mich mit ihr reden!", forderte er. „Wenigstens über diese Entfernung." Doch das lehnte Segestes ab.

„Das Kind, das sie von dir erwartet, wirst du niemals zu Gesicht bekommen“, schrie er.
Eine unbändige Wut bemächtige sich des Cheruskerfürsten. Er sprang aus der Deckung und rannte nach vorn, als wollte er allein die Mauern der Burg erstürmen. Seine Lanze bohrte sich tief in das dicke Holztor der Festung. Ein Hagel von Pfeilen deckte Arminius ein. Rasch zog er sich hinter die schützenden Wälle zurück. Er beschloss, die Nacht abwarten, um dann mit dem Ansturm auf die Burg zu beginnen. Die erste Attacke im Morgengrauen konnten Segestes und seine Männer erfolgreich abwenden. Zu einem zweiten Angriff kam es nicht mehr. Germanicus war mit einem großen Heer im Anmarsch. Als Arminius davon Kunde erhielt, zog er sich mit seinen Kriegern auf sein Stammesgebiet zurück.

XXIV.

Die Gebeine der gefallenen Römer lagen auch fünf Jahre nach dem erbitterten Kampf noch immer unbestattet auf dem Schlachtfeld. Germanicus erwies ihnen die letzte Ehre und baute für sie einen Grabtumulus. Es gelang ihm nicht, Arminius und sein Heer zur Entscheidungsschlacht zu stellen. Das unwegsame Gelände hinderte ihn an der Verfolgung. Die römische Reiterei, in einen Hinterhalt gelockt, entging der Vernichtung nur durch die Tapferkeit des Fußvolkes. Während sich Germanicus mit seinen Legionären an die Ems zurückzog, führte Legat Caecina sein Heer in die Lager am Rhein. Arminius, der schlaue Fuchs, stellte sich ihm mit seinen Kriegern in den Weg und brachte die Römer an den Rand der Niederlage. Einige Legionen verloren auf dem Rückmarsch fast ihr ganzes Gepäck. Besorgte römische Bürger hätten fast die Rheinbrücke abbrechen lassen, um die Germanen am Übergang auf linksrheinisches Gebiet zu hindern, doch die Frau des Germanicus, Agrippina, unterband durch entschlossenes Eingreifen diesen Schritt. Das Glück schien ihrem Mann nicht hold. Er unternahm mehrere Anläufe, um das Küstenland zwischen Ems, Nordsee und Weser zu erkunden, doch musste er sie unter Verlusten abbrechen.

In der Folgezeit gab es verschiedene Scharmützel, militärische Konflikte und Provokationen, die keinen eindeutigen Sieger hinterließen. Mal war das Glück den Römern, mal den Germanen hold. Die Gedenkstätte für die gefallenen Varuskämpfer wurde von den Gegnern zerstört.

Arminius Hoffung, die große Befreiungsschlacht würde die germanischen Völker zusammenschweißen, erfüllte sich nicht.
„Jeder versucht, sein eigenes Süppchen zu kochen", lautete seine Bilanz. „Jetzt fühlt sich jeder Stamm so stark, dass er im Alleingang gegen römische Kastelle anstürmt und sich eine blutige Nase holt."
Germanicus hatte mit einer Flotte von tausend Schiffen ein Heer von etwa 80.000 Mann an die Emsmündung geschickt, von wo er zur Weser vordrang. Die Uneinigkeit seiner Landsleute machte Arminius zu schaffen. Er bemängelte, dass die Chauken, ein Stamm beiderseits der Unterweser, dem Römer Hilfstruppen gestellt hatten und in die Bundesgenossenschaft mit Rom aufgenommen worden waren.
„Nun haben die Angrivarier, unsere unmittelbaren Nachbarn im Norden, im Rücken des Germanicus einen Aufstand geprobt und sind schmählich gescheitert. Stertinius hat sie besiegt. Jetzt haben sie sich ihm unterworfen. Hätten sie sich nicht mit uns verbünden können?"
Arminius war verzweifelt, er konnte diese Alleingänge nicht verstehen. „Wenn wir diese Einigkeit wie vor Jahren nicht wieder erreichen, muss ich mit meinem Oheim Inguiomer den alleinigen Angriff wagen, bevor die Römer in Germanien wieder erstarken und uns ihr altes Herrschaftssystem aufzwingen."
Zur Zeit der Varusschlacht hatte er doch tatsächlich eine Koalition von elf Stämmen zusammenbekommen. Inzwi-

schen zweifelte er daran, dass eine solche Vereinigung germanischer Bundesgenossen jemals wieder zustande kommen würde.
Arminius und sein Oheim stellten sich den Römern bei *Idistaviso* an der Weser. Wieder tobten die Kämpfe. Mal schienen die Römer, mal die Germanen zu siegen. Am Ende trennten sich beide Heere, geschwächt und vieler treuer Kämpfer beraubt, unentschieden. Arminius war in einem Gefecht verwundet worden, doch konnte er den Römern entkommen.

Bei einem dieser Kämpfe, an denen auch die Einheiten von Haschem und Mordechai teilnahmen, gerieten die Kameraden zwischen zwei Fronten. Sie hatten trotz aller Härte, mit denen die Schlachten geführt wurden, immer nur Maßnahmen zu ihrer und der Kameraden Verteidigung ergriffen und nie Angriffe ausgeführt. Jemanden zu töten, hätten sie nicht übers Herz gebracht. Sie dankten Jahwe auf Knien, dass er ihr Leben bisher verschont und sie glücklich aus den tödlichen Bedrohungen geführt hatte.
Auch diesmal war der Kampf unerbittlich. Die Germanen kämpften verbissen gegen die römische Übermacht. Da streifte ein Brandpfeil aus dem Bogen eines Cheruskers einen Baum, änderte seine Richtung und traf Mordechai an der Stirn. Haschem sah das Geschoss noch heranschwirren und schrie dem Freund eine Warnung zu – doch zu spät! Mordechai taumelte, fiel zu Boden, wälzte sich schreiend im Gras und hielt die Hände vor die Augen. Auf der Stirn klaffte eine lange Schnittwunde. Für sein Augenlicht kam jede Rettung zu spät. Haschem zog ihn, der unter Schock stand, an den Schultern aus dem Kampfgebiet und leistete

erste Hilfe. Was war noch zu tun? Der Anblick der verätzten Augenhöhlen und die Schmerzensschreie Mordechais waren nicht zu ertragen. Haschem umwickelte die Stirn des Freundes mit einem Tuch. Der Arzt in der Etappe zuckte die Schultern. Mordechai würde nicht mehr sehen können, es gab keine Rettung.

Leichtverwundete wurden hinter der Front versorgt. Schwerverwundete kamen in das nächste Lager oder Kastell. Hier war eine bessere Pflege möglich. Doch bei Mordechai war die Behandlung begrenzt. „Wir werden gleich die Stichwunde nähen und die Brandblasen im Gesicht ausstechen", sagte der Arzt. „Mehr kann ich für dich nicht tun. Los, steckt ihm ein Holzstück zwischen die Zähne, damit er daraufbeißen kann."

Mordechai war ein gebrochener Mann. Man stellte ihm frei, ob er in einem der linksrheinischen Invalidenheime für Veteranen Aufnahme finden, nach Rom oder in eine der großen Städte des Imperiums gebracht werden wollte, wo es ähnliche Möglichkeiten zur Unterbringung gab. Mordechai überlegte nicht lange. Er entschloss sich für Rom in der Hoffnung, von dort eine Gelegenheit zu einer Reise nach Israel zu finden, in die Heimat. Er wollte in Jerusalem sterben und wie alle frommen Israelis in der Nähe des Ziontores begraben werden.

Haschem nahm kriegsmüde und erschöpft seinen Abschied von der Armee. Zudem wollte er den Freund nicht seinem Schicksal überlassen. Im Übrigen sehnte er sich nach diesen entsetzlichen Kriegsjahren, in denen er so viel Leid und Elend gesehen und dem Tod wiederholt ins Auge geschaut hatte, nach einer Oase der Ruhe. Vielleicht gab es einen Ort, an dem er der Hetze und dem Zwist dieser Welt ent-

fliehen und seinen Frieden mit Gott machen konnte. Diese Sehnsucht trieb ihn an, für sich und seinen Freund nach einem Reisewagen nach Rom Ausschau zu halten.
Die Herbststürme über der Nordsee machten der römischen Flotte zu schaffen und führten nicht zum erhofften Erfolg. Kaiser Tiberius erschienen die Geplänkel und mühsam erfochtenen kleinen Siege als zu kostspielig. Viele Jahre Kampf ohne Entscheidung standen in keinem Verhältnis zu den erlittenen Verlusten an Menschen und Material. Acht Legionen befanden sich am Rhein, ein Drittel des gesamten römischen Heeres, und doch gab es weder Sieger noch Besiegte. Die Steuerlast für die Menschen stieg und machte sie unzufrieden. Da entschied Tiberius, keinen Feldzug mehr gegen Germanien rechts des Rheins zu unternehmen. Die restlichen Truppen verließen das Gebiet an der Weser – seither hat man dort keinen römischen Soldaten mehr gesehen. Rom gab den Plan endgültig auf, Germanien von zwei Seiten oder auch nur vom Rhein her zu erobern. Der Limes blieb Grenze, der Rhein Demarkationslinie. Mochten die uneinigen Germanenstämme sich doch gegenseitig zerfleischen.

Heimkehr

XXV.

Undank ist der Welt Lohn. Oder war es nur die Rache für erlittene Schmach? Marbod hatte ein bewegtes Leben hinter sich. Aus einer vornehmen Markomannenfamilie stammend, war er von den Römern als Jugendlicher in Geiselhaft genommen und nach Rom verschleppt worden, nachdem Drusus sein Volk vernichtend geschlagen und Tiberius, der Adoptivsohn des Augustus und spätere Kaiser Tiberius, seine Kapitulation erzwungen hatte. Doch der Kaiser hatte Gefallen an ihm gefunden und ihm wiederholt seine Huld erwiesen. Schließlich stattete er ihn sogar mit dem römischen Bürgerrecht aus und schenkte ihm die Freiheit. Marbod durfte in die Heimat zurückkehren. Was würde er tun? Sich seiner Freiheit erfreuen und sich dankbar an Augustus erinnern? Das erlittene Unrecht seines Volkes rächen? Er setzte sich an die Spitze der Markomannen, ohne Roms Zustimmung einzuholen, und führte sie aus dem Maingebiet und damit aus der immer noch drohenden römischen Umklammerung nach Böhmen und ins nördliche Mähren. Tiberius war gerade dabei, die Stämme der Sueben zwangsumzusiedeln und dadurch ihre Macht zu brechen.
In Böhmen lebten Reste der Kelten und schon früher eingewanderte Germanen in Eintracht zusammen. Sie vereinigten sich mit den Markomannen Marbods – er nahm den Titel eines Königs an. Mit der Zeit entwickelte sich unter

seiner Führung ein starkes Reich, dem Nachbarvölker wie die *Hermunduren*, *Semnonen* und *Lugier*, später auch die *Langobarden* angehörten. Marbods Macht reichte im Süden bis an die Donau, im Osten an die römische Provinz Pannonien und die Weichsel, im Norden bis an die Ostsee, im Westen bis die Elbe. Da er während der Gefangenschaft die Organisation der Streitmächte des Imperium Romanum kennengelernt hatte, schulte er seine Soldaten nach dem Vorbild Roms. Am Ende besaß er 70.000 Mann Infanterie und 4.000 Mann Kavallerie. Seinen Königssitz nannte Marbod Marobudum.
Rom betrachtete diese Machtkonzentration mit Argusaugen. Zunächst blieb es bei diplomatischen Auseinandersetzungen. Da aber immer mehr Aufständische bei Marbod Zuflucht suchten und sich schließlich östlich der Elbe germanische Truppen konzentrierten, plante der römische Kaiser einen Angriff auf die Markomannen. Tiberius zog mit zwölf Legionen – insgesamt 72.000 Mann – ins Feld. Gaius Sentius Saturninus sollte vom Rhein her mit sechs Legionen gen Osten ziehen, während Tiberius von Carnutum aus, einer alten keltischen Handelsstadt am Ende der Bernsteinstraße, die feindlichen Streitkräfte in die Zange nehmen wollte. In diesem Moment brach der „Pannonische Aufstand" aus, der auf Illyrien übergriff und die Streitkräfte des Tiberius band. Ein Friedensvertrag mit Marbod verhinderte die militärische Auseinandersetzung. In der Folgezeit kam es sogar zu einem Austausch von Gesandtschaften und Handelsbeziehungen. Nach römischer Version aber wurde Marbod zum Frieden gezwungen.
Als Arminius die Römer besiegt hatte, schickte er Marbod das abgetrennte Haupt des Varus und bot ihm ein Bündnis

gegen Rom an. Doch der König der Markomannen schlug die Koalition aus. Er sandte das Haupt des Varus vielmehr nach Rom, wo Augustus es ehrenvoll bestatten ließ. War es der Friedensvertrag oder der Dank für die ihm während des Romaufenthaltes von Augustus gewährten Privilegien, die Marbod daran hinderten, gemeinsam mit Arminius gegen die Römer zu Felde zu ziehen? Eine Entscheidung, die weder Rom zu würdigen wusste noch der Cheruskerfürst verstand.

Arminius fühlte sich angesichts der bedrohlichen Uneinigkeit der germanischen Stämme als deren alleiniger Fürst und König. Nur Marbod war ihm an Kraft und Größe gleich. Nun bekam der Cherusker Ärger mit seinem Oheim Inguiomer, weil der sich ihm nicht unterordnen und seinen Führungsanspruch bestätigen wollte. Inguiomer schlug sich mit seiner Militärmacht auf die Seite des Markomannenkönigs Marbod. Doch die Stämme der Sueben, der Langobarden und Semnonen trennten sich von Marbod und wechselten in das Lager des Arminius. So standen sich zwei gleich starke Heere gegenüber. In diesen Bruderkämpfen um die Vorherrschaft in Germanien siegte Arminius; Marbod wich auf das Stammesgebiet der Markomannen zurück. Viele seiner Soldaten wechselten auf die Seite des Arminius.

Arminius legte Wert darauf, wieder Armin genannt zu werden, so wie sein Vater Segimer ihn gerufen hatte. Auf die ihm von den Römern angehängte Silbe „ius“ wollte er gerne verzichten. Die Römer warfen ihm Undank vor, sei doch sein Vater schon nach den Germanenfeldzügen des Heerführers Titus ein fester Verbündeter Roms geworden und habe das Angebot, seine Söhne in der Großstadt des

Reiches erziehen zu lassen, angenommen. Arminius hatte sich jedoch eher als Geisel gefühlt, auch wenn er bald zum Tribun, zum Stabsoffizier, ausgebildet worden war und das Heer des Tiberius auf den Feldzügen durch Germanien begleitet hatte.

XXVI.

Segestes fühlte sich als Sieger. Sein großer Widersacher Arminius war kampflos abgezogen. Germanicus, der Befreier, ließ sich feiern. Segestes trug auf, was Küche und Keller hergaben.
„Ihr seid zur rechten Zeit gekommen, dafür stehe ich tief in Eurer Schuld."
Germanicus wehrte ab. Er ließ sich zwar gern feiern und dankte dafür mit huldreichen Gesten, doch im Grunde war er ein der Verzweiflung naher Mensch. Er wusste, dass er alle Hoffnungen Roms enttäuschte, weil er in Germanien nicht gesiegt, sondern nur Scheinerfolge erzielt hatte. Die Kriegskosten waren ins Unermessliche gestiegen, und sie hatten die Einsätze in Germanien nicht gerechtfertigt. Germanicus trug einen großen Namen, abgeleitet von der großen römischen Provinz, die einmal ein starkes Bollwerk des Imperium Romanum im Norden hätte werden sollen. Doch diese Pläne hatten sich zerschlagen, auch wenn sich die Kaiser gern als Bezwinger dieser dort lebenden Stämme feiern ließen.
Beim Festmahl zu Ehren des Germanicus war Thusnelda nicht zugegen. Sie täuschte ein Unwohlsein vor, das wegen ihrer Schwangerschaft auch als Entschuldigungsgrund angenommen wurde. Im Grunde fühlte sie sich körperlich wohl, doch konnte sie den Anblick des Mannes nicht ertragen, der ihre Befreiung vereitelt hatte. Es war schmerzlich

gewesen, Arminius beim Herannahen des Germanicus und seines Heeres abziehen zu sehen. Nein, sie wollte auch ihrem Vater nicht unter die Augen treten, dem sie ihr Missgeschick verdankte. Er entzog ihr nicht nur den geliebten Mann, sondern ihrem Kind, das unter ihrem Herzen heranwuchs, den Vater.

„Ihr seid zur rechten Zeit gekommen“, wiederholte Segestes gegenüber seinem Gast, „das werde ich Euch nie vergessen.“

„Nun, auch Rom vergisst nicht, dass Ihr dem unglücklichen Varus die Warnung vor dem Überfall zugespielt habt. Leider hat Varus sie nicht ernst genommen und musste die schrecklichen Folgen tragen.“ Dass Segestes dann, wenn auch widerstrebend, am Kampf der Germanen gegen die Römer teilgenommen hatte, verschwieg der Besucher. Er hatte noch einen Trumpf in der Hinterhand und würde ihn zur rechten Zeit ausspielen, nicht zuletzt, um die verlorene Gunst des Tiberius wenigstens zum Teil wiederzugewinnen.

„Eure Lage in diesem Land wird auf Dauer immer schwieriger werden, mein Lieber“, sagte Germanicus und betrachtete die Wirkung dieser Worte auf sein Gegenüber.

„Wie meint Ihr das, Germanicus?“, fragte Segestes verblüfft.

„Nun, da wir uns weitgehend aus Germanien zurückgezogen haben, seid Ihr schutzlos. Zumindest die Cherusker werden Euch Euren Pakt mit uns Römern verübeln. Fürchtet Ihr nicht ihre Rache?“

Segestes antwortete nicht. Er blickte düster vor sich hin und rieb sich nachdenklich die Hände.

„Was wäre geschehen, wenn Ihr mich nicht hättet zu Hilfe

rufen können?“, setzte Germanicus nach. „Arminius hätte Euch ausgehungert.“
„Arminius – dieser Hund!“, entfuhr es Segestes.
„Da sprecht Ihr ein wahres Wort. Er ist sehr bissig. Das hat er bewiesen. Die ganze römische Eroberungs- und Besiedlungspolitik ist durch ihn durcheinander geraten.“
„Ich verzeihe ihm nicht, dass er mir die Schmach angetan und meine Tochter entführt hat, die einem angesehenen Stammesgenossen versprochen war“, schimpfte Segestes.
Germanicus zerschnitt den Brustkorb eines Hasen und steckte sich ein Stück Fleisch in den Mund.
„Das Land wird erst zur Ruhe kommen, wenn dieser Mann – beseitigt ist.“ Die letzten Worte sprach Germanicus gedehnt und mit Nachdruck.
„Ich liebe keine Meuchelmorde“, entfuhr es Segestes. „Bei aller Wut, die ich auf diesen Arminius habe, den Dolch oder das Messer werde ich nicht heimtückisch gegen ihn erheben. Einem offenen Kampf Mann gegen Mann werde ich freilich nicht ausweichen.“
Germanicus schmunzelte. „Ihr wisst, dass Ihr nicht mehr der Jüngste seid, Segestes. Arminius ist nur halb so alt, aber doppelt so stark wie Ihr.“
„Das ist richtig. Aber Hass verleiht auch doppelte Kraft.“
„Doch alle Kraft, die Ihr Euch zumutet, wird nicht ausreichen, um Eure Situation hierzulande zu verbessern. Sobald ich meine Legionen ganz aus Germanien abgezogen habe, wird es einen Bruderkampf geben, in den man auch Euch verwickeln wird. Arminius wird nicht ruhen, bis er König ist. Tragt Sorge, dass Ihr Euer Leben rettet, Segestes. Ich biete Euch an, auf der linksrheinischen Seite Wohnung zu nehmen. Eine geeignete Villa in römischem Stil darf ich

Euch zusichern – nicht zuletzt wegen der Treue, die Ihr Rom erwiesen habt."
Diese Vorstellung wies Segestes weit von sich. Er könne sich schwer vorstellen, seinen Stamm zu verlassen und weit von ihm entfernt zu leben, so sehr er die römische Kultur und ihre Errungenschaften schätze. Sein Leben sei stets einfach gewesen, nun müsse es ihm im Alter auch nicht versüßt werden. Der Gast zuckte die Achseln und erhob sich. „So werde ich wenigstens für Eure Tochter und das zu erwartende Kind Sorge tragen. Ich werde sie in meine Obhut nehmen."
Segestes wurde bleich. „Was habt Ihr vor?"
„In Kürze gehen einige Reisewagen ab nach Rom. Ich werde selbst mitfahren und auf Thusnelda achtgeben. In Rom oder anderswo wird sie ihr Kind gebären und ein gutes Leben haben."
„Ist das Euer Ernst?"
„Das ist ein Befehl, Segestes, den ich Namen des Kaisers Tiberius ausspreche. Oder ist es Euch lieber, dass sie in die Arme des verhassten Arminius zurückkehrt?"
„Niemals!", entfuhr es Segestes.
Germanicus nickte, er trank dem Gastgeber zum Abschied zu, bedankte sich für den herzlichen Empfang und ließ einen verstörten Segestes zurück.
Wenn er schon nicht den Arminius als Gefangenen nach Rom überstellen konnte, so sollten es doch wenigstens dessen Gattin und sein Sohn Thumelicus sein, den Thusnelda in Ravenna geboren hatte: Wie Trophäen führte Germanicus Thusnelda und Thumelicus im Triumphzug mit, der ihm pro forma zu Ehren in Rom veranstaltet wurde. Segestes saß wie versteinert auf der Tribüne. Als germanischer

Verbündeter des römischen Staates und Ehrengast wohnte er diesem Schauspiel bei und entdeckte unter den defilierenden Männern schließlich auch seinen Sohn Segimuntos. Die Römer boten ihm bald einen gesicherten Ruhesitz auf linksrheinischem Gebiet an.

Bei dieser Schau, die im in Rom üblichen Rahmen veranstaltet wurde, zogen auch die verdienten Söldner und Veteranen mit, die in Germanien gekämpft hatten und nun mit einer verdienten Abfindung aus dem Heeresdienst entlassen worden waren. Für Haschem und Mordechai war es der zweite, wenn auch kürzere Romaufenthalt. Sie wurden nicht zu jenen „Feiglingen" abgestempelt, die Augustus in Rom nicht mehr hatte sehen wollen und die den Boden der Stadt nicht mehr betreten durften. In wenigen Tagen würde das Schiff nach Palästina abgehen, das sie in die Heimat brachte. Haschem führte den blinden Mordechai an den Tribünen entlang. In ihrer Gesellschaft befanden sich noch weitere Krieger, die in den Kämpfen in Germanien verletzt worden waren und schwere Blessuren davongetragen hatten. Manche hatten keine Arme mehr oder humpelten auf Stelzen vorbei. Denen, die ihr Augenlicht verloren hatten, galt das besondere Mitgefühl, doch im Rausch des Sieges verlor sich bald das Interesse an ihnen.
Haschem fühlte sich unwohl. Nicht weil ihm der blinde Mordechai während des Triumphzuges am Arm hing und nicht wusste, welchen Geräuschen er zuerst sein Ohr leihen sollte. Haschem sah Pracht und Überfluss eng mit Schmerz und Leid vereint. Wie viele Menschen hatten für diesen Prunk, der sich vor seinem Auge entfaltete, ihr Leben riskiert und am Ende verloren?

„Mir tut diese Frau leid“, rief er Mordechai zu, während sie durch die steilen Wände johlender, Beifall klatschender, singender und jubelnder Menschen gingen.
„Du meinst die Frau des Arminius?“
„Ja.“
„Siehst du sie?“
„Jetzt nicht mehr. Eben habe ich sie gesehen. Sie ging hinter den Beutefrauen der Germanen und denen anderer besiegter Länder. Sie trägt ein schlichtes langes Gewand. Ihr Gesicht ist fast so weiß wie ihr Kleid.“
„Und das Kind?“
„Thumelicus ist bei ihr. Ein lieblicher kleiner Junge. Er wird seinen Vater wohl nie sehen.“
„Und Arminius ihn nicht. Was für eine verworrene Welt.“
Haschem fasste Mordechai fester am Arm. „Aber diese verrückte Welt ist von Menschenhand gemacht. Die Völker könnten alle zusammen in Frieden leben, wenn sie mit ihrem Dasein zufrieden wären und den anderen den Wohlstand und Erfolg nicht neideten. Warum mussten die Römer in Germanien eindringen? Warum haben sie unser geliebtes Israel besetzt?“
„Ich weiß es nicht“, rief Mordechai. „Ich weiß nur, dass ich die Zeche für ihren Übermut mitbezahle.“ Er deutete auf seine blinden Augen. „Was würde ich darum geben, wieder sehen zu können.“
Haschem schwieg. Er blickte auf die Tribüne, auf der der Kaiser, umgeben von Leibwächtern, Frauen und Dienern, unter einem roten Baldachin saß und der Menge huldvoll zuwinkte.
„Wir kommen jetzt an der Kaiserloge vorbei“, erklärte er dem Freund. „Tiberius wirkt sehr heiter und gutgelaunt.“

„Und Germanicus? Hast du diesen Germanicus auch gesehen?“
„Er sitzt in der Nähe des Kaisers, aber nicht direkt neben ihm, sondern in einigem Abstand. Er hat eine eigene Loge.“
Mordechai reckte sich, als könnte er sein Umfeld in Augenschein nehmen. „Das bedeutet nichts Gutes. Gewöhnlich sitzen die Sieger einer Schlacht neben dem Kaiser. Tiberius ist mit Germanicus wohl nicht zufrieden.“
„Ich schätze, du hast Recht. Die Meinungen über Germanicus waren auch unter unseren Kameraden geteilt.“
Die Unterhaltung ging in den Fanfarenstößen und der Marschmusik unter. Das Volk kam auf seine Kosten. Die Caesaren ließen sich immer neue Späße einfallen, um ihre Untertanen bei Laune zu halten.
„Es soll heute noch Schaukämpfe geben“, rief Haschem. „Drei Gladiatoren sollen einen Tiger bändigen. Da gehen wir nicht hin, oder?“
„Selbst wenn ich sehen könnte, würde ich dort nicht hingehen“, erwiderte Mordechai. „Das alles widerstrebt mir – wie dieser ganze Triumphzug.“

Für Germanicus konnte dieser feierliche Umzug kein Ruhmesblatt sein. Triumphzüge waren in Rom ursprünglich ein Reinigungsritual nach den teuflischen Freveltaten eines Krieges und dienten nicht der Verherrlichung eines verdienten Kriegers. Zudem hatte Tiberius die Karten schon neu gemischt.
Den Rest ihres Lebens verbrachte Thusnelda in Ravenna. Da sich in der Stadt auch eine berühmte Gladiatorenschule befand, ging das Gerücht, dass ihr Sohn Thumelicus eine Ausbildung als Gladiator erhalten habe und im Kampf ums

Leben gekommen sei. Von ihrem Mann hörte sie zu seinen Lebzeiten nichts mehr. Die Alpen waren nicht nur eine Wetter-, sondern auch eine Nachrichtenscheide.
Doch eines Tages, vier Jahre lebte sie nun schon hier, geisterte durch Ravenna die Kunde von seinem Tode. Ein Mann, der Rom in die Knie und zum Rückzug aus Germanien gezwungen hatte, konnte nicht sang- und klanglos aus der Geschichte verschwinden. Ihr kam zu Ohren, dass Arminius ermordet worden sei, möglicherweise durch die Hinterlist seiner eigenen Verwandten. Kurz überlegte sie, ob am Ende gar ihr eigener Vater, Segestes, seine Hand im Spiel gehabt hatte. Es hieß, der Ruhm sei Arminius zu Kopf gestiegen und er habe König werden wollen. Der Chattenfürst Adgandestrius, so wurde erzählt, habe den Römern angeboten, Arminius zu vergiften, wenn sie ihm nur das Gift zur Verfügung stellen würden. Doch das hatte Tiberius abgelehnt. Arminius wurde nur 37 Jahre alt.
Den römischen Kriegsgott Mars und die Götter des germanischen Gegners konnte Germanicus offensichtlich nicht besänftigen, obgleich er als Augur zu den zwölf höchsten Priestern Roms zählte – nur Tiberius war als Pontifex Maximus höher gestellt als er. Tiberius trachtete, seinen Adoptivsohn möglichst zu versetzen und so lobte er ihn fort, übertrug er ihm ein weniger wichtiges Amt im Orient. Hier konnte er keinen Schaden anrichten. Germanicus starb nur zwei Jahre nach seinem triumphalen Einzug in Rom im Alter von erst 34 Jahren durch einen Mordanschlag in Daphne bei Antiochia. Ein Liebesabenteuer mit einer verheirateten Frau war ihm in Syrien zum Verhängnis geworden. – Zu diesem Zeitpunkt lebten Haschem und Mordechai wieder in Israel.

XXVII.

Betsaida war ein Fischerdorf am Ufer des Sees Genezareth, dort, wo die Jesreelebene zum Jordan hin abfällt. Die Landschaft war fruchtbar, das Klima mild. Am Nordrand erhob sich der kahle, steil ansteigende Tell el-Husn. Von hier beherrschten schon die Ägypter, Kanaaniter und Philister den Zugang von der Ebene Jesreel zum Fluss. Eine alte Karawanenstraße schlängelte sich durch das Tal. Im Talmud heißt es: „Falls der Garten Eden im Land Israel ist, dann ist sein Tor in Bet Shean – in Betsaida." Der Ort hieß übersetzt „Tempel des Gottes Schahan". Das war ein mesopotamischer Schlangengott, den die Kanaaniter verehrten.

Thutmosis III. baute die Siedlung nach der Eroberung Kanaans zur Festung aus, denn sie war am Ausgang des Harod-Tales, das die Jesreelebene mit der Jordansenke verbindet, von strategischer Bedeutung. Fast alle großen Pharaonen hatten sich durch den Bau großer Tempel verewigt. Doch als der ägyptische Einfluss nachließ, entwickelte sich Betsaida zu einer einzig kanaanitischen Stadt, die später von den Israeliten eingenommen und dem Stamm Issachar, später Manasse zugedacht wurde. Im 11. Jahrhundert v. Chr. kamen die Philister und unterwarfen ganz Kanaan, bis König Saul um 1020 v. Chr. einen Kleinkrieg gegen die Besatzer anzettelte mit dem Ausgang, dass er beim Berg Gilboa hoffnungslos unterlag. Seine und Jona-

tans Leichen hefteten die Philister an die Mauern Betsaidas. David rächte die Schmach, vertrieb die Philister und schuf ein starkes Israel, doch aus Betsaida brachte auch er die Feinde nicht hinaus. Das änderte sich erst mit König Salomo; er errichtete hier mit Megiddo und anderen Orten einen Verwaltungsbezirk. Doch zur Zeit des Nordreiches verlor die Stadt ihre Bedeutung und sank auf die Stufe eines unbedeutenden Dorfes.

Wenn Haschem und Mordechai sich mit der Geschichte ihrer neuen Heimat befassten, stießen sie auf viele verschlungene Pfade und verborgene Quellen. Sie hatten sich am Rande einer kleinen Palmenoase ein bescheidenes Haus gekauft. Eine Witwe versorgte ihren Haushalt. Hinter ihrem Garten begann das offene Land, von wo sich manchmal Springböcke und Gazellen bis an den Zaun verirrten. Zuweilen konnte Haschem auch Klippdachse beobachten. Diese niedlichen pelzigen Tiere hausten in Felsen, konnten aufgrund ihrer besonderen Iris stundenlang in die Sonne blinzeln und den Tag genießen. Nachts, so erzählten die Alten, senkte sich ihre Körpertemperatur bis auf wenige Grade. Frühmorgens heizten sie sie in der Sonne wieder auf.

Das Land war gesegnet. Datteln und Apfelsinen, Zitronen und Mandeln gab es in Fülle. Allein schon der Anblick der nach dem Winter blühenden Obstbäume konnte das Thora-Wort vom Land Eden bestätigen. Mordechai sah die Blüten nicht, er nahm nur die Gerüche wahr. Lange hatte er gezögert, das Angebot Haschems anzunehmen und gemeinsam ein Haus zu kaufen.

„Ich bin dir nur eine Last“, hatte er gesagt. „Du könntest

noch eine Familie gründen, das Geld dazu hast du, und dir deine alten Träume verwirklichen. Ich bin dir nur ein Klotz am Bein."
Doch davon wollte Haschem nichts wissen. „Ich und eine Familie gründen? Weißt du nicht, wie alt ich bin? Könntest du mich sehen, wüsstest du, wie grau ich inzwischen aussehe." Da Mordechai schwieg, fuhr er nach einer Weile fort: „Sind wir schon in schweren Zeiten durch dick und dünn gegangen, so wollen wir auch jetzt zusammenbleiben. Was soll ich denn ohne dich tun?"
„Du vergisst, dass ich blind bin und dir keine Hilfe sein kann."
„Du hast dein Leben aber ganz schön im Griff. Du kennst dich im Haushalt aus. Einem Außenstehenden, der dich beobachtet, würde zunächst nicht auffallen, dass du nicht sehen kannst."
Mordechai wusste, dass Haschem ihn trösten wollte. Das hatte er schon oft getan, besonders in den letzten Monaten vor der Abreise nach Israel, dann auf dem Schiff, wo ihm alles fremd war, und schließlich nach der Ankunft in der alten Heimat. Der Sold, den beide ausbezahlt bekommen hatten, hätte für ein Leben in Rom nicht gereicht, doch jetzt konnten sie ein angenehmes und geruhsames Leben führen, ohne jeden römischen Denar zweimal umdrehen zu müssen.

In jüngster Zeit machte ein Wanderprediger auf sich aufmerksam, der durch Galiläa zog. Er sprach vom Reich Gottes wie es viele Propheten vor ihm getan hatten, doch seine Worte waren nicht von Strafandrohungen oder Gesetzesvorschriften durchsetzt, sondern er redete in versöhnlichem Ton. Er stellte einen Gott des Erbarmens und der Liebe vor, nicht einen Gott des Zorns und der Rache. Angeblich war er deshalb schon mehrmals mit den Pharisäern und Schriftgelehrten in Konflikt gekommen, die ihm am liebsten Predigtverbot erteilt hätten. An manchen Orten hatte man ihn der Synagoge verwiesen, weil seine Ansichten zu revolutionär klangen und angeblich mit der überlieferten Lehrmeinung nicht in Einklang zu bringen waren. Es ging ihm auch der Ruf eines Wunderheilers voraus.

„Hör mal, nicht weit von hier, in Gerasa an unserem See Genezareth soll dieser Wanderprediger einem Besessenen den unreinen Geist ausgetrieben und die Tochter des Synagogenvorstehers Jaïrus von den Toten aufgeweckt haben!" Mit diesen Neuigkeiten kam eines Tages Haschem vom Einkaufen zurück. Seine Wangen glühten, so aufgeregt war er.

„Woher weißt du das?", fragte Mordechai interessiert.

„Bei Ascher Ben Asur ist der Laden voller Menschen, und alle reden nur über dieses eine Thema."

„Glaubst du, was die Leute erzählen?"

„Balthasar, der Sohn Boas, war dabei und hat die Wunder mit eigenen Augen gesehen. Jetzt fragen ihn natürlich alle aus und wollen Einzelheiten wissen."

„Balthasar redet viel und bauscht gern auf. Ich würde vorsichtig sein."

„Er wird sich das aber nicht aus den Fingern gesogen haben, oder? Das wäre eine gewaltige Lüge. Außerdem soll, während er in Gerasa zu Besuch war, eine Frau namens Berenike, die schon zwölf Jahre an Blutfluss litt, diesen Heilkundigen berührt haben."

„Ja, und?", fragte Mordechai zweifelnd.

„Sie soll von ihrem Leiden erlöst worden sein. Und das Tollste ist: Überall trage man die Kranken zu ihm, denen er die Hände auflege und sie heile. Auch einem Taubstummen habe er im Gebiet der *Dekapolis* die Ohren geöffnet und die Zunge von ihrer Fessel befreit, erzählt man jetzt bei Ascher. Du solltest mitkommen, dann wirst du es mit eigenen Ohren hören."

Mordechai schüttelte den Kopf. „Wahrscheinlich sind das doch nur wieder diese Wundergeschichten, an die die Menschen so gern glauben und an denen beim näheren Hinsehen nichts dran ist."

„Das glaube ich nicht. Balthasar berichtet mit großem Ernst von den Ereignissen. Kennst du nicht diesen Philippus, Sohn des Absalom, der uns beim Einzug geholfen hat? Er stammt doch aus Betsaida und ist von Beruf Fischer, aber er verdient sich durch Tagelöhnerarbeiten ein Zusatzbrot. Jetzt hat er die Fischerei aufgegeben und sich ganz diesem Wanderprediger angeschlossen."

„Ich kenne ihn nicht", antwortete Mordechai laut und betonte jedes seiner Worte. „Du vergisst, dass ich blind bin und ihn nicht sehen konnte."

„Entschuldige, daran habe ich wahrhaftig nicht gedacht. Noch etwas, was dich vielleicht interessieren wird: In Kafarnaum leben zwei Männer, einfache Fischer, die Brüder Andreas und Simon, den dieser Wanderprediger jetzt Petrus nennt. Auch sie haben ihren Beruf an den Nagel gehängt und gehören jetzt zur Gefolgschaft des frommen Mannes, ganz zum Ärger der Schwiegermutter des Petrus. Die jammert jetzt, weil sie zwar die Netze flickt, aber niemand zum Fischfang hinausfährt. Selbst Herodes Antipas sei auf den Messias, wie man ihn auch hoffnungsvoll bezeichnet, aufmerksam geworden. Der Tetrarch von Galiläa glaube allen Ernstes, der Mann sei der von den Toten auferstandene Johannes der Täufer, den er habe köpfen lassen – so berichtete ein Kaufmann aus Jerusalem auf der Durchreise."

Mordechai hörte sich kopfschüttelnd an, was Haschem zum Besten gab, jedoch er konnte dem Bericht wenig Glauben schenken. Bei anderen fanden die Ereignisse offene Ohren, aber es gab auch zweifelnde Stimmen.

Eines Tages kam die Witwe Abeline, die Haschem und Mordechai den Haushalt führte, aufgeregt vom Einkauf ins Haus und rief: „Stellt euch vor, dieser Heilkundige, den manche für den Propheten Elija halten, hat viertausend Menschen satt gemacht! Es waren seine Zuhörer, die ihm gefolgt waren und nun nichts zu essen hatten. Dieser Wanderprediger hatte wohl Mitleid mit ihnen, weil sie schon drei Tage bei ihm waren und ihnen der Magen knurrte."

„Viertausend Menschen?", fragte Mordechai ungläubig. „Dann muss er ja wenigstens zehn Bäcker beschäftigt haben!"

„Hat er aber nicht", ereiferte sich Abeline, „sieben Brote, nur sieben Brote standen ihm zur Verfügung – und er hat alle satt bekommen."

„Das ist ein Gerücht, nein, da hat dir jemand ein Märchen aufgetischt!", lachte Haschem und sah die Witwe kopfschüttelnd an. „Das müsste ja wirklich ein ungewöhnlicher Mann sein, wenn er so ein Wunder bewirken könnte."

„Samuel hat es mir erzählt. Er war dabei. Er würde mich nicht anlügen", beharrte die Witwe auf ihrer Meinung. „Samuel sagte: Einige von den Leuten waren von weit her gekommen. Wir mussten uns auf den Boden setzen."

Darauf nahm Jeschua die sieben Brote, er sprach ein Dankgebet, dann brach er die Brote in Stücke und gab sie seinen Jüngern zum Verteilen. Und die Jünger teilten sie an die Leute aus. Einige Leute hatten auch noch ein paar Fische bei sich. Jeschua segnete auch sie und ließ sie ebenfalls unter die Leute austeilen. (nach Markus)

„Welchen Namen hast du gerade gesagt? Jeschua?"
„Ja, Mordechai. Warum fragst du?"
„Ich kannte mal einen, der Jeschua hieß."
„Das ist ein Allerweltsname", sagte Abeline.
„Nein, nein! Haschem, erinnerst du dich? Jeschua! Das war doch ..."
„Richtig, der Name des Sohnes unserer Familie aus Nazareth."
„Der Name des Kindes, bei dessen Geburt wir anwesend waren."
Wie von einer Tarantel gestochen fuhr Mordechai auf, sodass er gegen die Tischkante stieß. „Jeschua? Hast du dich auch nicht verhört, Abeline? Das ist ..., das ist unser Jeschua, Haschem, versteht du? Unser Jeschua!" Abeline starre Mordechai an, als sei er nicht ganz richtig im Kopf.
„Unser Jeschua, führwahr!" Haschem fehlten die Worte, so überrascht war er von der Nachricht. Er riss Mordechai an sich und umarmte ihn stürmisch. Dann tanzten sie durch den Raum, als seien sie verrückt geworden. „So ist aus dem begabten Jungen also ein Wanderprediger, ein Schriftgelehrter oder ein Prophet geworden!", rief Haschem außer Atem. „Hast du noch mehr in Erfahrung gebracht, Abeline? Was geschah weiter?"
Haschem starrte die Witwe an, als könnten seine Augen die

Neuigkeiten aus ihr herausquetschen. Mordechai legte die linke Hand an sein Ohr.

Die Leute aßen, denn sie waren hungrig, und alle wurden satt. Dann sammelten die Jünger die übrig gebliebenen Brotstücke ein, sieben Körbe voll! Dabei waren etwa viertausend Menschen beisammen. Danach schickte Jeschua die Menschen nach Hause. Bald danach stieg er mit seinen Jüngern ins Boot und fuhr in das Gebiet von Dalmanuta. (nach Markus)

„Ja, ja, und weiter?"
„Er spricht in Rätseln und Gleichnissen. Nicht alles, was er sagt, verstehen die Leute sofort. Erst beim Nachdenken wird ihnen die Tiefe seiner Worte bewusst. Allerdings ..."
„Was meinst du?"
„Die Menschen in seiner Heimat Nazareth mögen ihn nicht, sagt Samuel. Er redete in der Synagoge. Da staunten seine Zuhörer und sagten: Woher hat er diese Weisheit und Kraft, Wunder zu tun? Ist er nicht der Sohn eines Zimmermanns? Heißt nicht seine Mutter Maria? Und sie nahmen Anstoß an ihm und lehnten ihn ab. Da sagte Jeschua zu ihnen: Nirgends hat der Prophet so wenig Annahme wie in seiner Heimat und in seiner Familie."
„Da hat er ein wahres Wort gesprochen!", rief Mordechai und schlug mit der Faust auf den Tisch. „Der Prophet gilt nichts im eigenen Lande. Aber hast du gehört, Haschem? Seine Mutter heißt Maria!"
„Ja, und sein Vater, der Zimmermann, wird Josef sein. Mein Gott, ist das eine Überraschung! Nie im Leben hätte ich gedacht, von dieser Familie noch etwas zu hören."

Witwe Abelines Augen wanderten zwischen Haschem und Mordechai hin und her. Was sie hier vernahm, wunderte sie, ließ sie jedoch zugleich erschaudern.
„Er wird demnächst hierher kommen, behauptet Samuel. Er ist schon auf dem Weg nach Betsaida."
„Hierher? Mein Gott!" Mordechai fuhr sich mit der Hand über die erloschenen Augen. „Meinst du, Haschem, er … er könnte mich heilen?"
„Heilen? Dir das Augenlicht wiedergeben? Bitte, Mordechai, schnappe jetzt nicht über. Das sind Hirn…"
„Keine Hirngespinste! Vielleicht Wunschträume, ja. Aber ohne diese Träume verändert sich nichts in der Welt!"
„Heilen? Das wird er nicht können, denn deine Augen sind ja wie von einem Nebelschleier umgeben. Soll er dir neue Augen zaubern?" Haschem blickte Mordechai besorgt und mitfühlend an.
„Ich glaube an ihn", presste Mordechai hervor. „Wenn du Bedenken hast, behalte sie. Ich will davon nichts wissen. Ich möchte Jeschua sehen. Und wenn du mich nicht zu ihm führst, dann werde ich auf allen Vieren zu ihm kriechen."
„Halt, halt!", rief Haschem. „Ich verweigere mich ja nicht. Ich will nur nicht, dass du voreilig handelst, dir etwas vormachst oder einbildest, was am Ende nicht wahr wird. Ich möchte dir eine große Enttäuschung ersparen, verstehst du?"
„Nein!", schrie Mordechai. „Er wird mich nicht enttäuschen. Ich spüre es. Er wäre nicht der Sohn dieser wundervollen Eltern, dem du auf die Welt geholfen hast. Er wird sich unser erinnern, wenn wir ihn auf die Begegnung auf dem Tempelplatz ansprechen."

Haschem führte Mordechai in den Garten hinaus. Die Luft war erfüllt von Düften und dem Gesang der Vögel. Ein Wasser plätscherte. In der Ferne, über den Bergen, zog ein Gewitter auf.

„Es wird endlich Regen geben. Die Erde wartet auf neues Leben."

„Und ich auf das Licht meiner Augen", flüsterte Mordechai, aber so leise, dass der Freund es nicht hörte.

Jeschua und seine Jünger kamen nach Betsaida. Da brachte man einen Blinden zu ihm und bat ihn, er möge ihn berühren. Der Herr nahm den Blinden bei der Hand und führte ihn vor das Dorf hinaus. Dort bestrich er seine Augen mit Speichel, legte ihm die Hände auf und fragte ihn: ‚Siehst du etwas?' Der Mann blickte ringsum und sagte: ‚Ich glaube, ich sehe Menschen, denn ich sehe etwas, das wie Bäume aussieht, aber sich bewegt.' Da legte Jeschua ihm nochmals die Hände auf die Augen. Nun sah der Mann alles deutlich. Er war geheilt und konnte seine Umgebung genau sehen … (nach Markus)

Später konnte sich Mordechai nicht mehr erinnern, wie alles geschehen war. Er hatte auch die Menschenmenge nicht wahrgenommen, die ihn umgab, auf ihn einschrie, ihn berührte, auch Haschem nicht, der an ihm zupfte, ihm in den Arm kniff, ihn schüttelte. Er stand benommen in einem der Erde entrückten Raum, den Engel zu behüten schienen, so erhaben und abgegrenzt war er von der Wirklichkeit. Und doch war diese Wirklichkeit da. Schrittweise trat Mordechai aus dem Wunder, das ihm widerfahren war, in ihr Licht, in ihre Geräusche, in das gewaltige Brausen um in, und er erblickte sie alle: Die Menschen, die mit Jeschua gekommen waren, die Leute aus Betsaida, die Nachbarn, die Witwe, von der er nur die Stimme kannte, Haschem, den alten, treuen, aber inzwischen ergrauten Freund. Nur Jeschua, den sah er nicht. Als er sich noch benommen und wie gebannt umschaute, erblickte er ihn. Abseits saß er auf einem Stein am Weg und schaute zu ihm herüber. Es schien, als lächele er.

„Ich kann wieder sehen“, stammelte Mordechai. „Ich kann euch alle sehen!“

Haschem starrte Mordechai an. Sein Gesicht war nicht anders geworden. Die Augenlider sahen noch immer so unverändert und fremd aus wie seit Jahren, seit der abgelenkte Brandpfeil sie getroffen hatte. „Täuscht du dich auch nicht, Mordechai?“, fragte Haschem leise. „Bildest du dir das nicht ein? Kannst du wirklich – sehen?“

„Mein Gott“, schrie Mordechai, „mit solchen Dingen macht man doch keinen Spaß!“

„Nein, das macht man nicht.“

„Ich sehe dich und ich sehe ihn – unseren Jeschua. Dort vorn sitzt er auf einem Stein. Jetzt malt er mit einem Stöckchen Kringel in den Sand.“

Wahrhaftig, Jeschua saß allein da, als ob ihn das, was geschehen war, nichts anginge. Selbst seine Jünger hatten sich von ihm abgewandt und bestaunten mit den Menschen aus Betsaida das Wunder, das geschehen war.

Mordechai hatte nur einen Wunsch, zu Jeschua zu gehen. Er schob die Menschen beiseite, bahnte sich einen Weg durch die Menge, da wich sie ehrfürchtig zurück und ließ ihn ziehen. Jetzt stand er vor Jeschua und suchte nach Worten. Er suchte nur nach dem einen Wort: Dank! Jeschua,

ich danke dir! Aber es kam nicht über seine Lippen, es versagte sich ihm, weil ihn die Sprache im Stich ließ. Da konnte er nicht anders als niederknien. Er sank vor Jeschua in die Knie, und im gleichen Augenblick sah er sich in den Stall von Bethlehem versetzt, wo die Sterndeuter in die Knie gesunken waren und dem Kind gehuldigt hatten, dem Kind, bei dessen Geburt sie Zeugen gewesen waren. Ja, die Sternkundigen hatten damals begriffen, wer in dieser Stunde geboren worden war, sie hatten die Dinge durchschaut, weil sie mehr wussten als andere, mehr als Herodes und die ganze Welt. Zu ihnen hatte der Himmel gesprochen, das nächtliche Firmament mit seiner gewaltigen Sternenpracht, und vor allem ein Licht, das ihnen zum Leitstern geworden war.
Jetzt sah Jeschua ihn an und ihre Augen begegneten sich. Zugleich streckte Jeschua die Hände nach ihm aus, und, indem er sich erhob, zwang er auch Mordechai aufzustehen. Nun standen beide in Augenhöhe voreinander. Eine nie gekannte Glückseligkeit strömte in Mordechai über, als sie sich so begegneten, Auge in Auge, auch wenn die von Mordechai ihren alten Glanz nicht mehr besaßen. Doch er konnte sehen! Die Worte wollten noch immer nicht kommen, sie steckten noch in der Kehle und fanden den Weg nicht über die Lippen. Jeschua lächelte nur, aber er sagte nichts. Nun drängten die anderen herbei, die Zeuge des Wunders geworden waren und umringten sie, als könnten sie verpassen, was jetzt geschah. Simon, den sie jetzt Petrus nannten, tat sich wichtig. Lauthals wollte er die Menschen von Jeschua wegdrängen, damit sie ihn nicht zu sehr bestürmten, nicht zu sehr bedrängten. Aber Jeschua bedeutete ihm mit einer Bewegung seiner Hände, dass er die

Leute gewähren lassen sollte. Darauf schickte Jeschua sich an wegzugehen.
„Du kannst ihn doch so nicht ziehen lassen!“, hörte Mordechai plötzlich Haschems Stimme. „Bitte Jeschua in unser Haus und biete ihm etwas zu essen an. He, Abeline, bereite eine Mahlzeit vor, aber schnell!“
Die Witwe stand noch immer wie versteinert und wusste nicht, wie sie das, was geschehen war, einordnen sollte. Dann rannte sie ins Haus. Doch Jeschua rief sie zurück.
„Aber eine Erfrischung wirst du uns doch nicht abschlagen, Herr!“, bat Haschem, aber Jeschua antwortete nur: „Es ist alles gut. Dankt Gott und lebt in seiner Gnade. Es freut mich, dass ihr wieder zu Hause seid. Ich habe oft an euch gedacht, seit wir uns am Tempelberg begegneten. Damals wusste ich noch nicht, was mit mir geschehen musste, und auch ihr wart unsicher, welchen Weg ihr gehen würdet. Am Ende unserer Wege finden wir wieder zusammen – in Gott, der mein und eurer Vater ist.“
Jeschua wandte sich zum Gehen. Er sah Mordechai noch einmal liebevoll an und sein Blick streifte die Menge. Dann entfernte er sich. Und seine Jünger folgten ihm.

Rom in der frühen Kaiserzeit

30 v. Chr. – 68 n. Chr.	Herrschaft des Julisch-Claudischen Kaiserhauses
27 v. Chr.	Der Senat erhebt C. J. Caesar Octavianus zum Augustus.
16 – 13 v. Chr.	Neuordnung Galliens. Augustus und sein Schwiegersohn Agrippa in Gallien. Es entsteht der Plan, Germanien bis zur Elbe zu unterwerfen.
15 v. Chr.	Sommerfeldzug des Drusus und Tiberius. Eroberung der rätischen Alpen und des nördlichen Alpenvorlandes.
12 v. – 16 n. Chr.	Feldzüge der Römer im rechtsrheinischen Germanien mit dem Ziel, die Grenze des Reiches bis zur Elbe auszudehnen.
9 v. Chr.	Tod des Drusus. Tiberius übernimmt das Kommando über die in Germanien eingesetzten Legionen.
2 v. Chr.	Augustus enthält den Titel „Vater des Vaterlandes" – „Pater patriae".
Wahrsch. 4 v. Chr.	Geburt Jesu
9 n. Chr.	„Varusschlacht", der als „Schlacht im Teutoburger Wald" in die Geschichte eingegangene Kampf der Germanen unter Arminius

	gegen den Legaten Publius Quinctilius Varus; Grenze des Römischen Reiches wird wieder der Rhein.
13 n. Chr.	Germanicus wird Statthalter in Germanien und Gallien. Er residiert als Oberbefehlshaber der Residenz der Rheinarmee in „oppidum Ubiorum“.
14 n. Chr.	Tod des Kaisers Augustus. Die rheinischen Armeen – 24.000 Mann – meutern. Die Erhebung wird von Germanicus unterdrückt.
14 – 16 n. Chr.	Germanicus unternimmt Feldzüge in Germanien.
14 – 37 n. Chr.	Tiberius ist zweiter Kaiser des Julisch-Claudischen Kaiserhauses.
16 n. Chr.	Germanicus besiegt Arminius an der Weser und erhält die in der Varusschlacht verlorenen Feldzeichen zurück. Tiberius verzichtet auf die Elbgrenze.
16/17 n. Chr.	Germanicus wird von den germanischen Kriegsschauplätzen abberufen. Abzug der Legionen aus dem Alpenvorland. Das Legionslager Vindonissa – Windisch – entsteht.
17 n. Chr.	Lucius Aelius Seianus wird als

	Vertrauter des Kaisers alleiniger Praetorianerpräfekt.
30/31. n. Chr.	Jeschua wird am Kreuz hingerichtet. Konsul Lucius Aelius Seianus hatte in Rom per Erlass durchgesetzt, dass die Juden die Todesstrafe nicht vollstrecken durften. Im Oktober 31 erhielten die Juden die Privilegien zurück. Nur während dieser Zeit zwischen 30 und Oktober 31 n. Chr. konnte Jeschua gekreuzigt werden. Andernfalls hätte er gesteinigt werden müssen.
31 n. Chr.	Prätorianerpräfekt Lucius Aelius Seianus wird durch Tiberius als Verschwörer hingerichtet.
37 – 41 n. Chr.	Caligula regiert. Fällt bald in pathologischen Caesarenwahn.
41 – 54 n. Chr.	Herrschaft des Claudius
42 n. Chr.	Feldzug gegen Britannien. Südengland wir römische Provinz.

Kleines Glossar

Achaia = griechische Präfektur auf der Peloponnesischen Halbinsel.
Aliso = militärische Anlage, wird in den Berichten von der Varusschlacht genannt. Es handelt sich um einen römischen Stützpunkt östlich des Rheins und nördlich des Mains. Aliso wird u. a. mit dem Paderborner Stadtteil Elsen in Verbindung gebracht.
Angrivarier = auch Engern genannt, wohnten rechts der Weser bis im Gebiet des Steinhuder Meeres.
Ariovist = Fürst der germanischen Sueben.
Aula Caesaris = Elze bei Hildesheim.
Auxilien = fremde Hilfstruppen im römischen Heer.
Aw = jüdischer Monat (zwischen Juni/August), elfter des religiösen, fünfter des bürgerlichen Jahres.
Bethesda = Zisterne in Jerusalem, der heilende Kräfte zugesprochen wurde. Übersetzt: Haus der Gnade.
Brukterer = germanischer Volksstamm zwischen mittlerer Ems und oberer Lippe.
Burg des Segestes = befestigten Gaugrafensitz, entweder die Eresburg bei Obermarsberg oder der Desenberg bei Warburg, manche Forscher meinen die Ehresburg bei Höxter.
Cara Julia = teure Julia.
Castra Vetera = Legionslager in der Nähe von Xanten, 71 n. Chr. durch ein anderes ersetzt.
Centurio = „Hundertschaftsführer", von lat. centum – hundert, Offizier im Römischen Reich. Centurionen trugen die gleiche Ausrüstung wie die Mannschaften, insgesamt jedoch aufwendiger. Sie trugen das Schwert links, hatten Beinschienen und wahrscheinlich keine Lanze. Ihr Helm war mit quer stehendem Kamm mit gefärbten Pferdehaaren geschmückt.
Chatten = germanischer Volksstamm mit dem Siedlungsschwerpunkt Eder/Fulda/Lahn, also dem heutigen Nord- und Mittelhessen.
Cherusker = germanischer Stammesverband im heutigen Niedersachsen, ihm stand Arminius vor.
Colonia agrippina = erst Name einer römischen Kolonie, aus der

sich später die Stadt Köln entwickelte. Agrippina die Jüngere war die Tochter des Germanicus und Gattin des Kaisers Claudius.

Creta et Cyrene = Provinz des Römischen Reiches.

Dalmanuta = Gebiet westlich des Sees Genezareth.

Dekapolis = zehn antike Städte östlich des Jordangrabens, vom Südwestplateau des Golan bis nach Amman.

Ethnarch = Herrscher in der Antike, Volksfürst im Range eines Großherzogs.

Externsteine = ungewöhnliche Felsformation im Teutoburger Wald, ursprünglich germanisches, später christianisiertes Heiligtum, für esoterische Kreise ein besonderer Kraftort.

Garamanten = antikes Volk der Berber (in Lybien).

Garizim = 888 Meter hoher Berg aus Nummulitenkalk in Palästina, Heiligtum der Samaritaner.

Hasmonäer = Herrschaftsgeschlecht. Nach dem Aufstand der Makkabäer 165 v. Chr. gründeten sie einen selbständigen Staat in der Region Palästinas. 63 v. Chr. verloren sie unter Pompeius ihre Unabhängigkeit. Später stellten sie das Amt des Hohepriesters.

Hedemünden = frühzeitliche Befestigungsanlage am Unterlauf der Werra, römisches Militärlager aus der Zeit um Christi Geburt.

Hermunduren = Volksstamm zu den Elbgermanen gehörig, war am Oberlauf der Elbe ansässig.

Hippodrom = Rennbahn.

Homonadenser = kriegerischer Stamm in der heutigen Türkei.

Iden des Märzes = 15. Tag des römischen Monats Martius. Gaius Julius Caesar wurde 44 v. Chr. an diesem Tag ermordet. Iden eines Monats sind bestimmte Tage im römischen Kalender, im März, Mai, Juli und Oktober fallen sie auf den 15., an anderen Tagen auf den 13. des Monats.

Idistaviso = Schlachtfeld zwischen Weser und einer Hügelkette, möglicherweise bei Bückeburg oder beim heutigen Höhenzug Ith. Hier schlug der römische General Germanicus im Jahre 16 n. Chr. die Cherusker unter Arminius zurück.

Irminsul = Hauptheiligtum, Weltenbaum der germanischen Mythologie. Als Standort werden die Eresburg bei Obermarsberg, eine Höhle im Eggegebirge, die Iburg bei Bad Driburg, der

Desenberg bei Warburg oder der Tönsberg bei Oerlinghausen vermutet.

Kalenden = im Kalender der Römer jeweils der erste Tag eines Monats.

Kenotaph = Grabmal für einen andernorts bestatteten Toten.

Kidrontal = trennt den Tempelberg und die Altstadt von Jerusalem im Westen und den Ölberg im Osten voneinander und verläuft in einem weiten Bogen durch die Wüste Juda bis ins Tote Meer.

Kimbern = kleiner germanischer Volksstamm nördlich Jütlands, heute Himmerland/Dänemark.

Langobarden – auch Winniler = Teilstamm der Sueben, mit Semnonen verwandt, elbgermanischer Stamm mit ursprünglichem Sitz an der unteren Elbe und im westlichen Mecklenburg.

Limes = Grenzwall mit Überwachungsanlagen.

Lugier = ostgermanischer Stamm in Schlesien und Kleinpolen.

Marbod – Maroboduus = (30 v. – 37 n. Chr. in Ravenna) König, lebte zeitweise in Rom, erfreute sich der Gunst des Kaisers Augustus.

Markomannen = Männer auf Pferden – suebischer Volksstamm der Germanen.

Marser = kleiner germanischer Volksstamm zwischen Rhein/Ruhr/Lippe.

Nisan = der siebte Monat nach dem bürgerlichen Kalender der Juden und der erste nach dem religiösen. Er dauert 30 Tage. Nach dem gregorianischen Kalender beginnt der Nisan Mitte März.

Penaten = Schutzgötter der Römer in den Häusern, für den Haushalt und die Vorräte zuständig, oft mit den Seelen verstorbener Familienangehöriger gleichgesetzt.

Phalerae = „Metallbuckel“, runde Platten aus Gold, Silber oder einem anderen Metall mit erhabenen Verzierungen oder Gravuren, hier als militärische Auszeichnung.

Semnonen = bedeutendster germanischer Zweigstamm der Sueben zwischen Elbe und Oder, zeitweise auch Warthe, zwischen der böhmischen Grenze und der Havel.

Sesterzen = altrömische Münzen.

Sueben = Stammesgruppe der germanischen Völker, lebte im

Nordosten der Magna Germania an der Ostsee bis zu den deutschen Mittelgebirgen.
Sugamberer = germanischer Volksstamm im Raum des Westerwaldes angesiedelt.
Tamfana/Tanfana = ein Heiligtum zwischen Ems und Lippe, der Göttin der Marser geweiht, von Germanicus zerstört.
Tenkterer = germanischer Volksstamm am Niederrhein nördlich der Usipeter.
Tetrarch = Herrscher im Rahmen einer Tetrarchie, eines begrenzten Territoriums.
Teutonen = germanisches Volk der Antike, das in Jütland lebte und gemeinsam mit den Kimbern bis Italien zog.
Thora = hebräische Bezeichnung für die fünf Bücher Mose (griechisch Pentateuch), erster wichtigster Hauptteil des Tanach, der hebräischen Bibel.
Tribun = Bezeichnung für einen politischen oder militärischen Funktionsträger.
Usipeter = germanischer Volksstamm rechts des Niederrheins.
Vale, carissime = lebe wohl, meine Teuerste!
Wodan = der oberste der germanischen Götter, wie Jupiter bei den Römern und Zeus bei den Griechen.

Literatur:

Illustrierte Weltgeschichte in vier Bänden, herausgegeben von Dr. S. Widmann, Dr. P Fischer und Dr. W. Felten. Band II., Geschichte des Mittelalters. Von Christi Geburt bis zur Entdeckung Amerikas. Von W. Felten. Allgemeine Verlags-Gesellschaft mbH München.

Weiterführende Literatur:

Wolfgang Schlüter/Wolfgang Lippek (Hrsg.): Die Schlacht – Plausible Gründe zur Varuskatastrophe in Ostwestfalen-Lippe. Zeiten um die Zeitenwende. Osning Verlag, Bielefeld 2008.

Carsten Peter Thiede: Ein Fisch für den römischen Kaiser – Juden, Griechen, Römer: Die Welt des Jeschua Christus. Luchterhand Literaturverlag, München 1998.

Rainer Wiegels/Winfried Woesler (Hrsg.): Arminius und die Varusschlacht – Geschichte – Mythos – Literatur. Ferdinand Schöningh Verlag, Paderborn 1995.

Andreas Thiel: Die Römer in Deutschland. Theiss-Verlag, Stuttgart 2008.

Reinhard Wolters: Die Schlacht im Teutoburger Wald – Arminius, Varus und das römische Germanien. C. H. Beck, München 2008.

Ralf-Peter Märtin: Die Varusschlacht. S. Fischer-Verlag, Frankfurt (Main) 2008.

Michel Reddé/Siegmar von Schnurbein (Hrsg.): Alesia et la Bataille du Teutoburg. Zweisprachiger Kongressbericht, Thorbecke-Verlag, Ostfildern 2008.

Rainer Wiegels (Hrsg.): Die Varusschlacht. Theiss-Verlag, Stuttgart 2007.

Ulrike Riemer: Die römische Germanienpolitik. Wissenschaftliche Buchgesellschaft Darmstadt 2006.